블러드 오피스

BLOOD OFFICE

블러드 오피스
BLOOD OFFICE

제1판 1쇄 2022년 11월 2일

지은이 말러리안
펴낸이 이경재

펴낸곳 도서출판 델피노
등록 2016년 8월 11일 제2020-000082호
주소 서울시 양천구 신정중앙로 86, 덕산빌딩 5층
전화 070-8095-2425
팩스 0505-947-5494
이메일 delpinobooks@naver.com
ISBN 979-11-91459-41-8 (03810)

책값은 뒤표지에 있습니다.
파본은 구입하신 서점에서 교환해드립니다.

블러드 오피스
BLOOD OFFICE

말러리안 장편소설

 델피노

차례

1부

눈부시게 뜨거운 태양을 가진 초여름의 오후였다.

잿빛 도시를 이리저리 떠돌던 여름 바람은, 어느새 지쳐 마천루 건물 옥상에 발을 간신히 내디뎠다. 빼곡히 들어서서 무표정한 표정을 쏟아내는 콘크리트 건물들의 냉담함에 질려버린 듯, 짧은 한숨을 토해내며 잠시 숨을 고른다.

바로 그 순간, 그 지친 바람 사이로 새하얀 날개 같은 무엇인가가 옥상의 난간 외로 가볍게 떠올랐다.

'아름답다'

그 모습을 본 사람이라면 누구라도 무의식적으로 그렇게 속삭였을 것이다.

아주 짧은 찰나의 순간이었지만, 그 존재는 이 세상 누구도 가지지 못한 완벽한 자유를 가졌다. 그리고 깃털보다 가벼운 무게를 동력으로 허공의 텅 빈 질감을 온몸으로 느끼며 유영할 수 있었다. 두 눈을 뜨자, 그제서야 주변의 모든 살아있는 대상들이 한눈에 들어오기 시작했다. 그리고 그들을 어루만지듯 살펴보며, 비로소 스스로 선택한 완전한 자유라는 것을 느꼈다.

'모든 살아있는 존재들에게 영광을!'

만약 이런 순간 없이 매서운 일상의 소용돌이에 몸을 맡기고 달렸더라면, 과연 잠시라도 이런 소박한 평온을 느낄 수 있었을까?

그런 찰나의 깨달음으로 그 존재는 모든 걸 다 얻었다는 듯이 아래도 순식간에 낙하하기 시작했다. 역광에 비친 그 모습은 갑갑한 누에에 싸여있던 껍질을 벗고 날개를 펼치며 땅속으로 날아가는 나비처럼 보였다.

하늘 높이 날기만을 바라는 모든 어리석은 존재의 욕망을 비웃으며 말이다.

그렇게 바라던 마지막 충돌의 순간에 그 하얗던 스커트는 화려한 빨간색으로 바뀌며 그 주변을 온통 물들였다.

그러면서 자신을 가두고 있던 육신이 아무 소용없었다는 것을 보여준다. 비록 처참한 모습이지만 극적인 모습으로 말이다. 그 모습에도 어리석은 인간들은 자신의 머릿속에 공포만을 남겨둘지 모르지만, 그런 가운데 한 명이라도 의미를 깨달을 수 있다면 그녀의 죽음은 가치가 있으리라.

바닥에 뿌려진 그 새빨간 흔적은 오후의 강렬한 태양을 받으며 더 뜨겁게 콘크리트 바닥을 달구기 시작했다.

1. 파멸의 시작

디자인팀 직원의 자살 사건으로 회사 분위기는 한동안 어수선했다.

하지만 회사는 그런 사실에 민감하게 반응했고, 관련 정보를 엄격히 통제했다. 수차례의 관리지침이 회사에 배포되었고, 이번 사건은 개인적인 일로 발생했으며 회사와는 아무런 관련이 없다는 입장을 반복했다. 그리고 조직 단위로도 은밀하게 회사의 관련 지침을 전달했으며, 임직원의 동향을 지속적으로 보고하도록 했다. 하지만 회사가 그렇게 행동할수록, 임직원들은 동요하며 꼬리에 꼬리를 무는 소문을 만들어내고 있었다.

'퇴근은 한 거야? 요즘엔 내가 연락 안 하면 톡도 없네?'

조 회장 보고서로 야근 중이던 이제욱의 PC에 그의 애인 진선희의 메신저가 떴다. 하지만 이제욱은 퇴근 직전 사업부장이 지시한 조 회장 보고서 수정에 정신이 없었다. 그제서야 시간이 늦은 걸 알게 되어 답장을 보내려는 순간 진선희가 다시 물었다.

'뭐야? 설마, 아직도 사무실?'

'꼭 퇴근 직전에 일을 시키는 인간이 있어! 그 인간이 지시한 데로 수정하면 오히려 조 회장한테 더 깨질 것 같은데도 말이야!'

'미쳤다. 저녁은 먹고 하는 거지?'

'내일 오전 10시까지 수정해서 보고하래! 일 시키는 걸 보면 일부러 골탕 먹이려는 것 같아. 똑같은 일을 힘들게 시키는데 도가 튼 인간이야. 뭐라 말하면 발끈하니 대화도 안 되고. 화장실도 못 가고 지금까지 이러고 있어!'

'그 사부 그러잖아도 '블라인드'에 자주 등장하더라니…그래도 저녁은 먹으면서 해야지.'

이제욱도 자살 사건 이후로 회사에 어떤 변화가 있을까 기대했지만, 일상을 찾으려 애쓰는 회사는 정상적인 업무 진행을 독려했다. 아니 오히려 회사는 이번 기회에 마이푸드의 낡은 관습을 뜯어고치고 회사를 쇄신한다는 명목으로 더 강하게 임직원을 질책하고 몰아세웠다.

'다음부터는 사업부장님 머릿속에 들어가는 연습이라도 하겠습니다! 제가 부족해서 아직 그런 경지에는 못 올라간 것 같습니

다!'

다음 날 이제욱은 수정된 보고서 내용을 지적하는 김상환 사업부장에게 폭발해 그렇게 말하고 말았다. 책임져야 하는 것과 결정해야 하는 건 미룬 채 부하 직원만 몰아세우는 모습이 김 사업부장에게서 보였기 때문이다. 또 팀장이 부재인 상황에서 아무런 권한도 없는 자신이 직접 사업부장에게 보고를 해야 하는 것도 제욱에게는 억울하고 스트레스 받는 일이었다. 이제욱의 도발에 깜짝 놀란 지원팀장이 옆에서 간신히 막아서고 나서야 제욱도 멈추게 되었다.

"무데뽀로 갈구기만 하면 일이나 조직이 제대로 돌아가겠습니까? 저렇게 빠져나갈 구멍도 안 주니, 남은 사람마저 못 참고 하나둘씩 그만두는 거예요!"

김 사업부장 사무실에서 나온 이제욱이 지원팀장에게 했던 말이었다.

이제욱은 최근 하루에도 수십 번씩 그만두고 싶은 생각이 머릿속에서 맴돌았다. 돌이켜 보면 입사 이후 이렇게 힘든 시기가 있었을까 하는 회의감마저 들게 했다. 그런 제욱에게 친구가 했던 말이 떠올랐다.

'네가 받는 월급에는 욕값도 포함되어 있어! 일하는 대가만 있는 게 아니라고!'

친구가 말한 것과 별도로 적지 않은 시간이 흐르면서 마이푸드는 어느덧 제욱 삶의 일부가 되어가고 있었다. 또 그런 가운데 만들어진 인연들은 그가 흔들릴 때마다 그를 회사에 붙잡아 두고 있었다.

그리고 무엇보다 전승완에게 빌린 돈을 갚기 위해서는 어떤 식으로든 회사에 남아있어야 하는 이유도 있었다. 하지만 그런 간절함이 커질수록, 제욱을 둘러싼 환경은 그를 점점 짓누르고 있었다.

이미 전승완과 약속한 시간이 지나고 있었다.

핸드폰에는 온통 전승완의 부하 박철민이 건 부재중 통화 내역과 끔찍한 협박성 문자 메시지가 가득했다. 심각한 상황을 직감한 이제욱은 지난번 끌려갔던 그 장소와 상황이 다시 생생하게 떠올랐다.

도마 위에 무방비 상태로 퍼덕거리며 떨고 있는 물고기처럼, 곧 날카로운 회칼이 자신의 생살을 예리하게 한 꺼풀씩 벗겨낼 것만 같았다.

'2주입니다. 2주만 주시면 다 해결하겠습니다.'

그런 긴박한 순간에 이제욱이 간신히 꺼낸 말이었다. 물론 그가 보유하고 있던 미국의 레거시사 주식이 그 당시 생체기술 상용화로 급등하고 있었지만, 그걸로 약속까지 하기엔 무리였다. 그렇지만 그것 이외에 다른 돌파구가 있는 것도 아니었다.

대학에서 경영학을 전공한 이제욱은 경제나 주식 관련 분야에 해박했고, 무엇보다 화려한 언변과 논리력을 갖고 있었다. 그런 제욱의 능력은 그 절체절명의 순간에 본능적으로 발휘되었다. 물론 그들도 처음부터 믿은 건 아니었다. 하지만 레거시사에 대한 수익률과 성장 모멘텀에 대한 논리적인 설명이 제욱을 그 위험천만한 수렁에서 잠시나마 구할 수 있었다.

'대신 이거 안되면 당신이 아끼는 뭐든 바닥으로 떨어지게 될 거야!'

제욱의 말에 전승완이 했던 말이지만, 그런 날짜마저 이미 흘러가 버리고 말았다. 제욱의 호언장담과 달리 레거시사 주식은 그날 이후 오히려 반토막이 된 상태였다.

그 순간 다시 전화벨이 울렸다.

제욱은 깜짝 놀라 지금 당장 전승완에게 달려가 상환기한 연장을 부탁할까도 해봤다. 하지만 이제 와서 그걸 승낙해 줄 리가 없었다.

이제욱은 그 불지옥에 다시 들어가는 것에 심한 공포를 느꼈지만, 직접 가서 설명하는 것 이외에 다른 방법이 없다는 걸 이미 잘 알고 있었다. 결국 오랜 망설임 끝에 제욱은 전승완의 사무실에 스스로 걸어 들어갔다. 이제욱이 빈손으로 온 것을 그들이 모를 리 없었다.

그런 이제욱을 보자 전승완의 부하 박철민은 이제욱의 머리 끄덩이를 잡아 의자에 강제로 앉혔다. 그리고 그의 몸을 철사로 천천히 동여매기 시작했다. 다리에서부터 철사가 감겨오자 공포에 질린 제욱의 얼굴은 새파랗게 질려갔다.

"돈 갚으라 할 때는 쥐 죽은 듯이 있던 놈이, 지금은 왜 이리 엄살이야! 자꾸 움직이면 오래 걸리고 더 아파! 야, 거기 못하고 망치 좀 줘봐!"

박철민은 겁에 질린 제욱을 윽박지르며, 받아든 못으로 의자 손잡이에 올려진 제욱의 손등에 못을 막무가내로 박으려 했다.

"잠, 잠깐만요. 제발, 제 말 좀 잠깐 들어보세요."

하지만 제욱의 그런 말에 이미 여러 번 속았던 박철민은 그대로 손등에 못을 올려서 다시 내리치려 한다.

"제, 제가 지금 방법이 있어서 이렇게 말씀드리려고 하는 겁니다. 이대로 저를 어떻게 해서 얻으시는 것 없잖습니까!"

"이 새끼는 말을 해도 꼭 협박처럼 들린단 말이야!"

박철민이 소리 지르며 이제욱의 얼굴에 주먹을 다시 날렸다.

"제, 제가 그 원료 사드릴게요……"

제욱의 그 소리에 곁에서 가만히 듣던 전승완이 박철민을 멈추게 했다.

"수입하셨다는 첨가물 NR19 말이요. 제가 이번에 어떻게 해서든 우리 회사가 사용할 수 있게 해볼게요."

"지난번엔 안 된다더니, 이제 와서?"

"아닙니다. 그때는 회사 규정이 워낙 까다로워서 그렇게 말씀드렸는데, 그 후로 제가 구매부서 후배한테 잘 얘기해서 해결했어요."

사실 이제욱은 조 회장의 히스테리로 이런 일은 엄두도 내지 못했지만, 지난주에 진행됐던 시식회를 보고 마음이 달라졌다.

형제들 간의 지분 싸움에서 이겨 다시 회사를 장악한 조 회장은 회사를 개혁하겠다며 임직원들을 전방위로 압박하고 있었다. 특히 5년여의 공백 기간 동안 자신에게 도움을 주지 않고, 불리한 일을 벌인 임직원들에 대해 숙청에 가까운 골라내기 작업을 하고 있다. 물론 제욱은 그동안 중립적인 상황이었지만, 자신에 대한 조 회장의 생각이 어떤지는 정확히 모르는 일이었다.

또한 새로운 정복자의 눈에는 기존 모든 업무가 문제투성이로 인식되었다. 따라서 잘 진행되고 있는 업무조차도, 이전 권력자가 한 것이라면 무조건 색안경을 끼고 보았다.

이제욱은 그래서 깨달은 게 있었다. 다른 것에 더 관심이 있는 그들에게 일을 열심히 하고 말고는 별로 중요하지 않다는 것이다. 그리고 그런 상황이 제욱으로 하여금 될 대로 되라는 식의 마음을 갖게 만들었다.

"그럼 그 전엔 우리가 험한 꼴 안 보여줘서 그런 거였어?"

이제욱의 말이 어이없다고 느낀 박철민이 화를 내며 다시 그의 뺨을 주먹으로 내리쳤다. 그러자 전승완이 다시 말렸다.

그제서야 이제욱은 그 계획이란 것을 차근차근 설명했다. 그의 설명을 조용히 듣던 전승완도 이해하는 표정이었다. 제욱이 안심하는 찰나 전승완은 이제욱에게 낮은 목소리로 조용히 경고의 메시지를 남겼다. 전승완의 그 낮게 깔리는 목소리는 제욱의 귀에 마치 비수처럼 내리꽂혔다.

'사람들은 스스로의 모습을 잘 몰라. 하지만 뭔가에 집중해서 원하는 걸 이루려고 기를 쓸수록 의외의 모습을 보여주지. 그 사람이 천사나 괴물이 되는 건 그의 의도와는 상관없어! 그 사람이 벌인 행동에 영향을 받은 사람들이 그 순간 단순하게 판단한 결과일 뿐이야. 그래서 우리는 이제욱이를 천사로 만들어야 해.'

이제욱을 그대로 풀어주는 것을 의아하게 여긴 박철민에게 전승완이 조용히 속삭이듯 말했다.

이제욱은 전승완에게 그렇게 약속해 버리긴 했지만, 이걸 어떻게 제품에 적용할지가 걱정이었다. 그러다 갑자기 김상환 사업부장의 말이 떠올랐다.

'넌 가만히 보면 상황을 헤쳐 나갈 생각은 없고, 그 순간만 어떻게든 모면하려고 해. 문제만 나열하고 대안이 없다고! 그렇게 해서 무슨 일이 해결되냐? 사전에 예상 가능한 시나리오를 만들어서 예측을 하고 대비를 하란 말이야! 아무것도 안 하고, 주변 탓만 하면서 감이 떨어지기만 기다리면 감이 떨어지냐? 능력이 안 되면 따르던가, 아니면 비키던가!'

'따르던가, 비키던가? 그래, 너 엿 먹어봐라!'

이제욱은 만두 생산 공장이 있는 진천으로 다음 날 바로 출장을 갔다. 거기엔 김상환의 라인이라 불리는 조창호가 근무하고 있다.

"이제욱 과장 요즘 VIP 보고하느라 바쁘다는 소문은 들었는데, 여기까지 직접 찾아오고 웬일이야?"

조창호는 능글능글한 목소리로 제욱을 반갑게 맞이했다.

"그러잖아도 그것 때문에 왔어요. 사업부장님이 단단히 준비하라고 지시하신 것도 있으셔서요."

"아, VIP 지시사항? 당연히 해야지. 전화만 해도 내가 깔끔히 해놨을 텐데, 바쁜 사람이 고생이 많아!"

평상시 신규 상품 추가 생산에 대해 요청하면 공장 가용 여력이 부족하다며 단칼에 거절하던 조창호가 오늘 그렇게 말하자 더 얄밉게 느껴졌다.

"중요한 원재료가 바뀌는데 내려가서 확인도 안 했다는 말이 나올까 봐 바빠도 그냥 왔어요. 혹시 원료 도착했나요?"

조창호는 이미 테스트를 끝냈다고 말했다.

"내 입맛에는 더 나은 건지는 모르겠어. 사카린 같은 쌉쌀한 맛이 나기도 하고. 역시 부자들 입맛은 다른가 봐?"

회장이 지정한 원료로 바뀐다는 이제욱의 말에 회사는 일사불란하게 움직였다. 누구 하나 그 사실을 의심하는 사람이 없었다. 이제욱은 덜컥 겁이 났다. 너무 겁 없이 모두를 속이고 있다는 생각이 들었기 때문이다.

하지만 이제욱은 더 이상 물러설 수 없었다. 이 방법 외엔 헤쳐 나갈 다른 방법이 없었기 때문이다. 게다가 너무나 합법적인 방법이기도 했다.

"첨가물 NR19를 추가 원료로 배합하신 거 맞죠?"

"응, 맞아. 정확해. 그런데 이거 연구원 없이 우리끼리 단독으로 진행해도 되는 거야? 내가 이거 먹고 나서 몸이 조금 이상해진 것 같아서 말이야."

"뭐가 이상해졌다는 거죠? 구체적으로 말해 보세요."

"응. 아, 아냐."

조창호는 갑자기 이상한 소리를 하다가 말끝을 흐렸다.

이제욱은 자신의 집에서 테스트해 본 레시피가 공장에서 대량 생산해서 잘 구현이 될까 걱정을 했지만, 막상 먹어보니 조 회장이 얘기한 것과 비슷한 맛이 나는 것 같기도 했다.

2. 어둠으로의 초대

'M식품회사 자살사건 속보입니다. 경찰은 자살한 오 모 씨가 평소 회사 직장 상사에게 과도한 업무지시를 받았으며, 수시로 폭언과 인격모독 등의 직장 내 갑질을 당했다는 주장이 제기되었습니다. 업무량이 많아 밤늦게까지 야근이 이어지는 경우가 많았으며, 주말에도 회사에 출근하는 등 격무에 시달리는 날이 잦았다고 합니다. 그럼에도 업무 성과가 부족하다며 많은 직원들이 지켜보는 앞에서 폭언과 욕설을 듣는 일들이 반복되면서 극단적인 선택을 한 것이 아닌가 경찰은 추측하고 있습니다. 경찰은 직장 주변 인물들의 진술을 토대로 직장 내 갑질의 가해자로 지목받고 있는 임 모 팀장을 상대로 오 씨의 자살 사건과 연관이 있는지 여부를 밝히는 데 수사력을 집중하고 있다는 소식입니다……'

"죽을 용기가 있으면 살아야지 왜 자살을 해, 자살을! 하여간 요즘 애들은 약해서 큰일이야!"

　TV 뉴스가 흘러나오는 고깃집에서 김정수와 이제욱이 식사 중일 때, 옆 테이블의 50대 중년 남성이 난데없이 큰 소리로 말했다. 마이푸드 내에서 벌어진 자살 뉴스에 잠시 시선을 빼앗겼던 둘은 그 중년 남성의 말에 어이없다는 표정으로 서로의 얼굴을 바라봤다.

　MC사업부 운영팀 김정수 과장은 이제욱과 한때 같은 부서에서 일한 경험이 있고, 나이도 같아서 서로 친한 사이였다. 그런 김정수도 조 회장 복귀 후 힘든 나날을 보내고 있었다. 김정수가 그 상황을 지켜보다 말을 꺼냈다.

　"꼭 저렇게 아무것도 모르면서 떠드는 꼴통들이 있어요! 권력이라면 무조건 저렇게 두둔하는 인간들이 차고 넘치니 우리나라가 늘 이 모양 이 꼴 아니겠어요? 근데 우리 회사 뉴스가 저렇게 TV에 버젓이 나오네요? 홍보팀장 또 잘리겠네."

　"그래도 회사명이 나오진 않았으니 해 볼 만큼 한 거겠죠. 그것보다 저런 큰 사건을 어떻게든 무마시키려 발버둥 치는 회사가 더 화가 나! 사람이 죽은 거잖아요!"

　하지만 그 사내는 같이 앉아있는 동행이 그만하라는 말을 반복해도, 여전히 못마땅한 듯 식당 안 모든 사람이 들을 정도로 다시 목소리를 높였다.

　"남들은 그런 회사 못 들어가서 안달인데, 너무 편하니까 문제야, 요즘 애들은! 그러니 우리나라가 이 모양 이 꼴이지!"

그 말에 발끈한 이제욱이 고개 돌려 소리 질렀다.

"거 조용히 좀 합시다!"

그러자 사내가 이제욱을 노려보며 목소리를 높였다.

"당신 뭐야!"

"조용히 좀 하라고요! 여기 아저씨 혼자 있어요?"

제욱의 도발에 발끈한 중년 사내는 그의 동료가 말릴 사이도 없이 소주병을 집어 들고는 자리에서 일어섰다. 하지만 술에 취해서인지 몸은 비틀거리고 있었다.

"이 새끼가 지금 뭐라고 지껄이는 거야?"

그러자 이제욱도 자리에서 벌떡 일어나며 소리쳤다.

"당신 수준에서 세상을 바라보니 늘 저런 일이 벌어지는 거라고! 술 마시려면 곱게 쳐드시고, 그런 무식한 얘기는 집구석에서 당신 가족들에게나 떠드세요!"

제욱의 그 말에 앞에 앉아있던 50대 사내의 동료도 일어나 제욱에게 소리쳤다.

"뭐야? 젊은 새끼가 말버릇이 없어!"

상황이 심상치 않음을 눈치챈 김정수가 일어나 간신히 제욱을 말렸다. 하지만 제욱은 여전히 화가 풀리지 않았다.

"나잇값을 해야 좋은 말을 하지! 저 사람도 오죽하면 자살을 하겠냐고! 남의 목숨이 당신들 술자리 안줏거리야?"

김정수는 대화로는 이들을 말릴 수가 없다고 판단되어 이제욱을 끌고 밖으로 나갔다. 이제욱은 김정수의 손길을 강하게 뿌리치면서 계속 소리쳤다.

"바로 당신 같은 사람들 때문에 많은 사람들이 뼈 빠지게 일해도 그 모양 그 꼴로 사는 거라고! 당신이 왜 그 수준으로 살고 있는지 당신 꼴이나 보고 떠들라고!"

카운터에서 계산을 하면서도 이제욱이 계속 언성을 높이자, 김정수는 이제욱을 건물 밖으로 서둘러 끌고 나갔다.

그렇게 며칠이 지나면서 디자인팀 자살 사건은 모두 잊는 것 같았다. 언론이나 미디어도 홍보팀의 추가적 대응이 있었는지, 조용해진 상태였다. 그런 일을 계기로 뭔가 회사가 바뀔 거라 바랬던 사람들의 짧은 기대는 모두 사라지고, 대신 숨 막히는 일상만 반복되고 있었다.

제욱은 이 모든 상황이 기가 막힌다고 생각했다.

임직원 스스로 목숨마저 버린 사건이 잊히는 이런 회사가 과연 정상인가?

하지만 현실로 돌아오면 이제욱은 여전히 전승완 문제로 위기에 몰려있었다.

이제욱은 전승완 같은 인간과 계속 얽히는 게 싫었지만, 해결 못한 문제가 남아있는 이상 다른 대안도 없었다. 전승완은 이미

두 컨테이너 이상의 물량을 준비하고 있었다. 그 물량이라면 현재 사업계획으로 보고된 연간 사용량의 1년 반 치 상당의 양이다. 사실 그 정도를 사업계획으로 잡을 때도 터무니없다며 내부적으로 반발이 심했다.

'이거 전략제품으로 밀고, 실적 부진한 직원들은 그 핑계로 자르려는 거 아냐?'

'이미 시장에 포화된 제품을 후발 주자가 아무런 특징 없이 출시만 하면 팔릴 거라고 생각하는 거야? 이거야말로 소비자들을 무시하는 대기업의 오만이라고!'

이제욱은 김상환 사업부장이 대책 없이 목표치를 밀어붙였던 상황이 생각났다. 자기 혼자 살아남기 위해서 책임지지도 못할 계획을 받아내서, 부하 직원들까지 다 말려 죽이는 것이 뻔하게 예상됐기 때문이다. 하지만 그렇게 살아남기 위해 발버둥 쳤음에도 그의 회사 내 위치는 여전히 위태롭다. 그를 구시대 청산해야 할 인물로 인식하고 있는 조 회장과 윤덕술 사장에게 신뢰를 받는 것은 여전히 요원했기 때문이다. 그런 분위기를 극복하기 위해 김상환이 발버둥을 치면 칠수록 그나마 얼마 남지 않은 그의 편들도 떨어져 나갔다. 회사에서 어느 쪽도 동정하지 못하는 존재가 되어가고 있는 것이었다.

하지만 제욱이 생각하기에 그런 작자는 그렇게 죽어 나가면 끝이지만, 그가 흘리고 간 똥물은 온전히 남아 있는 직원들의 몫이었다.

전승완이 이제욱에게 압박을 벌이는 것도 마찬가지였다. 전승완은 제욱의 빚 갚을 시간을 벌어준 것뿐이라 했다. 단지 이자를 받지 않는 것은 모처럼 좋아진 관계가 다시 틀어지는 것을 원치 않아서라는 말도 덧붙였다.

"이자라고요? 그러지 않아도 납품한 첨가물 단가가 워낙 비싸서 구매팀에서도 공급선을 바꾸겠다며 난리인데……"

제욱의 그 말이 거슬린 듯 전승완은 눈빛이 싹 바뀌었다. 그러면서 납품하는 물량이 줄어들거나 문제 생기지 말라고 살려준 것이라는 말만 반복했다.

제욱은 그에게 뭔가를 더 말하려 했지만, 협상할 수 있는 분위기가 아니란 걸 이내 깨달아야 했다.

그날은 아침부터 회사가 분주히 움직였다.

오너 일가족이 마이푸드가 운영하는 직영 식당에서 모두 모여 점심 식사를 하기로 한 날이기 때문이었다.

그 식사와 관련 있는 사업부에는 비상이 걸렸다. 구매는 적절한 원재료가 입고되었는지 현장 검수를 하고 있었고, 무엇보다 직영 식당을 운영하고 있는 MC사업부는 메뉴부터, 테이블 세팅, 서빙 시나리오, 인원 배치 등 모든 걸 사전에 기획하고 준비하느라 정신이 없었다. 마이푸드 공장에서 생산된 제품 중에는 오너 일가 개인적 선호로 만들어진 제품이 많았고, 당일 점심 메뉴로도 제공되기 때문에 이제욱도 현장에 나가야 했다. 현장에는 김정수 과장도 이미 도착해 분주히 움직이고 있었다.

"오늘 몇 시에 나왔어요?"

"새벽 5시부터 이러고 있어요. 우리 아버지 살아계실 때도 이렇게 해 드린 적이 없는데…"

이제욱의 질문에 김정수는 허탈하게 대답했다. 아침 8시인데도 그의 얼굴은 벌써 지쳐 보였다. 그는 '산속식탁'이라고 불리는 마이푸드가 운영하는 한식 식당이라면 지긋지긋하다고도 했다. 고기 육질 문제로 여러 차례 오너 일가에게 불려갔었기 때문이다.

"고작 자신들 가족 식사를 위해 이렇게 많은 직원들이 움직여야겠어요?"

김정수가 검수 리스트와 상품을 구매부서와 꼼꼼히 대조하면서 다시 불만을 쏟아냈다.

그 말을 듣자 이제욱 자신도 과연 가족을 위해 이렇게 한 적이 있었나 하는 생각이 들었다. 그러다 오 대리 자살 사건에 대해 주변을 살피며 말을 꺼냈다.

"사건의 심각성에 비해 정작 가해자인 임 팀장에 대한 처벌이 커질지 의문이래요. 디자인팀 직원들에 대해 경찰이 전체적으로 면담을 했는데, 적극적으로 진술하는 사람이 별로 없었대요. 디자인팀 팀원들을 조 회장이 예전부터 별로 좋아하지 않아서, 임 팀장이 그 높은 분의 뜻을 받들어 팀원들을 일부러 강하게 압박하고 괴롭혔다더라구. 그래서 직원들이 반 이상 그만뒀는데도, 조 회장은 일 못하는 애들 잘 내보냈다며 오히려 좋아했다니까. 분위기가 이런데 그 팀에서 누가 소신 있게 말하겠어요?”

"정말이야? 이 회사 정말 미쳤구나! 임 팀장 그 새끼는 어떻게 되고?”

"경찰 수사를 지켜봐야겠지만, 상황이 심각해진다면 회사는 꼬리 자르기 하려 할 거예요. 회사는 어떻게든 사건이 확대되서 여론이 악화되는 걸 우려하니까요. 감사팀에서도 경찰 면담 전에 디자인팀 직원들 하나씩 불러서 당부도 했다더라고. 그래서 지금 상황으로 경찰 수사가 종결되면 임 팀장도 기껏해야 감봉 정도나 받을는지 모르겠어요. 웃기지 않아요?”

"직장 내 갑질은 근로기준법에도 나와 있다고! 그리고 아무리 회사가 회유했다 해도 동료가 죽은 사건이라고! 그 인간들 콩밥을 먹여도 부족할 판에 다들 입을 다물고 있다고? 같은 부서에 있었으면서 어쩜 다들 그리 매정하고 용기가 없을 수 있지? 그 팀 분위기 알만하네요. 그러니 임 팀장도 팀원들을 만만하게 봐서 더 미쳐 날뛰는 거지!”

그런 사이 주방에서는 파인애플이 아직도 입고 되지 않았다는 말을 전해왔다. 김정수는 투덜거리며 구매팀과 한참 동안 애기를 나누다가 다시 돌아와 말을 이어갔다.

"인간답게 사는 게 이렇게 힘든 건가?"

김정수의 그 말은 오 대리 자살 사건과 자신의 최근 회사 내 스트레스를 모두 담고 있는 말처럼 들렸다. 그 말을 이해한 듯 이제욱도 말을 이어갔다.

"예전에 아버지가 해주셨던 말이 생각나네요. 젊으실 적 할리우드 영화 보면, 미국 애들은 그렇게 잘 사는데도 왜 사는 게 힘들다며 괴로워할까 하는 생각을 하셨대요. 그 당시는 당장 먹고사는 것 자체가 힘들었을 때였으니까요. 그런데 점차 나이 드시니 스스로 생각한 틀이나 수준에서 벗어나는 게 얼마나 고통스러운지 알게 되셨대요. 다른 사람들이 자신을 평가하는 시선과 잣대에 한없이 괴로워하는 거죠… 디자인팀 오 대리 자살도 임 팀장이라는 전대미문의 악마가 원인이지만, 그런 꼴통을 이뻐한 인간이 있었으니 그런 짓들이 가능했다고 생각해요. 오 대리 스스로 규정한 일정 수준이라는 게 분명히 있을 테니까요."

"너무 비관적으로 보지 말아요. 그리고 오 대리 자살 건은 모든 걸 떠나서, 이번에 제대로 밝혀지길 바라자구요. 오너가 이뻐한다는 것만 믿고 까불면서 날뛰던 놈들, 이번 기회에 어떻게 되지 않겠어요?"

그런 가운데 주방에서 다시 오렌지 커팅된 것을 김정수에게 먹어보라 가져왔다.

"이 정도면 됐어요."

김정수는 오렌지도 적절한 당도가 나오지 않아 새벽부터 벌써 두 번째 교환했다는 말도 덧붙였다. 오너 일가의 식사 자리에서 맛이 없다는 말이 나오는 것은 관련 부서들에 모두 끔찍한 일들이 벌어지기 때문이다.

"이 과장도 회사에 투영된 자신의 모습이 전체라 판단하고, 스스로를 폄훼하면 안 돼요. 우린 자신을 너무 모르고 있어요. 혹시 알아요? 우리가 나가서 이런 식당을 하면 큰 성공이라도 할지? 솔직히 내가 직접 하면 이것 보단 나을 거 같아. 잔소리하는 사람도 없으니 소신껏 할 수 있고!"

그러자 김정수가 건네준 캔커피를 마시던 제욱이 격하게 손사래를 치며 말했다.

"나가서 사업하면 성공할 거 같죠? 누가 그러더라고요. 우리가 안락하게 회사라도 다니고 있으니 밖의 현실을 모르는 배부른 소리만 한다고. 막상 회사 밖으로 나가 보면 생각이 당장 달라질걸? 생각해 봐요. 이 정도 돈을 써서 식당을 열었는데 장사 안되면? 문 여는 순간 돈 까먹기 시작인데? 내가 볼 때 김 과장 정도 멘탈이면 자살이라도 할 수 있어! 우리도 그런 상황이 오면 지난번 식당 옆자리 아저씨처럼 '다 편해서 그런 거야'라는 말을 할 수도 있다니까."

김정수가 그의 말을 듣고 뭔가 다시 말하려 했지만, 이제욱은 그가 무슨 말 할지 뻔히 안다며 다시 말을 이어갔다.

"들어보세요. 남부럽지 않은 좋은 회사에 다니던 사람이 스트레스로 하루아침에 갑자기 자살하는 걸 보면 스스로 규정한 수준이라는 게 참 무섭다는 생각 안 들어요? 거기서 아주 작은 낙하조차 참지 못하는 게 인간이라는 존재니까요. 윤재영 대리 알죠? 걔 오래 사귄 여자 친구와 결혼할 거래요. 근데 요즘 윤 대리가 회사 너무 힘들어서 그만두고 싶다고 말하면 여친이 난리래요. 여친 집안이 워낙 빵빵하고 직업도 다들 번듯한데, 윤 대리가 그중에 상대적으로 제일 별로래요. 그래서 그런 회사도 못 버티고 그만둘 정도면 가족들 창피하니까 헤어질 각오하라 했다네요. 돈과 조건 앞에서 사랑도 다 필요 없는 거죠."

뭔가 말하려던 김정수도 그 말을 듣자 할 말이 없는지, 주방에 잠시 다녀온다는 말을 하며 자리를 비웠다. 몇 분이 지나자 김정수가 마이푸드에서 생산한 소시지의 조리가 완료되었다며 손짓했다.

들어가 보니 이미 여러 사람들이 심각한 표정으로 주방 테이블에 둘러서서 저마다 시식을 하고 있었다. 그 분위기가 워낙 엄숙하고 진지해서 기괴해 보이기까지 했다.

제욱도 먹어봤으나 특별하게 문제 될 것 같지는 않았다.

어느 정도 마무리가 되자, 김정수가 이제욱에게 다른 곳으로 가자며 식당 뒤편으로 안내했다. 거기엔 집기와 종이박스가 어지럽게 놓여 있는 곳이었다. 이제욱이 다시 말했다.

"우리 모두 허울뿐인 삶을 지키기 위해 낭떠러지 바로 앞에서 발버둥 치고 있다는 생각이 들어요. 그곳에서 벗어나려 발악을 해도 주변에서 나만 바라보고 있으니, 어쩌지 못하고 있는 거죠. 때론 힘들어서 그대로 밑으로 떨어지고 싶은데도 말이죠. 웃기지 않아요? 사람들이 그런 자리를 지키기 위해 별의별 짓을 다하고 있는 걸 보면요."

"자꾸 왜 이래요? 밖에 나가면 당신 잘 나가는 사람 될 수도 있다니까! 우리 아직 젊잖아!"

그런 말을 하는 이제욱이 김정수는 속으로 걱정되었다. 하지만 그 심정을 충분히 아는 자신조차도 마찬가지 심정이었다. 그러던 중 이제욱은 회사 스트레스로 병원에 다니고 있다는 말을 했다.

"공황장애래요. 조 회장과 김 사업부장이 괴롭히는 이런 상황에서 미치지 않는 게 더 이상한 것 같아요. 사람들이 정말 다 괴물로 보이고 있어요."

이제욱이 그렇게 말하자 김정수도 그를 심각하게 바라봤다. 지난번 김 사업부장에게 대든 것을 비롯해서 요즘 들어 이제욱이 이상하다 느낀 적이 많았기 때문이다.

"다들 힘들게 살고 있어요. 혼자라고 생각 말고 힘내봐요. 그리고 김 사업부장 그렇게 나쁜 사람 아니니까 잘 맞춰봐요! 맞추는 척만 하지 말고 진짜 마음을 맞춰보라고!"

김정수의 그 말에 이제욱은 씁쓸한 표정을 지었다.

"그것보다는 조 회장에게 늘 보고할 일이 생기는 게 더 문제에요. 알잖아요. 뭐라도 보고하면 첫 페이지 넘어가기도 전에 한시간 동안 소리만 지르는 거! 거기다가 결정 장애가 있는지 혼자서 결정은 못 해서 사람들 회의실에 죄다 불러놓고 일만 키우고. 그렇게 난리를 쳐도 뭐하나 정해지는 게 없으니, 일이 진전 안되고 늘 쳇바퀴 돌고 있고. 알죠? 그 인간은 처음부터 끝까지 분노뿐이라는 거!"

"참 웃긴 거 같아요. 우리가 조 회장의 형한테 그렇게 당하다가, 조 회장이 다시 복귀한다 했을 때만 하더라도 우리 모두를 구해줄 구세주처럼 반겼잖아요. 하지만 그런 구세주가 그의 형보다 더한 악마가 되어 우리 목에 칼을 들이밀 줄은 몰랐으니, 우리 노예들도 참 한심한 존재인 것 같아요."

그렇게 말한 김정수도 마음속으로는 지금 뭔가 자신의 인생에 대해 결정을 하지 않으면 평생 자본가의 노예 신세로 전락할 것 같은 불안감이 들었다.

"백번 양보해서 조 회장의 방향성이 맞다면 모두가 희생을 감수하고 견뎌야 되는데 그게 아닌 게 문제죠. 스스로 회사를 망치고 있다는 생각을 못 하는 게 안타까워요. 자신의 잘못된 판단이 회사와 그 구성원 전체를 수렁으로 내몬다는 생각이나 할까요?"

이번 식사 자리도 형제간의 지분 싸움에 그들의 어머니가 화해시키려는 자리였지만, 그런 자리가 효과가 있을 거라고 생각하는 사람은 아무도 없었다.

3. 밤안개의 무게

'이제욱 과장! 상품을 업데이트해서 판매를 늘리라는 지시가 있었으면 미입고는 막아야 할 거 아냐? 홍보해서 주문만 받고 상품 공급을 못 하면 영업 부서는 어떻게 하라는 거야?'

아침에 출근해서 물류본부에서 온 이메일을 읽던 이제욱은 대리점 영업팀장의 짜증 섞인 전화를 받았다.

'이상하다. VIP 지시로 물량을 넉넉히 생산해서 재고를 준비했는데, 그게 다 출하가 되었다고⋯⋯?'

이제욱은 영업팀장의 말이 믿기지 않는다는 이유로 전화는 건성으로 들으며, 두 눈으로는 재고관리시스템을 긴장한 채 보고 있었다. 주문량이 며칠째 증가했지만, 이 정도일 거라고는 예측을 못 했기 때문이다.

재고가 0이다.

특히 대리점 영업팀의 출하량이 지난달보다 2배나 증가해 있었다.

"팀장님 부서 출하량이 엄청 늘었는데요? 그렇게 행사를 하실 거면 저희한테 사전에 연락을 해주셔야 마케팅과 생산에서도 대처를 하죠. 예고 없이 물량만 빼가시면 어떡합니까?"

"행사는 무슨 행사야? 목표를 그딴 식으로 잡아서 뿌려줄 땐 언제고? 우린 그 목표 맞추려 모든 순간이 행사이고, 전쟁이라고! 오늘 목표 못 채우면 옷 벗는다는 각오로 뛰고 있단 말이야! 이건 뭐 상식적인 수준이라는 게 없어! VIP 관심이라는 이유로 그렇게 억지로 목표만 높게 잡아 영업팀에 할당 주고, 막상 주문 나오면 재고 없다며 배 째라는 식으로 나오고! 현장에서는 대체 어쩌라는 거야?"

영업팀장의 말을 들으며 해당 팀의 출하 실적을 보니 부천지역 대리점의 매출이 거의 3배 이상 증가된 상태였다. 그런 통화를 하는 사이에 책상 위의 유선전화까지 울리기 시작했다. 옆에 있는 윤재영 대리에게 받아달라고 부탁했지만, 전체 전화기가 울리기 시작했다. 전쟁터가 따로 없다.

"선배님! 이것 좀 보세요!"

그렇게 오랫동안 여기저기 걸려 온 전화를 받던 이제욱에게 윤재영 대리가 동영상 링크를 보내줬다. 거기엔 이번에 업데이트된 만두 제품에 대해 구독자 100만을 가진 크리에이터가 시식하는 영상이 보였다.

"거기뿐만이 아니에요! 요즘 여기저기 바이럴이 생기면서 온통 난리예요!"

이제욱은 웹브라우저를 열어 검색 창에 신제품 만두를 검색하자 셀 수도 없는 기사와 글들이 보였다. 한마디로 대박이 난 것이다.

'이게 갑자기 어떻게 된 일이지……?'

이런 모든 상황이 얼떨떨한 순간 사업부장의 호출이 왔다.

"이제욱 과장! 거기 앉아."

사업부장실에 들어가자, 김상환 사업부장은 음료수를 이제욱 앞에 꺼내 놓으며 말했다.

"사람들은 나보고 이제욱 과장 그만 괴롭히라고, 내가 이 과장 괴롭히는 재미로 회사 다닌다고 말하는 사람도 있더라고. 자네도 그렇게 생각해?"

김상환 사업부장의 뜬금없는 소리를 듣자 이제욱은 그의 얼굴을 한번 쳐다볼 뿐 아무 소리도 하지 않았다.

"야 인마! 쫄지 좀 마라! 내가 너 잡아먹냐? 너 칭찬해주려고 이렇게 부른 건데, 네가 그렇게 나오면 난 뭐가 되냐?"

그러면서 김상환 사업부장은 책상 위에 있는 신문에서 마이푸드의 만두 제품 관련 기사를 펼쳐 보였다.

"거봐! 내가 하라는 대로 하니까 바로 반응이 오잖아! 이제야 우리 회사에 같이 족적을 하나 남기게 되었어! 축하해! 우리 앞으로 잘해 보자고!"

그런 말 같지도 않은 소리를 듣고 있는 사이 공장에서는 계속 전화와 문자가 오고 있었다. 전승완 사장으로부터 공급받은 첨가물 NR19 재고가 소진되었다는 소식이었다. 이상한 일이었다. 한 달 전만 하더라도 상당한 양이었는데 그게 벌써 소진이 되었다니 믿을 수가 없었다.

"원료 수급 때문에 나가서 처리 좀 해야 할 것 같습니다."

"어. 그래. 나가서 일 봐!"

제욱은 나가자마자 공장장에게 전화를 걸려고 하다가, 일단 전승완이 있는 그의 부천시 사무실로 찾아갔다.

"원료 오퍼를 더 넣으셔야 할 것 같습니다. 이번에 생산한 만두 제품이 완전 빅히트네요!"

전승완 대표가 부재중이라, 그의 부하 박철민에게 말했다.

"우리도 그 소식 듣고 주문은 더 넣어 놨어. 부족한 물량도 이제 공장에 입고될 거야. 대기업 물량 펑크내면 큰일이잖아! 근데 문제가 좀 생겼어."

문제라는 말에 이제욱은 등골이 오싹해져 왔다. VIP가 관심 있는 품목에 하필 이런 날건달 놈들과 엮이게 되어 사고라도 날까 봐 늘 살얼음판이었기 때문이다.

"문제요……?"

"이거 국내 수입물량이 커지니까 수출국에서도 상품관리를 더 강화한다고 해! 당신도 알잖아! 수입산 식재료에 대한 불신이 커서 TV에 여러 차례 나왔던 거 말이야! 그래서 수출하는 나라들도 우리나라 쪽 수입 물량이 커지면 그 품목은 무조건 정밀 통관 검사를 한대. 그래서 우리가 원하는 시점에 통관이 안 되나 봐!"

"그래요? 큰일이네요. 이거 물량 펑크 나면 저 잘려요. 아시잖아요. VIP 관심 품목이라는 거!"

제욱은 박철민의 말에 대해 항상 의심을 갖고 받아들였지만, 통관 문제를 비교적 상세하게 알고 있는 것으로 보아, 전혀 근거 없는 억지도 아닌 것 같았다. 그러면 실제 이슈가 발생했다는 것이고 그건 더 큰 문제라는 거다.

"다른 방법 없어요? 우리나라에 유통하시려고 들여놓으신 재고 물량 같은 거 말이에요!"

"너무 걱정하지는 마! 우리도 대기업 공식 납품업체인데 물량 자체는 어떻게 해서든 책임을 져야지! 우리 회사 아니면 다 나자빠졌을걸? 이 과장이 얘기한 것처럼 국내 유통 재고를 알아보니 일부 물량이 남아 있어서 급한 데로 비싸게라도 좀 사놨어. 당장 손해는 봤지만 어쩌겠어? 우리 유능한 이 과장님이 이거 잘 처리해줘야지! 그렇지? 이걸 쓰면 그래도 한 달 정도는 버틸 수 있을 거 같아."

"한 달이요?"

"응, 한 달 이후면 물량이 들어올 수 있도록 우리가 힘들게 손을 좀 써놨어. 그러니까 우리가 지난번에 가격 올려달라 했을 때 미리미리 올려줬으면 이런 문제 생겨도 대응이 더 원활하게 되잖아!"

"다행이네요."

"당신네 회사는 다행일지 몰라도 우리는 이거 막으면서 돈을 좀 많이 썼어. 이번에 국내 재고 끌어모으는 돈, 수입국 세관 애들한테 기름칠하느라 쓴 돈, 다 돈이었단 말이야!"

이제욱은 이들이 그동안 사업가인 척하다가 이제 다시 본색을 드러낸다는 생각이 들었다. 조금의 여지라도 있으면 어떻게든 파고들어 주머니를 채우려는 작자들이기 때문이다.

"그래서 가격이 많이 오르나요?"

"좀 올라갈 거 같아. 나 이거 처리하면서 들어간 돈도 돈이지만 너무 힘들었어. 내가 얼마나 뛰어다니고, 전화통 잡고 사정사정했는지 모를 거야. 그리고 처음에 견적가를 너무 낮게 잡은 것도 있고. 그래서 단가 맞추느라 더 고생한 거지. 그래도 여기저기 공장에서 다행히 힘들게 모았으니까 너무 걱정하지 마!"

"여기저기 공장에서 힘들게요? 원래 생산하던 공장에서 들어오는 거 아니었어요?"

"아냐. 거기선 그 가격에 절대 못 한다고 그러더라구. 그래서 어쩔 수 있어? 아시아에 있는 공장 싹 다 뒤져서 비슷한 거 구해서 넣었던 거지!"

"비슷한 거요? 상품은 똑같은 거 아니었어요?"

"맞아! 당신이 상품 바꾸면 회사 승인이 안 날 수도 있다 해서 내가 표시 안 나게 포장을 감쪽같이 바꿔서 넣었어. 아마 그냥 보면 모를 거야!"

"뭐라고요? 그래서 어느 공장에서 생산한 걸 넣은 건데요?"

이제욱은 그 말을 듣자 등골이 오싹해졌다. 이른바 '포대갈이'를 했다고 박철민이 말하고 있기 때문이다.

"걱정하지 마. 그 인근에서 사업하시는 아는 형님이 있어. 아주 믿을 만한 형님이라고. 그 형님한테 신신당부해서 어렵게 구해 놨어. 형 동생 하는 사이거든. 믿을 수 있는 형님이니까 걱정하지 않아도 돼."

이제욱은 그 말을 듣자 다리에 힘이 풀리고 숨이 막혔다. 그러다 박철민이 머뭇거리다 다시 말을 이어갔다.

"근데 혹시 이번에 출시된 만두 말이야. 그거 대기업이 사전에 철저히 검사해서 만든 거라 호르몬 같은 것과는 관계없는 거지? 왜 그거 있잖아. 환경 호르몬이 거 뭐냐, 생식 작용 이런 거에 나쁜 영향을 준다며?"

"무슨 소리세요?"

"아, 아냐. 하여튼 이번에 물량 수급하면서 들어간 비용은 견적으로 다 보상을 해줘야 돼!"

저들은 생각하는 방식 자체가 자신과 맞지 않는다고 느꼈다. 그리고 그 내용에 대해 더 이상 물어볼 용기조차 나지 않았다.

이제욱은 바뀐 원료의 안전성을 직접 의뢰하기가 두려웠다. 회사의 성분 분석검사실에 NR19 이름 그대로 검사 의뢰했다가 부적합이 나오면 더 걷잡을 수가 없기 때문이다. 그리고 사실 진천공장의 조창호와 박철민이 만두를 먹고 이상하다고 한 말도 마음에 걸렸다. 그리고 그런 비슷한 말은 김정수도 한 적이 있었다.

그런 생각을 하자 머릿속에 걱정이 눈덩이처럼 불어나갔다.

그래서 제욱은 동네 제빵점에서 판매하는 카스텔라 빵에 첨가물 NR19를 묻혀 이화학 검사를 해보기로 했다. 검사 결과는 3일 후에나 나온다는 얘기를 들었다. 하지만 그때까지 기다리기에는 너무 초조했다.

이제욱은 집에 돌아와서 정신없이 인터넷 검색을 했다. 전승완이 말한 회사명을 찾기 위해서다. 그중 한 회사는 어렵지 않게 찾을 수 있었다. 그 회사는 이미 몇 년 전 국내에서 수입된 사카린나트륨에서 불순물이 기준치의 42배나 검출되는 바람에 전량 폐기가 된 상품을 생산했던 이력이 있었다. 위생 수준이 어떨지 뻔히 짐작이 되었고, 그걸 떠나서 다른 의도를 갖고 상품을 생산

했다면 그건 더 심각한 일이라는 생각이 들었다.

이게 만약 문제가 되면 단순히 회사를 그만두는 것에서 끝나지 않을 것이다. 대기업 생산 제품에 이상이 있다는 건 뉴스 헤드라인을 장식하는 사회 문제로까지 확대될 수 있기 때문이다. 제욱은 생산된 상품은 어쩔 수 없다 하더라도 공장에 납품된 재고만은 어떤 식이든 처리를 해야 한다고 생각이 들었다. 그러려면 재고를 바꿔야 하는데 전승완 사장이 그걸 용납할 리가 없었다. 그렇다고 공급선을 바꿀 수는 더더욱 없었다.

제욱은 초조한 마음에 형에게 전화를 걸어 상황을 설명했다.

"미쳤어? 제정신이야? 돈을 끌어다 써서 이런 일을 다 만들어 놓고, 그걸 막으려고 또 돈을 쓴다고? 너 또라이냐?"

"그럼 어떡해? 그 첨가물 NR19를 원료로 상품을 생산하면 일이 더 커져! 그럼 내 인생도 좆 치는 거고!"

"그걸 나한테 왜 물어? 그렇게 걱정되면 공장을 폭파시키던가, 너한테 돈 빌려준 그 인간 모가지라도 따오던가 해! 앞으로 다시는 나한테 전화하지 마!"

제욱의 형마저 그렇게 말하자 갑자기 의지할 데가 없어진 것 같았다. 제욱의 애인 전선희에게 전화할까 망설였지만, 그녀와도 최근 관계가 소원해져 있었다.

'자기가 바빴다는 이유로 나는 어떤지 물어보거나 관심 가져

본 적 있어?'

'자기와는 그냥 회사라는 공간에 같이 있을 뿐이라는 생각이 들어. 우리 사이가 특별한 관계였나 하는 회의감도 계속 들고.'

그녀의 말에 섭섭했지만, 김정수는 다른 말을 했다. 다른 사람들에게 자기 상황에 대해 아무리 설명해줘도 잘 모를 거란 거다. 누구나 자신의 회사나 업무에 대해 크고 작은 고민을 다 갖고 있고, 각자 자신의 일에 얽매이다 보면 그들 눈에는 우리 상황도 특별하지 않다는 것이다.

다들 누군가가 자신이 처한 힘든 상황에 관심 가져줬으면 하는 게 사람들의 심리니까. 여러 생각으로 머리가 복잡할 때, 그의 형이 마지막으로 했던 말이 뇌리에 꽂혔다.

'공장을 폭파시키던가, 전승완 모가지라도 따오던가!'

어차피 이렇게 된 거 이판사판이라 생각했다. 차 안에 시너 20리터 3통을 싣고 그대로 진천공장으로 달렸다.

저녁 9시에 도착한 진천공장은 야간에도 물류 분류작업이 진행 중이라 낮보다 더 분주했다. 진천공장을 밤에는 처음 와 본 제욱은 당황했다. 그가 그렇게 머뭇거리고 있을 때 누군가 그를 알아보는 목소리가 들렸다. 물류센터장이었다. 제욱은 VIP 지시로 생산한 제품에 대한 이슈로 방문했다고 대충 얼버무렸다.

제욱은 그렇게 인사를 나누고 물류 출하장을 돌아보는 척했다. 깐깐하기로 소문난 센터장까지 만나자 뭔가 더 쉽지 않다는 생각이 들었다. 그는 물류센터 출하 현황을 보는 척하다가 제조시설이 있는 2층으로 몰래 걸어 올라갔다. 핸드폰 불빛으로 실온 상품 보관창고를 걷다 보니 어렵지 않게 문제의 첨가물 NR19를 발견할 수 있었다. 최근 주문량 폭증을 말해주듯 NR19도 5톤 트럭 한 대 이상은 될 상당한 양이 창고에 쌓여있었다. 제욱은 첨가물 더미를 보자 더더욱 큰 문제라 생각이 들었다.

제욱은 그중 한 포대를 차곡차곡 쌓여있는 중간에서 꺼내보려 끙끙거렸으나 쉽게 빠지지 않았다. 그래서 그 포대는 포기하고 벽 쪽으로 제욱의 머리 높이에 포대 하나가 살짝 튀어나와 있는 것을 발견하자, 그 옆에 있는 선반 위에 올라가서 힘껏 잡아당겼다. 그러나 여전히 아무리 해도 빠지지 않았다. 그는 다시 왼발은 포대 더미에 올리고 오른발은 선반에 간신히 지탱한 채로 다시 힘을 줘서 힘껏 잡아당겨 보았다.

그러자 갑자기 선반이 요란한 소리를 내며 거기에 올려져 있던 스테인리스 재질 그릇과 함께 순식간에 쓰러져 버렸다. 그러면서 제욱이 뽑으려던 20kg짜리 첨가물 포대들도 그대로 떨어져 버렸다. 순식간에 제욱도 그 아래에 깔리고 말았고, 떨어지면서 머리를 바닥에 부딪히면서 제욱은 큰 충격을 받고 기절했다.

그렇게 얼마의 시간이 지났을 때 전화벨이 계속 울리면서 제욱도 정신을 차리게 되었다. 시계를 봤을 때 이미 새벽 4시가 되어있었고, 온몸은 첨가물을 뒤집어써서 온통 끈적였다. 다시 전화벨이 요란하게 울렸다. 센터장의 전화였다. 받을까 말까 망설이다 전화기를 그대로 주머니에 넣자 첨가물이 가득 손에 잡혔다. 제욱은 우선 어지럽혀진 창고는 정리해야 된다고 생각이 들었다. 그때 다시 센터장의 전화가 울렸다.

아마도 자신이 사라진 게 걱정이 돼서 전화를 한 거라 생각이 들었지만, 시간이 없었다. 온몸이 뻐근했지만 우선 대충 주변을 정리했다. 그렇게 정신없이 정리하고 공장을 나와, 정문을 빠져나가려는 순간 센터장을 만났다.

"이 과장! 왜 이렇게 전화를 안 받아! 정문 앞에 세워 놓은 당신 차 때문에 5톤 트럭이 회전 못해서 엄청 고생했다고!"

그렇게 짜증 섞인 말로 얘기하는 센터장을 보자 제욱은 센터장이 어떤 사람이었는지 다시 한번 확인했다.

"그런데 지금까지 뭐 하고 있다 나온 거야? 몰골은 왜 그렇고?"

"아……그게……출하 상황을 지켜보다가 요즘 너무 피곤해서요. 앉아서 깜박 졸다가 벽에 부딪혀서 이렇게 됐나 봐요."

"아니 그리고 몸에 뭐가 이렇게 많이 묻은 거야?"

센터장이 그렇게 말하며 제욱의 몸에 묻은 첨가물을 털어주려 하자, 막아서며 서둘러 자리를 피하려 했다. 제욱의 행동이 수상했던 센터장은 다시 말한다.

"그냥 가게? 아침이라도 같이 먹고 가!"

"아녜요. 사무실 출근해야죠."

제욱은 서둘러 차에 올라타며 센터장에게 말했다.

"그 몰골로 사무실에 가려고?"

제욱은 센터장의 말에도 불구하고 급히 차량을 몰았다. 공장이 점차 멀어져 백미러로 자신의 모습을 비춰본 제욱은 깜짝 놀랐다. 얼굴에 온통 멍이 들어있었고, 머리에는 하얗게 첨가물이 뒤범벅되어있었기 때문이다.

4. 차가운 아스팔트

사무실에 들어간 제욱은 머릿속이 복잡했다. 만두 출하 실적을 보니 여전히 예상을 뛰어넘는 판매가 이어지고 있었다. 상품이 이젠 대부분의 대형마트뿐만 아니라 새벽배송을 하는 온라인 플랫폼 회사에서도 히트 상품이 되고 있었다. 여기저기서 축하한다는 말이 전해 왔다. 하지만 축하는 고사하고, 이제는 마이푸드의 만두가 역병처럼 전국 각지에 깔린다는 생각을 하니 불안한 마음을 더더욱 숨길 수가 없었다.

그런 가운데 김상환 사업부장의 호출이 있었다. 이번 실적 보고 때 만두 신제품에 대해 메타버스를 활용한 마케팅 방안을 만들어 보란 것이었다.

조 회장이 이런 지시를 내린 배경에는 그가 얼마 전 소개 받은 이연지의 의견이 있었다. 이연지는 이와 관련되서 신경생리학을 전공했고, 메타버스 관련 스타트업에서 근무한 경력을 갖고 있었다.

'뇌의 기능적인 측면과 구조적으로 작동하는 메커니즘을 연구하는 분야가 최근 주목받고 있고, 이를 산업 분야에 활용하는 기술이 부각되고 있어요. 뇌도 기계와 같이 유기적인 작동원리를 갖고 있거든요. 놀라운 게 뭔지 아세요? 뇌가 온몸에서 받아들인 신호를 전달하는 방식이 다름 아닌 전기적인 방식이라는 거에요.'

'예를 들어 손가락이 절단된 환자에게 인공 손가락을 부착하고, 표면에 감각세포와 같은 인공 감각 수용기기를 부착하는 거예요. 과거에 이 개념이 제안되었을 때만 하더라도 공학적인 걸림돌이 있었지만, 나노기술이 최근 급속도로 발달하면서 아주 미세한 영역까지 세밀하게 감각을 구현하고 감각 정보들에 대해 뇌에 효과적으로 그 신호를 전달하고 발현하는 기술이 개발되었어요. 그렇게 되면 장애인들도 그토록 꿈에 그리던 자신의 손과 다리를 갖게 되거든요. 놀랍지 않습니까. 그리고 이 기술은 더 다양한 분야까지도 적용이 확장될 수 있어요.'

'앞으로는 사람들이 만나는 방식도 획기적으로 달라질 수 있어요. 예를 들면 이런 기능이 탑재된 기구나 옷을 착용하면 해외에 떨어진 연인이나 가족을 직접 만나서 만지는 것과 똑같은 것이 가능한 세상이 열리게 되는 거죠. 그리 멀지 않은 아주 가까운 시기에 상업적으로 곧 펼쳐질 수 있는 기술이기도 하고요. 결국 이것이 메타버스의 확장 버전이거든요. 회장님 회사에도 이런 아이디어를 선제적으로 도입해 보신다면 아마 업계에서 더욱 빨리 앞서 나가실 수 있으실 겁니다.'

물론 이런 학문적인 성과는 관련된 산업 분야에 도입이 가능하겠지만, 문제는 조 회장이 속한 식품 분야에 적용이 가능하겠느냐의 문제이다. 하지만 오너의 의지가 확고하다면 어쩔 수 없는 문제이기도 하며, 그 의견을 제시한 사람이 오너와 특별한 관계라면 더더욱 말할 필요가 없다.

"사업부장님 아무리 VIP가 메타버스에 관심이 있더라도 우리 제품에 어떻게 메타버스를 도입한다는 겁니까? 제품과 메타버스가 뭔가 관련성이 조금이라도 있어야죠! 또 우리 회사가 IT회사도 아니고, 우리가 그런 기술을 구현할 전문가도 역량도 없는 것 잘 아시잖습니까."

역시 조 회장의 지시사항은 코미디의 연속이라 생각이 들었다.

"그리고 연관성이 없는 메타버스와 북미시장을 우리 만두 제품과 어떻게 연결을 한다는 겁니까. 이건 마케터라도 뭔가 기본적으로 관련된 베이스가 있어야 하는데 아무리 생각해도 제 상식으로는 이해가 되지 않습니다."

그 말을 듣자 다혈질인 김상환 사업부장은 제욱을 쏘아붙인다.

"그러니까 전략과제를 하려는 거잖아! 쉬운 일이라면 전략과제라는 타이틀을 붙이겠어? 넌 어쩜 그렇게 하나부터 열까지 안되는 이유만 갖다 붙이냐? 난 너랑 얘기하면 아주 답답해 죽겠어. 그래 상식적으로 생각하면 너처럼 안되는 이유가 백 가지는 되지. 하지만 봐라. 이 세상을 바꾼 건 결국 안되는 이유 아흔아홉 가지를 극복하고, 가능성 있는 한 가지를 집요하게 파헤친 사람들 덕분이야! 하지만 넌 지시를 하면 해보지도 않고 안된다는 얘기뿐이잖아! 너처럼 생각하면 우리나라 가수들이 미국에는 어떻게 진출했고, 우리나라 영화가 어떻게 아카데미상을 타냐?"

역시 말이 통하지 않는 일방적인 의사소통의 연속이다.

"네. 네. 잘 알겠습니다. 그럼 그런 기술인력이나 연구 인프라가 부족한 우리 회사에서 관련부서와 업무가 원활히 진행되도록 사업부장님이 잘 조율해 주실 거죠?"

그 말이 거슬렸는지 김상환은 다시 이제욱을 몰아세운다.

"그러니까 떠먹여 주는 것만 하겠다는 거야? 네가 담당자면 방법을 찾아봐야 할 것 아냐! 네 생각만 하지 말고 뭔가 될 만한 이유를 찾아보라고! 네가 거기에 왜 앉아있는 거야? 그런 고민 하라고 월급 받고 앉아있는 거야! 뭐든 시도라도 해보고 그런 소리 하세요! 그리고 씨마트 강서점 어제 만두 판매량은 얼마에요?"

그런 대화를 하다가 뜬금없는 마트 판매량을 묻는 것은 다른 이유가 있다. 데이터를 이제욱이 챙기고 있는지 묻고 몰아부치려는 거다. 순간 이제욱은 머릿속이 하얗게 변했다. 지난달부터 스프레드시트 10개 가까이 붙어있는 파일을 전달해 주며 비슷한 스타일로 만두 제품을 관리하라고 지시했기 때문이다.

하지만 그걸 만들기 위해서는 하루 종일 그 일만 해도 부족했고, 전산화가 안 되는 부분이 많아 일일이 수식을 걸어서 계산을 해야 했다. 물론 그런 말도 했지만 안 통했다.

'TJ에서 온 상온 팀의 최 대리는 그거 2배 분량을 매일 분석해서 보고하고 있다고!'

이제욱이 현실적인 하소연을 하자 돌아온 대답이었다. 그래서인지 상온팀의 최 대리는 밤 10시 이전에 사무실 나서는 걸 본 적이 없었다. 따라서 그런 데이터 관리는 이제욱에게 엄청난 압박감으로 다가왔고, 일요일에도 회사에 나오게 만들고 있었다.

"어제는 원료 수급 문제 때문에 제대로 파악을 못 했습니다……"

"뭐야? 일별 데이터 관리가 안 되니까 제대로 된 판매 전략이 안 나오는 거잖아. 그런 분석이 없으니 잘 나가던 상품의 판매세가 주춤하는 거라고 도대체 몇 번을 얘기했냐? 너 초등학생이니? 내가 아마 수천 번은 지시했을걸? 너는 직무 유기야! 그러면서도 어떻게 꼬박꼬박 월급은 타가니? 양심에 찔리지 않니?"

더 이상 얘기해봤자 입만 아프다는 걸 알았다. 그리고 자신이 마치 쥐새끼로 전락했다는 느낌이 들었다. 여기서 막대기를 휘두르면 그걸 피하기 바쁘고, 다른 데에서 또 휘두르면 다시 피하려고 꽁지 빠지게 뛰어다니는 꼴이다. 그러다 보니 아무 일도 제대로 되는 것이 없었다.

제욱은 스스로 그렇게 퇴보하며 무기력한 존재가 되어간다 생각했다. 또한 그 끝을 가늠할 수 없는 중압감이 서서히 자신을 침몰시키고 있다는 것을 알게 되었다.

제욱은 컴퓨터 화면을 2개 띄워놓고 숫자가 가득한 스프레드시트를 연신 두드리고 있었다. 그러다 보니 어느덧 시간이 저녁 10시가 되어가고 있었다.

"시발! 내가 지금 뭐 하고 있는 거야!"

제욱은 화를 내며 컴퓨터 키보드를 책상에 집어 던졌다. 자기 목숨이 왔다 갔다 할 중요한 일은 따로 있는데, 사무실에서 이렇게 컴퓨터만 보고 있는 자신이 한심하다고 생각했기 때문이다. 급하게 소지품을 챙기고 공장으로 향하려던 제욱은 잠시 망설였다. 저녁에도 상황이 계속되고 있는 공장을 다시 내려가는 건 큰 의미가 없을 거 같았다. 그리고 어제 현장을 그렇게 엉망으로 만들고 나온 걸 본 센터장이 알면 더 의심할 게 뻔했다.

잠시 생각에 잠기던 그는 사무실을 나와서, 차를 몰고 운전에 나섰다.

그리고 마트에 들러 식칼과 알루미늄 야구 방망이를 구입해서 트렁크에 실었다. 트렁크에는 어제 진천 공장에 사용하려던 시너가 실려있었다. 그것을 보자 무슨 생각이 났는지 그는 다시 차를 거칠게 몰며 출발했다.

그가 향한 곳은 다름 아닌 전승완의 사무실이었다. 그곳에 도착하자 사무실 불은 아직 환하게 켜져 있었다. 차를 세우고 사무실로 들어가려다, 건물 앞의 CCTV가 차에서 내리려던 제욱의 눈에 들어왔다. 깜짝 놀라 주변을 살펴보자 건물과 도로 여러 군데에 CCTV가 설치되어 있었다.

주변을 살피던 그는 차를 몰아 골목의 후미진 곳에 차를 세워 놓고 기다렸다. 그가 기다리는 이유는 단 하나, 오직 전승완을 덮치는 것이었다. 그렇게 한 시간이 지났지만 전승완은 나올 기미가 보이지 않았다. 제욱은 재킷을 벗어 던지고 차 안에 걸려있는 점퍼와 모자를 눌러쓰고 차에서 내렸다. CCTV를 피해 어두운 2차선을 가로질러 전승완 사무실이 있는 건물 입구까지 도착했다. 그곳에서 2층까지 올라가려 계단에 발걸음을 옮기려다 인기척이 있는 것을 느낀 그는 깜짝 놀라 몸을 낮췄다. 3층짜리 작고 낡은 이 건물은 현관 앞 계단이 유일한 통로로 옆 사무실이 공실인 것을 감안하면, 현재 2층에서 담배를 피우며 서성거리고 있는 사내들은 전승완의 부하들일 가능성이 크다.

이제욱은 조심스럽게 발길을 돌려 건물을 빠져나갔다. 하지만 그냥 이대로 돌아갈 수 없다는 생각이 들었다. 입구를 빠져나오니 옆 건물 사이로 벽이 세워져 있었고, 그 틈 입구엔 작은 철제문이 버티고 있었다. 그리고 그 건물 왼편 2층에는 전승완의 사무실이 보였다. 무슨 생각이 났는지 제욱은 철제문을 밟고 올라가 그 뒤로 펼쳐진 담벼락 위에 힘겹게 발을 디뎌 올라갔다. 2층 창문 옆으로는 도시가스 배관이 올라가고 있었고 건물 벽은 오래된 빨간 벽돌로 되어있어서 쉽게 발을 디뎌 올라갈 수 있는 구조였다.

제욱은 가스 배관을 타고 힘겹게 2층 창문이 있는 곳까지 올라가서 사무실 내부를 살펴봤다. 사무실 내부에는 박철민이 컴퓨터가 켜진 책상 앞 의자에 앉아서 동영상 서비스를 보고 있었다. 그리고 그 옆에 어느 젊은 여자를 옆에 앉혀서 허리를 주무르고 있었다. 그의 손이 닿는 탓인지 그녀의 왼쪽 원피스 어깨는 아래로 흘러 내려간 채 맨살이 드러나 있었다. 역시 박철민다운 장면이라 생각된 이제욱은 주변을 두리번거리다가 책상 밑 종이 쇼핑백에 지폐가 가득 담겨 있는 것이 눈에 들어왔다. 그리고 책상 위에도 마치 자랑이라도 하듯이 돈뭉치 세 개가 아무렇게나 놓여 있었다.

동영상을 보면서 낄낄거리고 있는 박철민은 그럴 때마다 옆에 있는 여자의 얼굴을 보며 허리와 어깨를 주물렀다. 그녀는 그게 익숙한 듯, 같이 모니터를 보며 웃고 있었다. 그러다 책상 위에 있는 핸드폰이 울렸다. 전화번호를 확인한 그는 받을까 망설이다 옆에 있는 여자에게 잠시 나가 있으라고 했다. 그녀가 투덜거리며 나가자 박철민은 한참 동안 통화를 이어갔다.

마치 어떤 상황에 대해 변명을 하려 하나 상대가 못 미더워하는 눈치 같았다. 박철민은 자리에서 일어나 반대편 벽 쪽으로 걸어가 수납장에 놓여 있는 트로피 같은 것을 만지작거리며 통화에 여념이 없었다. 그 순간 제욱의 눈에는 책상 밑의 돈 가방이 들어왔다. 저 돈만 있으면 이 지옥 같은 상황을 벗어날 수 있다는 생각이 번쩍 들었다.

돈 가방은 제욱의 손에 파리채 길이의 막대기만 있어도 잡히는 위치였으나, 박철민 또한 불과 3~4미터 앞에 서서 통화 중이었다. 비록 고개를 돌리고 통화에 여념이 없지만, 지척에서 부스럭거리는 소리를 눈치 못 챌 리 없었다.

제욱은 돈을 보자 심장이 요동쳤다. 맥박이 빨라지고 다리가 후들거렸다. 그때 갑자기 박철민의 목소리가 높아졌다. 그러더니 복도가 있는 사무실 출입구를 열어 누군가를 크게 부르기 시작했다. 불러도 대답 없자 박철민은 화가 난 듯 전화기를 든 채 복도로 나갔다. 다시 제욱의 맥박이 미친 듯이 뛰기 시작했다. 제욱은 손을 뻗어 돈 가방을 잡으려 하지만 간발의 차이로 닿지 않는다. 주변을 두리번거렸지만, 막대기 같은 것은 보이지 않았다.

제욱은 힘을 주어 자신의 몸을 창문에 더 구겨 넣어 돈 봉투에 필사적으로 손을 뻗쳤다. 점퍼 속의 와이셔츠 단추가 창문 턱에 닿아 우두둑 소리를 내며 떨어져 나갔다. 이마와 등에서는 연신 땀이 흐르고 있었다. 이제 창문 턱에 배를 걸치면서 다리가 허공에 뜨자, 한 손으로 바닥을 짚을 수 있게 되었다. 그리고는 마침내 돈 봉투를 손에 잡았다. 그때 다시 소리가 들리면서 누군가가 사무실에 들어오는 소리가 나자, 제욱은 당황해서 재빨리 몸을 뺐다. 하지만 갑작스런 움직임에 가방 모퉁이가 의자 뒤편에 걸려 찢어지면서 돈뭉치 몇 개가 사무실에 떨어졌고, 1층 바닥으로도 몇 개가 떨어졌다.

찢어진 부분을 손으로 가까스로 막은 제욱은 담벼락을 조심스럽게 내려왔다. 돈다발을 가슴으로 안자 다시 심장이 요동쳤다.

'이제 여기만 빠져나가면 된다.'

다시 담벼락 위를 걸어가 1층으로 조심스럽게 내려가자, 이윽고 도로에 도착했다. 길 건너 골목에 세워진 그의 자동차가 이제 자신의 모든 것을 바꿔줄 대상으로 보였다. 제욱은 숨을 고르고 도로를 건너 뛰려 했다.

그때였다.

도로를 건너려던 그의 뒷목에 둔탁한 무엇인가가 강타했다. 제욱은 그대로 차가운 아스팔트에 쓰러지고 말았다.

2부

물고기를 둥근 어항에서 키우는 것이 잔인하다고 금지한 도시가 있다. 왜냐하면 그런 어항 안에서 밖을 바라보는 물고기는 실재와 다른 왜곡된 모습을 보기 때문이라는 것이다.

'그렇다면 우리가 실재의 참되고 왜곡되지 않은 상을 본다고 어떻게 확신할 수 있을까?'

'혹시 우리도 어떤 거대한 어항 속에서, 거대한 렌즈에 의해서 왜곡된 상을 보는 것이 아닐까?'

– 스티븐 호킹의 [위대한 설계] 중

5. 안개 걷힌 세상

제욱은 덜컹거리는 진동에 점차 의식을 깼다. 계속해서 무엇
인가가 세게 박아대고 있었고, 그 소리가 워낙 크게 느껴져서 온
세상이 뒤틀리고 있는 것 같았다. 그러면서 어디론가 점차 미끄
러져 빨려 들어가고 있는 것을 느꼈다.

깜짝 놀라 눈을 뜨자 제욱은 송아지가 들어갈 만한 철제 케이
지에 갇혀 있었고, 짚풀 같은 것이 바닥에 깔려 경사진 바닥에서
점차 아래로 미끄러지고 있었다. 놀랍게도 그렇게 미끄러지고
있는 이유는 밖에서 연신 머리를 들이박고 있는 커다란 멧돼지
때문이었고, 그 소리가 워낙 커서 건물 내부를 쩌렁쩌렁 울리고
있었다. 제욱을 가두고 있는 그 철제 케이지는 커다란 낚시터처
럼 물이 고여있는 곳으로 점차 미끄러져 빨려 들어가고 있었다.

그 상황에 온몸이 멍투성이인 제욱은 고통을 느낄 겨를도 없
이 당황했다. 이렇게 죽어 끝나버리는 것이 아닌가 하는 두려움

에 필사적으로 케이지를 벗어나려고 발버둥을 쳤다. 하지만 철근으로 만들어진 그것은 발로 아무리 차도 꿈쩍도 하지 않았다. 높은 경사 쪽에 있는 멧돼지 또한 마치 누가 시키기라도 한 것처럼 정신없이 머리로 케이지를 밀어대고 있었다.

이대로 가만히 있을 수 없다고 생각한 제욱은 이 상황을 어떻게 해야 할지 잠시 생각해 보았다. 제욱은 흔들리는 케이지 안에서 상처투성이인 몸을 간신히 일으켜, 다리를 들어 멧돼지의 머리를 힘껏 발로 차버렸다. 하지만 발길질이 허무하게 빗나가고 말자, 멧돼지는 오히려 날카로운 엄니로 거칠게 그의 넓적다리를 공격했다. 제욱은 외마디 비명을 지르며 다시 뒷걸음질 쳤다. 하지만 흉포한 기세의 멧돼지는 어느덧 케이지를 물웅덩이로 바로 앞까지 가져가, 밀어 떨어뜨리기 직전이다.

그러자 케이지 앞쪽이 기울어지면서 물에 잠기기 시작했고, 그렇게 되자 나머지 부분도 일순간에 미끄러져 물웅덩이에 가로로 쓰러졌다. 케이지는 물웅덩이 입구에 있는 바위 같은 것 위에 쓰러지자, 케이지 아래쪽이 멧돼지에게 드러났다. 멧돼지가 다시 그 부분마저 머리로 밀어대자, 이번에는 케이지 위쪽부터 물속에 잠겨 버렸다. 갑작스럽게 철제 케이지 위와 아래가 뒤집히자 순식간에 물이 코와 입으로 들어왔다.

물을 마시고 숨을 못 쉬게 되자 제욱은 놀라 정신을 차릴 수 없었다. 수심이 얕아 보였으나, 케이지와 수면 사이는 숨만 간신히 쉴 공간만 남겨있었다. 물을 먹어 당황한 제욱은 정신을 다시 잃지 않기 위해, 그 공간에서 필사적으로 호흡하려 매달렸다.

그렇게 간신히 공기를 들이마시고, 주변을 둘러보자 그제서야 그곳이 눈에 들어왔다. 축구장 절반 크기의 직사각형 시설이었고, 위로는 슬레이트 합판으로 지어진 지붕이 있었다. 지붕 바로 아래에는 목조로 된 골격이 그대로 드러나 있었다. 제욱은 건물 가운데에 있는 직사각형의 넓은 물웅덩이에 빠져 있었고, 이를 중심으로 길게 뻗은 경사진 언덕이 제욱의 앞과 뒤로 펼쳐져 있었다. 자세히 보니 그곳도 시멘트로 만들어진 계단 같은 것이 있었으나 오래되어 부서지고 흙 속에 묻히고 있었다.

그리고 물웅덩이 좌우로는 콘크리트로 된 좁은 벽이 세워져 있었고, 양쪽으로 수문처럼 보이는 철제문도 보였다. 아마도 이곳에 머물러 있는 물과 관련된 장치일 것으로 보였다. 그리고 제욱의 앞에 펼쳐진 반대편 공간에는 짚더미와 설비, 기구 등이 어지럽게 놓여 있었다. 그런데 자세히 보니 거기에도 동물이 이리저리 움직이고 있는 것이 보였다. 자세히 보니 개처럼 작은 동물이었다. 그 동물은 거기에 놓여있던 집기 등을 요란하게 뒤지고 있었고, 옆에 쌓아둔 다발을 발견하고는 다가가서 이빨로 물어뜯고 있었다. 자세히 보이지는 않았지만 그 동물은 늑대나 여우처럼 보였다. 그 더미가 잘 풀어지지 않자 더 거칠게 물어뜯었고, 이내 묶어놓은 다발이 헝클어지면서 물에 빠져 버리고 말았다.

그렇게 물에 빠진 다발을 안타깝게 바라보던 그 동물은 그제 서야 제욱을 발견해 눈이 마주친다. 그리고 주변을 돌아 제욱이 빠진 곳으로 갑자기 달려오기 시작했다. 그 모습이 마치 오랫동 안 굶주린 동물이 피 냄새를 맡고 달려오는 것 같았다. 그 모습 에 위협을 느낀 제욱은 철제 케이지 이곳저곳을 다시 잡아당겼 지만, 여전히 꿈쩍하지 않았다.

제욱은 케이지의 빈틈이 있는지 필사적으로 구석구석 흔들어 보기 시작했다. 그러다 보니 문 쪽으로 뭔가 덜컹거리는 게 느껴 졌다. 아마도 케이지가 물에 뒤집히면서 떨어지게 되어 충격을 받은 듯했다. 그 부분을 찾아서 두 팔로 윗쪽 철근을 잡고 두 발 로 힘껏 내리치자 문이 조금씩 충격을 받았다. 그 사이 그 동물 은 어느새 다가와서 이곳을 물끄러미 바라보고 있었다. 마치 제 욱이 빠져 죽기만을 기다리고 있는 것 같았다.

그렇게 한동안 있는 힘을 다해 내리치자 결국 덜컥하고 문이 열렸다. 케이지에서 빠져나온 제욱은 건너편으로 조심스럽게 헤 엄쳐서 갔다. 반대편에 다다르자 그 동물도 어느새 그곳에서 제 욱을 보란 듯이 기다리고 있었다. 자세히 보니 그 동물은 늑대가 아닌 여우였다.

놀란 제욱은 그 여우의 눈치를 보며 물에서 조심스럽게 빠져 나왔다. 그리고 주변을 살펴 긴 막대기 하나를 찾아 여우에게 휘 둘렀다. 하지만 여우는 겁먹지 않고 그때만 조금씩 뒷걸음질 칠

뿌이었다. 물에 나와서 보니 자신의 몸 전체가 온통 피멍과 찢어진 상처투성이였고, 여전히 피가 흐르고 있었다. 그 사이 여우가 또다시 다가오려 했다. 화가 난 제욱이 막대기를 여러 차례 휘두르자, 깜짝 놀란 여우는 저 멀리로 도망갔다.

현기증을 느낀 제욱은 옆에 쌓여있는 짚더미에 풀썩 드러누웠다. 천장을 바라보니 5미터 이상은 되어 보였고, 내부에서는 축축하고 시큼한 냄새가 나고 있었다. 아마도 저 물에서 올라오는 냄새와 동물들 냄새가 섞인 것 같았다. 하지만 환기가 되지 않은지 머리가 아프고, 속이 메스꺼웠다. 오래된 건물과 이상한 동물들까지, 여기가 대체 뭐 하는 곳인지 제욱은 짐작조차 되지 않았다.

그때 자신을 공격하던 멧돼지가 생각난 제욱은 놀라 자리에서 벌떡 일어났다. 건너편 자신이 갇혀 있던 곳을 보았지만, 멧돼지는 보이지 않았다. 저 멀리에서는 여우가 여전히 자신을 노려보고 있었다. 화가 난 제욱은 주변에 있는 돌을 집어 들어 여우에게 던졌다.

그 순간 건너편에 있던 멧돼지가 갑자기 제욱에게 맹렬한 속도로 달려오고 있는 것이 보였다.

제욱이 깜짝 놀라 뒷걸음질 치는 순간 멧돼지는 제욱을 지나쳐 그의 뒤편에 있는 문을 향해 돌진했다. 그리고는 계속해서 둔탁한 머리로 박아대기 시작한다. 마치 아까 케이지에 갇혀 있던 자신을 향해 거칠게 박아대는 기세와 흡사했다. 그리고 한 마리가 다시 어디에선가 나타나서 같이 머리를 박으며 문을 무너뜨리는 것처럼 보였다. 그 문 옆에는 방독면 여러 개가 가지런히 놓여있는 게 눈에 들어왔다.

제욱이 그 상황을 놀라 지켜보고 있는 순간, 어느덧 문에 균열이 생기면서 마침내 그대로 밖으로 쓰러졌다. 그리고 그곳을 통해 멧돼지가 한 마리씩 빠져나가기 시작했다. 낯선 공간에 갇혀 있던 제욱은 뒤를 돌아 내부를 한번 보고는 천천히 밖을 향해 조심스럽게 걸어 나갔다.

그렇게 걸어 나간 제욱은 깜짝 놀라 바닥에 주저앉고 말았다.

밝은 빛과 뭔지 모를 물질이 제욱의 눈과 목을 강하게 자극해 눈을 뜰 수조차 없었다. 그리고 메케한 향이 너무나 강해 심한 기침을 하게 만들었다. 제욱은 그가 있던 건물로 다시 뛰어 돌아갔다. 거기서 한동안 눈물 흘리고, 기침을 하자 어지러움을 느끼며 정신이 몽롱해졌다. 그렇게 몇 분의 시간이 흐르자, 밖에 있던 공기가 부서진 문을 통해 들어와 서서히 제욱을 덮쳤다.

그러자 또 기침이 심해졌다. 뒷걸음치던 제욱의 눈으로 문 옆에 걸려있던 방독면이 들어왔다. 제욱은 재빨리 달려가 방독면을 얼굴에 뒤집어썼다. 다행히 방독면은 정상적으로 작동했다. 군대에서 화생방 훈련을 하면서 방독면에 대해서는 잘 알고 있어서 착용하는 것이 어렵지는 않았다.

다시 나가야겠다는 생각이 든 제욱은 그 건물을 따라 밖으로 나가자, 사람 한 명이 간신히 걸을 정도의 좁은 길이 나 있었다. 그 옆으로는 낡은 건물이 놓여있었으나, 오랫동안 방치된 것처럼 보였다. 그 건물들은 지붕까지 나무와 넝쿨들이 어지럽게 뒤덮여 있어서 사람 흔적이라고는 찾아볼 수 없는 유령의 집 같았다. 그렇게 걸어서 허름한 건물 입구까지 나오자, 낮은 담이 펼쳐져 있었고, 그 끝에는 부서져 있는 문이 보였다. 그곳에서 돌아서 건물을 뒤돌아 바라보니 낮은 산 위에 지어진 오래된 건물이었다. 제욱이 서 있는 시설 입구의 철제문 하나는 바닥에 떨어져 나뒹굴고 있었고, 그 문을 받치던 기둥 하나도 쓰러져 바닥에 널브러져 있었다.

그곳은 비교적 높은 곳에 위치해 있어서 주변 환경이 한눈에 들어왔다. 낯선 시골 풍경이었고, 좁은 2차선 도로가 그 건물 왼쪽으로 뻗어 있었다. 도로 사이로는 듬성듬성 건물이 위치해 있었고, 멀리 건너편에는 화학공장처럼 보이는 건물이 서 있었다.

제욱은 빨리 이곳을 벗어나야겠다고 생각했다. 무엇인가에 의해 오염이라도 된 것처럼 인적이라고는 보이지 않는 죽음의 지역처럼 보였기 때문이다. 아마 전승완 일당이 자신을 이곳에 버렸다면, 분명 자신을 죽이기 위한 것이라 생각이 들었다.

그렇게 그 공장을 따라 5분 정도 걸어가자 왼쪽에 말끔하게 생긴 건물 하나가 나타났다. 자세히 보니 작은 카페였다. 이런 낯선 시골 마을에 어울리지 않는 카페였다. 카페 앞에 세워진 검은색 세단에 자신의 모습을 비춰본 제욱은 몰골이 말이 아니라고 생각해서, 건물 뒤편에 있는 화장실에 들어가 세수를 하고 머리와 옷차림을 가다듬으며 한동안 거울을 바라보았다.

카페 안으로 들어가자 주인은 보이지 않았고, 오른쪽 창가 쪽 테이블에 40대 여자 손님 세 명이 앉아서 얘기를 나누고 있었다. 사람들이 방독면을 쓰지 않은 것을 확인한 제욱은 방독면을 벗고 천천히 자리를 찾아 앉았다. 카페 내부는 공조 시설이 요란한 소리를 내며 돌아가고 있었다.

깔끔하고 세련된 옷차림의 그녀들은 차를 마시며 다정하고 여유롭게 담소를 나누고 있었다. 제욱은 출입문의 왼쪽 테이블에 앉아서 주인이 오기를 기다렸다. 하지만 그렇게 시간이 흘러도 주인은 좀처럼 나타나지 않았다.

그러다 카페 내부를 둘러보다 창가 테이블에 앉아있던 여자 손님들에게 눈길이 갔다. 자세히 보니 그들이 조금 다르다는 느낌을 받았다. 앞을 못 보는 사람들이었다. 그래서인지 제욱을 별로 신경 쓰지 않고 있었다. 특히 이렇게 인적이 드문 시골길에서 보호자 없이 얘기를 나누고 있는 것이 걱정스럽기도 했다. 그들은 제욱에 대해서 별다른 반응을 보이지 않고 자신들만의 대화에 집중하고 있었다.

"아마 주인 분은 조금 있다가 오실 거예요."

제욱을 의식했는지 그중에 깔끔한 분홍색 데님 자켓을 입은 여자 하나가 말했다. 그러자 나머지 여자 두 명도 일제히 제욱 쪽을 바라봤다. 갈색 뿔테 안경을 쓴 그녀는 깔끔한 미인형의 얼굴이었다.

카페 내부에 걸려 있는 사업자등록증에서 주소를 살피던 제욱은 그녀의 갑작스러운 말에 당황했다. 하지만 한편으로는 그녀들이 앞을 못 본다는 사실이, 낯설어 어색해하는 자신의 모습을 들키지 않아 다행이라는 생각이 들기도 했다. 주인이 오려면 오래 걸린다는 말에 제욱은 카페 벽에 붙어있는 사업자등록증 주소를 다시 자세히 바라보았다. 주소에는 그곳이 정주시의 정원면으로 되어있었다.

"혹시 여기서 서울 가는 버스 타려면 어디로 가야 하는지 아시나요?"

주소지가 낯설다고 생각한 제욱이 물었다.

"이 길 따라 차 타고 5분 정도 올라가다 보면 삼거리가 나와요. 거기서 우회전해서 다시 5분 정도 가면 읍내가 나올 거에요. 하지만 차를 안 갖고 오셨으면 조금 멀 거에요."

그녀는 제욱이 차 없이 걸어온 것을 알기라도 하듯 그렇게 말했다.

"차가 없으시면 저기 멀리 건너편 쪽에 보이는 비료공장이 있어요. 공장 뒤편으로 산이 있는데, 거기 넘어가시면 재래시장이 나와요. 운동 삼아서 그렇게 다니시는 분들도 있거든요. 물론 그것도 다 옛날얘기이긴 하지만요……"

낯선 주소지를 보고 이상하게 생각하던 제욱에게 그 여인이 그곳 지리를 훤히 꿰뚫고 있는 듯 불쑥 이런 말을 했다. 그러면서 그녀는 다시 말을 이어갔다.

"욕망이 많다는 건 그만큼 많은 제약이 생기기 마련이지요."

"네?"

뜻밖의 말에 제욱은 잠시 하던 일을 멈추고 그녀를 바라봤다.

"보고 싶다는 욕망에서 벗어나 자유로워진다면, 세상 속의 더 많은 본질을 볼 수 있거든요. 보고 싶다는 욕망이 우리를 해방시켜주는 것 같지만, 사실 우리를 노예로 만들고 있어요. 어떤 대상을 본다는 행위가 그 자체로 수많은 가능성을 다 차단해버리고, 그 순간 한 가지만 진실이라 강요하게 만드니까요."

그녀는 그러면서 다시 말을 이어갔다.

"마찬가지로 우리를 사로잡고 있는 오감의 한계에서 벗어난다면, 우리는 진정 자유롭게 진실에 한 발 더 가깝게 다가갈 수 있어요. 사실 우리의 감각이라고 해봤자, 우리 주변을 둘러싸고 있는 수많은 대상 중에 극히 일부만 받아들일 수 있거든요. 그 말을 달리하면 결국 우리 감각으로는 대부분의 진실을 알 수 없다는 것이기도 하고요."

그녀는 옅은 미소를 지으며 그렇게 말하고, 다시 찻잔을 든다.

그리고 마치 창밖의 풍경을 감상이라도 하는 것처럼 밖을 내다봤다. 뭔가 다시 얘기하려던 제욱은 그녀의 말을 잠시 다시 생각했다.

그러다가 바로 그 카페를 나와 발걸음을 재촉했다. 한 번도 온 적 없는 낯선 곳, 뜻밖의 대화, 그리고 고독감이 제욱을 빠르게 감쌌다.

그녀의 말대로 비료 공장을 지나자 산이 하나 나타났다. 늦가을이라 작은 덤불이 가득한 산은 누렇게 푸르름을 잃고 황량하게 늙어가고 있었다. 그렇게 30여 분을 걸어 올라가니 평평한 정상이 나타났다.

하지만 이내 제욱은 놀라고 말았다. 낯익은 풍경이 다시 펼쳐져 있었기 때문이었다.

제욱의 눈 앞에 펼쳐진 광경은 아까 그 낚시터 같은 건물에서 빠져나와 봤던 것과 똑같은 풍경이었다. 제욱은 지금 꿈을 꾸고 있는 것이 아닌가 하는 착각이 들었다. 이번에는 자신이 갇혀 있던 공장이 왼쪽 아래에 있었고, 자신은 그 산의 산등성이로 난 길목에 서 있던 것이었다. 제욱은 아까 봤던 동물과 그 시설 안의 시큼한 냄새가 다시 떠올랐다.

자신이 그 동물들에게 홀렸거나, 그 시큼한 냄새가 다름 아닌 환각 성분이 아니었을까 하는 의심을 가지게 했다. 제욱은 다시 정신을 차리고 조금 전과 같이 길을 찾아 나섰다. 그렇게 걷다 보니 아까 들렀던 카페가 나타났다. 제욱은 머뭇거리다 카페 건물로 다가가 안을 들여다봤다. 주인으로 보이는 50대 여자는 카운터에 있었지만, 그 여자 손님들은 보이지 않았다. 뭔가 잠시 생각하던 제욱은 오후가 깊어지자 다시 발걸음을 재촉해 공장 쪽을 향했다. 그리고 공장을 지나서 그 뒤로 난 산길을 걸어 올라가기 시작했다.

제욱은 아까와 같은 이상한 상황이 다시 반복될까 주변을 살피며 조심스럽게 걸어갔다. 거기는 다행히 동일한 풍경이 펼쳐지지 않았지만, 곳곳에 뭔가 이상한 기운을 느꼈다.

거리에는 사람들이 거닐고 있었으나, 제욱과 마찬가지로 하나같이 방독면을 쓰고 있었다. 그렇다면 가까운 어딘가가 이런 오염의 근원지가 있는 게 아닌가 하는 생각이 들었다.

하지만 모든 사람들이 방독면을 쓰고 있지는 않았다. 일부는 마스크만 걸친 채 콜록거리며 종종걸음으로 자신의 발걸음을 재촉하고 있었다. 방독면을 쓴 사람들도 이를 뺏길까 우려하는 것처럼 두 손으로 방독면을 움켜쥐며 걷고 있었다.

그리고 주민센터나 우체국 등의 관공서 앞에는 뭔가를 기다리는 사람들로 길게 줄이 늘어서 있었다. 그 앞을 따라가보니 방독면을 지급한다는 문구가 쓰여져 있었다. 그 줄은 몇 킬로미터는 되는 것처럼 끝도 없이 길게 늘어서 있었다. 그리고 그 앞에는 항의하는 사람들도 보였지만, 중무장한 군인들이 그들을 막아서고 있었다. 일부 과격한 행동을 보이는 사람들은 곤봉을 맞으며 끌려가는 장면도 눈에 띄었다.

그렇게 한눈팔며 걷다 보니 앞에 뭔가 물컹한 게 밟혀 앞으로 고꾸라져 넘어지고 말았다. 그 물컹한 느낌이 제욱을 섬뜩하게 만들었다. 그런 생각을 하며 옷을 털며 일어난 제욱은 뒤를 돌아보고 깜짝 놀라고 말았다.

그가 밟은 것은 다름 아닌 사람이었다. 놀란 제욱은 그 사람에게 다가가 몸을 흔들어 깨웠으나 이미 죽어있는 사람이었다. 하지만 더 이상한 것은 아무도 이 상황에 신경 쓰지 않는 것이었다. 사람들은 마치 익숙한 듯이, 시체를 피해 자신의 갈 길만 걸어갈 뿐이었다. 그 자리에서 일어나 옆에 있는 골목길을 보니 거기에도 듬성듬성 사람들의 시체가 보였다.

건물은 폭탄 피격으로 부서져 있는 것이 많았고, 부모를 잃고 마스크만 쓴 채 울고 있는 어린아이도 보였다. 마치 중동의 분쟁지역을 보도하던 TV 뉴스의 한 장면 같았다.

'갑자기 이게 다 무슨 일이지'

제욱은 난생처음 보는 광경에 공포감을 감추지 못했다. 한시라도 빨리 이곳을 벗어나고 싶었다. 그렇게 계속 걸어가자 그녀 말대로 재래시장이 나타났다.

그곳은 제법 사람들이 많이 몰려있었다. 마스크 너머로 희미하게 보이는 사람들의 표정은 평화로운 시절과는 달리 공포감이 가득했다. 하지만 제욱이 보기에 외곽보다는 안전해 보였다.

두려웠던 마음이 시끌벅적한 재래시장에 도착해 인파에 묻히자, 조금씩 풀리기 시작했다.

주머니를 뒤져보니 지갑과 돈은 그대로였다. 지갑에 남아있던 돈으로 식사를 부랴부랴 마친 제욱은 식당 안에서 한동안 자신에게 벌어졌던 일들을 곰곰이 생각해 보았다. 그때 TV 소리가 제욱을 돌아보게 만들었다.

'정부에서는 현재 급속도로 확산되고 있는 호흡기 질환의 원인을 밝히는데 모든 역량을 집중하고 있다고 발표했으나, 사망자 수는 기하급수적으로 늘어나고 있습니다……'

'학계에서는 이 괴질이 아홉 번째 코로나19 변형 바이러스에 대항하기 위해 만든 백신과 깊은 관련이 있다고 보고 있습니다. 우리나라에서 시작된 변형 바이러스가 기하급수적으로 증가하자, 다급한 정부가 이의 확산을 막기 위해 제대로 된 임상실험 없이 무리하게 백신을 도입하는 과정에서…'

제욱은 TV에서 흘러나오는 충격적인 뉴스에 정신을 빼앗기고 말았다. 이 세상과 격리된 사이에 상상도 할 수 없는 일이 벌어졌기 때문이다. 자신이 무엇인가 판단을 잘못해서 이런 일을 겪는 것인가 하는 생각도 하게 되었다.

아니 그걸로도 이 갑작스러운 난리는 설명이 되지 않는다. 지금 벌어진 일들이 어떤 형벌처럼 느껴졌기 때문이다. 세상살이가 힘들어질 때면 인간 사회가 파국으로 치닫고 있다고 말하곤 했다. 하지만 이런 극적인 모습일 것이라고는 그 누구도 생각하지 못했을 것이다.

그리고 제욱은 자신이 그렇게 정신을 잃었던 기간이 이 주일이나 된다는 것을 알고 다시 한번 놀랐다.

6. 평범하고 소중한 나의 사무실

정부가 괴질의 원인 파악에 시간이 걸리는 사이 대중들 사이에는 이에 대한 소문이 급속도로 퍼져갔다. 그중 하나는 이 사태가 중부지역부터 시작된 것에 주목하고 있다. 일부에서는 대명시 지역에 있던 핵 연구시설을 강력히 의심했다. 핵폐기물에 대해 적절한 절차없이 폐기되었던 과거 이력도 있고, 현재까지도 여전히 이들이 핵폐기물을 처리하는 방식에는 의심을 갖고 있다. 하지만 그렇더라도 방사성 관련 물질이 호흡기를 통해 인간에게 영향을 준다는 것은 현재까지 보고된 바가 없다. 그래서인지 다른 소문도 빠르게 퍼져나갔다.

그중 하나는 지진 전조현상으로 땅속의 유황 가스가 분출해 해당 지역을 오염시키기 시작했다는 말도 있었다. 다른 소문에는 북한에서 생화학 무기를 압축해서 미사일이 아닌 서해상 인편을 통해 국내에 은밀히 들여왔고, 군 당국이 파악하지 못한 사이에 중부지역을 중심으로 불상의 살인 바이러스가 퍼져 나갔다는 말이었다. 군이 이런 상황에 대한 경계를 실패한 사례가 상당수 있기 때문에 가능한 소문 중의 하나였다.

정확한 팬데믹의 원인이 무엇인지는 여전히 밝혀지지 않았다. 이를 미처 인지하지 못한 정부가 사건을 은폐했고, 그들과 한편인 언론도 이를 철저히 함구하면서 국민들에게 정확한 정보 제공 없이 피해자만 삽시간에 확대되었다.

결국 이런 모든 소문의 원인 중에는 정부의 무능이 있었다.

기존 기득권 세력과의 연대를 통해 정권을 장악한 이들은 애초부터 공공의 이익, 투명성, 사건의 해결, 미래에 대한 청사진에는 관심이 없었다. 대신 특정 카르텔 세력의 이익이 최우선이었다. 따라서 이런 팬데믹의 해결에는 무능했으며, 국민들의 고통은 계속 커질 수밖에 없었다. 그럼에도 그런 그들이 별다른 견제 없이 행동할 수 있던 이유는 늘 자신들 편에 서 있는 언론이 있기에 가능한 일이었다.

그런 과정을 통해 집권한 그들은 예상대로 스스로의 수준을 드러내기 시작했다. 예상했던 대로 무능했고, 잃어버렸던 기간에 놓친 이익만 챙기기에 급급했다. 정교한 설계를 통해 진행해야 할 정책은 늘 우선순위에서 밀렸다.

무능한 정부가 허둥대며 이 사건의 전말을 제대로 파악하지 못하고, 언론도 이 사건을 은폐하고 있는 사이, 이 정체불명의 오염물질은 점차 한반도 전역을 강타하기 시작했다. 이는 정상적인 국가 기능을 마비시켜 나갔다.

이제욱이 복귀한 회사도 모든 것이 다 바뀌어 있었다.

회사 사람들도 한반도에서 시작한 이 괴질에 대해 저마다 앞다퉈 얘기했다.

'정부의 대책이 미온적일수록 조 회장과 같은 무리들은 더 활개를 칠 수도 있어요. 정부가 왜 아직까지 아무런 대책도 마련 못 하고, 죽어 나가는 사람들을 수수방관하고 있는지 모르겠어요. 이러다가 우리나라 망해도 이상하지 않은 거 같아요.'

'그런 말 하기에는 나라가 너무 끔찍한 지경까지 와버렸어요. 왜 초기에 대응 못해서 이렇게까지 만들었는지 통탄할 만한 일이죠.'

'뭐 우리나라만 그러는 건 아니잖아요. 그런 얘기를 하는 사람도 있더라구요. 이런 환경을 필연적으로 좋아하는 세력들이 있다고요. 보세요. 프랑스 대혁명 이후 개인들의 인권 의식이 높아졌지만, 부자들이 보기에 세상이 좋아지기는커녕 자신의 이익이 침해당했다고 생각할걸요? 사람들의 자유를 억압하고 자원을 통제해야 모든 걸 갖고 있는 자신들이 유리하니까요. 세상은 늘 그런 가진 자와 못 가진 자의 끊임없는 싸움이에요. 전 이런 전 세계적인 팬데믹도 그런 일환이라 생각돼요. 누군가가 일부러 조장하고도 남는 거죠. 그리고 또 하나가 있어요. 못 가진 자들이 너무 답답하고 너무 순진하다는 거예요. 가진 자들은 그들의 이익을 위해서라면 이거보다 더 악랄한 짓도 벌이는데 말이죠. 하지만 못 가진 자들은 정말 순진하게 그것도 모른 채 가진 자들이 짜 놓은 틀이 모두를 구원해줄 거라 믿고 거기에 속아 자신의 영혼까지 바쳐 버리죠. 결국 가진 자들이 더 많이 갖기 위해 설계한 틀에 부패한 언론이 부역하면서, 대다수의 가난한 자들을 더 끔찍하게 지옥으로 떨어뜨리고 있어요. 아이러니하게 대다수의 가난한 자들이 그런 무지를 바탕으로 죽음의 향연에 동조하고 있다는 것이죠.'

'그딴 기득권 욕심에 전 세계에 이런 괴질을 퍼뜨려 이 지경으로 만든다고? 그건 너무 나간 것 같네.'

'글쎄요. 제국주의 침탈로 나라가 위기에 처했을 때도, 그들을 돕고 형제와 이웃들의 피를 팔아먹은 작자들이 있었던 것 보세요. 멀리 갈 것도 없어요. 성공한 기업가 출신이라는 타이틀로 경제를 부흥시킬 것처럼 굴었던 자칭 경제 대통령 보세요. 주가 조작, 해외재산 은닉, 이권사업 개입. 자신의 이익을 위해서는 국민과 민족마저 팔아먹는 짓조차 서슴지 않았으니까요. 인간의 욕심은 끝도 없고 앞으로도 그럴 거예요. 지금 사람 죽어 나가는 거 그런 인간들이 신경이나 쓸까요?'

'이젠 무정부, 무법천지 시대가 되어버린 건가요? 이런 비상 상황에서 사람들을 돕지는 못할망정, 어떤 세력들은 악랄하게도 많은 사람을 약탈하고 핍박하며 폭력까지 행사하는데도 통제받거나 처벌을 안 당 할 수가 있죠? 국민들이 한순간 선거를 잘못했다고 모든 사람이 이런 일을 겪어야 하나요? 현재 정권을 지지하지 않았던 과반수 가까이 되는 국민들은 안중에도 없는 건가요? 이제 합법적으로 정권을 장악했으니 개인의 인권 따위는 신경도 안 쓰고 권력의 편만 드는 사회가 되어버린 건가요?'

'아니, 다 좋은데 어떻게 인공지능과 자동화가 압도하는 시대에 이런 중세시대에나 나올 법한 대전염병이 창궐하고, 인류가 어떻게 속수무책 당하기만 하냐고요! 우리가 이렇게 무능했나요?'

'정부 발표는 다 거짓말이래요. 소문에는 중국에 대응하기 위해 미국이 은밀하게 개발한 신종 무기 때문이라고 하던데요? 미국이 현재 정권과 협의해서 비밀리에 그런 무기를 도입했는데 그것이 예기치 않게 유출되어서 이 사달이 났다는 말도 있어요.'

'뭐 그건 음모론자들이나 하는 말이지. 지금 때가 어느 때인데 아무리 중국이 밉다고 그런 무기를 사용해. 그건 말이 안 되는 소리야! 내가 듣기로는 우리나라가 세계 최초로 개발한 코로나19 종식 치료제 있잖아. 미국과 공동으로 개발한 거 말이야! 그게 사실 나노봇 기반이래. 그걸로 코로나는 종식시켰지만 나노봇이 치명적인 변형을 일으켜 지금의 끔찍한 호흡기 질환을 퍼뜨리는 거래. 나노봇이 인류를 구원할 거라 떠드는 사람들 다 정신병자들이야! 인간이 나노봇을 통제할 수 있다고 생각해?'

'그래도 방독면 지급하는 건 좋은데 통증 치료제는 양을 좀 늘려줘야 하는 거 아녜요? 나도 모르게 공기를 그대로 흡입하면 여지없이 목이 상하고 피를 흘리는데 보급되는 양은 너무 적은 것 같아서요. 이러다 불시에 그런 일 당하면 정말 죽는 거 아닌지 모르겠어요.'

"그 약 너무 과신하지 마. 그거 마약 성분이 들어있다는 소문도 있어. 생각해봐. 정부에서도 이 팬데믹의 정확한 원인도 모르는데 무슨 재주로 약을 개발해? 그건 고통을 줄이기 위한 그냥 마약인 거야."

정부에서 국민에게 팬데믹에 대해 명확한 원인을 밝히지 못하자, 회사 내에서도 여러 가지 소문만이 떠돌고 있을 뿐이었다.

그런 상황에서 이제욱이 다니는 마이푸드사도 변화를 맞고 있었다.

갑작스러운 비상 상황으로 식품을 공급하는 주요 기간 산업체로 선정되어 회사는 분주하게 돌아가고 있었다.

실종사건으로 한동안 시끄러웠던 이제욱의 갑작스러운 복귀도 그래서 아무런 관심을 받지 못했다. 지금은 다들 팬데믹에 시선을 뺏긴 상황이었다.

"그래서 정부에서는 뭐 원인이라도 찾았대? 국민들은 어떻게 대응해야 하는 건데?"

"몰랐어? 이 과장은 가만히 보면 다들 아는 것을 하나도 모를 때가 있단 말이야."

김정수 과장이 놀랍다는 투로 말했다. 퇴사하려 생각까지 했던 김정수 과장은 이번의 갑작스러운 팬데믹으로 마음을 다시 고쳐먹은 상태이다. 지금 나가서 무엇인가 할 수 있는 자신이 없었기 때문이었다. 하지만 그렇게 남게 된 회사는 이제 온전히 지옥으로 변하고 있었다.

"회사가 매일 같이 전쟁인데 이런 상황은 신경도 안 쓰고 살았지. 차라리 전쟁이라도 나서 저 꼴도 보기 싫은 인간들 모조리 뒈져버렸으면은 했어도…… 그리고 내 삶이 지옥이고 전쟁인데, 지금 상황과 뭐 크게 다르지도 않고 말이야."

"저 멍청한 정권을 뽑아준 국민들이 감당해야 할 문제 아니겠어? 저 대통령이라는 새끼 TV토론할 때만 해도 무식한 거 보고 기가 막혔는데, 우리 위대한 국민들은 그럼에도 대통령으로 뽑아줬으니 말이야. 백날 TV토론하고 후보자 검증하면 뭐하냐? 스스로 판단 못하고 언론들이 떠들어 주는 사실이 진실이라 믿으며 자신의 영혼까지 갖다 바치고 있으니 말이야."

"그렇다고 상황이 이 정도까지 왔겠어?"

"나라라는 건 한순간이야. 발전하기 위해서는 엄청난 노력을 들여 힘들게 하나씩 만들어 나가야 하지만, 미꾸라지 같은 존재들이 나타나 흙탕물을 치고 독극물까지 뿌려대면 망하는 건 금방이니까. 저 새끼들은 정말 말로는 안 되는 새끼들이야. 전쟁을 해서라도 다 모가지를 따서 죽여버리기 전까지는 말이야!"

김정수는 최근 회사에서 조 회장에게 집중적인 지적을 받고 있었다. 그런 과정이 반복되다 보니 계속 위축되어 있었는데, 이번에 집권한 정권에 대해서 만큼은 흥분하며 열변을 토했다.

"김 과장 말하는 걸 보면 국회의원이라도 되어야 하는데 말이야!"

"근데 이번에 방독면과 필터 받았어? 그거 특수 제작된 방독면이거든."

"특수 제작 방독면이라니?"

"몰랐어? 아무리 그래도 지금 세상이 어떻게 돌아가는지는 알아야 될 것 아냐."

김정수는 이제욱에게 현재 상황에 대해 설명했다. 최근의 오염에 대응하기 위해 정부에서 기업과 협력해 짧은 시간에 방독면과 필터를 개발했다. 기존과 달리 착용이 쉽고 대화가 가능한 제품이었다. 일반 마스크와 방독면의 중간 형태이지만 성능과 편이성은 대폭 개선된 제품이었다. 하지만 가격이 엄청난 고가이고, 공급이 부족한 것이 문제였다. 그러다 보니 군대와 경찰, 주요 국가기관과 교육기관 등에 우선 배정이 되었다. 다음으로는 중요도가 높은 주요 산업군에 우선 순위를 정해 공급할 수밖에 없었다. 결국 일반 시민들에 대한 공급은 제한될 수 밖에 없었고, 사회에는 큰 혼란이 왔다. 결국 이로인해 수많은 사람들이 죽어 나갔다.

또한 통증치료제로 불리는 알약도 한 달에 한 번씩만 지급이 되지만, 늘 그 양이 부족하게 나왔다. 불행 중 다행인 것은 이들이 속한 마이푸드도 주요 산업군으로 분류가 되어 있기에 방독면과 필터, 그리고 통증치료제도 공급이 되고 있었다. 따라서 마이푸드에 근무하고 있다는 것은 최소한 지금 같은 혼란기에 목숨을 보전할 수 있다는 의미였다.

회사 건물도 외부와의 오염원을 차단하기 위해 막대한 자금을 투입해 회사 내에 공조 시설을 설치했다. 그렇게 이 주일 만에 출근한 사무실은 난리였다. 일은 산더미처럼 밀려 있었고 여전히 신제품은 품절이 되고 있었다. 최근 계엄령으로 마이푸드 만두 관련 상품이 군인 전투식량으로 공급이 되면서 출하량이 급증했고, 밀키트화한 제품도 이런 팬데믹의 혼란 상황에서 가정에서 소비가 급증했다. 제욱이 모든 상황에 놀라워하던 상황에서, 그의 핸드폰에 박철민이 남겼던 메시지가 갑자기 다시 떠올랐다.

'우리 사장님이 널 왜 살려두려는 건지는 모르지만, 그렇게 네 운만 믿고 까불다가는 네 인생도 조만간 좋난다는 거 잊지 마라!'

제욱은 그 메시지가 정말로 자신을 살려줘서 보낸 건지, 그 동물이 우글거리는 우리에 던져 놓고 용케 살아난 것을 예상 못 해 보낸 것인지 혼란스러웠다. 한편으로는 그가 겪은 그런 일들이 실제였을까 하는 생각도 들었다. 그가 없는 짧은 시간 동안 상상할 수 없는 많은 일들이 일어났기 때문이다. 김정수가 자신에게 간간이 던졌던 말도 생각났다.

'이제욱 과장. 당신 요즘 정말 이상해. 이상한 게 보인다고 하고, 무슨 소리도 들린다고 하고⋯ 병원은 다니고 있는 거지?'

모든 것들이 똑같은 것 같으면서도 미묘하게 차이가 있는 것이 혹시 자신이 꿈을 꾸고 있는 건 아닌지 하는 생각도 들게 했다.

이제욱은 이번 시식이 하필이면 현장 사람들을 불러서 하는 '현장-지원 회의'라 더 신경이 쓰였다.

'현장에서 올라온 직원들 조심해. 그 사람들 자기네 불편한 건 뭐라도 얘기하거든. 사전에 회의내용 보고 뺄 수 있으면 무조건 빼. 회의시간에 이제욱 과장이 아무리 말해도, 조 회장 귀에는 그거 다 핑계로 들릴거야!'

'꼭 해결되기 어려운 문제 회의 시간에 꺼내 놓은 직원들이 있어. 조 회장 참석한 회의 시간에 그 안건 꺼내 놓으면 뭐든 해결된다는 거 아는 거지. 조심해야 해!'

'하지만 회의 시간에 들어가 보면 알겠지만, 회의내용은 코미디야. 중요하지도 않은 글자 폰트 같은 걸로 한 시간 내내 토론할 때도 있으니까…'

김정수 과장이 회의 들어가기 전 이제욱에게 해줬던 말이다. 물론 그런 분위기라는 걸 제욱이 모르는 건 아니었지만, 오랜만에 회사에 복귀한 제욱에 대한 김정수의 노파심도 있었다. 김정수의 말을 들으니 세상이 바뀌어도 회사는 그대로라는 것을 실감했다.

회의실 밖에서 대기하던 이제욱은 분위기가 달라져 있는 것을 또 한 번 느꼈다. 회의실 입구에는 경비가 총을 들고 있었으며, 복도 곳곳에도 무장한 인원이 배치되어 있었다. 회의실로 향하는 곳도 두 차례에 걸쳐 몸수색이 진행되고 있었다. 제욱이 '이게 다 무슨 일인가' 하는 사이에 회의실 밖으로 조 회장의 고함지르는 소리와 지휘봉을 내려치는 소리가 새어 나왔다.

'하필이면 내 차례가 다 돼서 또 히스테리가 시작되었구나…' 하는 생각을 하는 사이에 핸드폰으로 입장하라는 문자가 날아왔다.

바로 그때 누군가 비명을 지르며 쓰러지는 소리가 밖에까지 들려왔다. 그러자 회의실 입구를 지키던 무장한 경비원 2명이 황급히 회의실로 들어간다. 그리고는 직원 한 명을 부축해서 데리고 나온다. 그 직원은 기절한 듯 눈동자가 풀려 있었고 온몸에 피가 흐르고 있었다.

그런 상황을 본 이제욱은 더욱 긴장해서 회의실로 들어갔다.

회의실 안에 들어가자 두 명의 직원들이 이미 익숙한 듯 일사불란하게 핏자국을 치우고 있었다. 근처에 앉아 있는 직원들의 얼굴에도 핏자국이 남겨져 있어서 저마다 손수건을 꺼내서 닦고 있었다.

안에는 50명이 넘는 사람들이 회의실을 가득 채우고 있었다. 조 회장이 앉은 곳을 중심으로 양쪽으로 갈라진 긴 탁자에는 좌우로 약 8명씩 서로를 바라보고 앉아 있었다. 그리고 탁자 뒤로 사람들이 빼곡히 들어서 있었다. 밖에서 고함 소리가 들렸던 것처럼 사람들의 얼굴은 하나같이 하얗게 질려 있었고, 조 회장은 화가 풀리지 않는지 자신의 탁자 위에 있는 집기를 집어 던지며 소리를 지르고 있었다. 그러면서 그 옆에 있는 윤덕술 사장에게 얘기를 했다.

"대표님 제가 도대체 몇 번을 얘기합니까? 도대체 이 회사는 몇 번을 얘기해야 일이 해결되냐고요? 이 회사는 모두 일은 안 하고 자원만 축내는 벌레들만 모인 건가요? 어떻게 몇 년 전이나 지금이나 달라진 게 하나도 없는 거예요? 지금은 비상 상황이라고요! 비상 상황!"

조 회장의 닦달에 그 악랄한 윤덕술 사장조차 아무 소리 못 하고 묵묵히 듣고만 있을 뿐이다. 우물쭈물 들어온 이제욱을 발견한 조 회장이 소리친다.

"뭐야! 이번 순서가 끝나지도 않은데 당신은 뭐라고 들어온 거야?"

이제욱을 보자 마치 새로운 공격 목표를 발견한 것처럼 조 회장이 말했다. 그러자 윤덕술이 조 회장에게 조그맣게 귓속말로 얘기했다. 그제서야 알겠다는 표정을 한 조 회장이 이제욱에게 물었다.

"그래서 이번엔 무슨 시식이야?"

"지난번 말씀하신 만두 맛 보완 테스트입니다."

MC운영팀인 김정수 과장이 대답했다.

"너네는 정신이 있는 거니? 사람이 이렇게 많은 곳에서 굳이 이런 시식 테스트를 해야 되겠어? 어쩌면 이렇게 센스가 없어? 내가 하나부터 열까지 다 얘길 해줘야 돼?"

지난번 시식 때 사람들이 많이 모이는 현장 회의 때 하자고 지시한 조 회장이 딴소리를 하자, 모두들 어이없게 생각했다. 조 회장의 못마땅한 표정이 이제욱을 더 식은땀 나게 만들었다.

조 회장은 자리에서 일어나 특유의 버릇을 시작했다. 지휘봉을 손에 쥐고 손바닥에 툭툭 치며 다시 불만을 늘어놓는 것이었다. 그러면서 의자에 앉은 사람들 주변을 돌다가 김상환 사업부장의 뒤에 멈춰섰다. 그리고는 그의 어깨 위로 지휘봉을 힘껏 내리치기 시작했다.

"지난 5년 동안 아주 즐거웠지? 노닥거리며 시간이나 때워도 월급은 꼬박꼬박 나왔으니 얼마나 좋아. 그래서 당신 같은 인간들은 그냥 놔두면 안 돼. 그런 거지 노예근성이 없어질 때까지 모두 뜯어고쳐서라도 개조를 해야 돼!"

제욱은 처음 보는 광경에 깜짝 놀랐다. 그가 지휘봉으로 김상환 사업부장의 어깨를 무자비하게 내려치고 있었고, 김 사업부장은 아무런 저항 없이 어깨를 감싸 안으며 짧은 신음만 지를 뿐이었기 때문이다. 아니, 마치 이런 상황이 익숙해서 그에게 당한 것을 드러내지 않으려 필사적으로 얼굴을 펴고 앞을 똑바로 바라보려 노력했다.

다들 조 회장이 무슨 행동을 이어갈지 새파랗게 질려 있었다. 하지만 모두들 아무 소리 없이 숨죽이며 듣고 있을 뿐이었다. 목소리가 높아질 대로 높아진 조 회장은 다시 자기 풀에 더 화가 나서, 김 사업부장 옆에 앉은 임원들의 머리통까지 차례로 내려치기 시작했다.

"그래서 포장 디자인 글씨체와 글씨 크기는 바꾼 거야?"

"그건 디자인팀에서 별도 보고를 드린다고 합니다."

"그 글씨체 바꾸라고 한 게 언제인데 뭐하느라 아직까지 꾸물거리는 건데?"

조 회장이 그 말을 하자 제욱의 옆에 있는 누군가가 하는 말이 작은 소리로 들려왔다.

'글씨체 같은 게 뭐가 그렇게 중요하다고…'

하지만 그 소리를 조 회장은 듣지 못한 것 같았다. 그럼에도 혹시 그 얘기가 몰고 올 수 있을 파장을 우려해 주변은 일순 적막감에 휩싸였다.

글씨체와 크기를 이미 5번 이상은 보고했지만, 여전히 조 회장에게 통과가 되지 않고 있었다. 오너의 관심이 그런 지엽적인 것에 머물러 있다 보니 업무가 늘 제자리에 있는 것이었다. 하지만 그런 어처구니없는 상황에 대해 누구 하나 문제 삼을 수 없었다.

그렇게 한바탕 소동을 부린 후에야 조 회장은 다시 자리에 앉았다. 아직도 화가 풀리지 않았는지 씩씩거리며 젓가락을 들어 시식을 시작했다.

"그래서 이번에는 맛을 제대로 반영한 거야? 현장에서 오신 분들도 하나씩 먹어봐요."

일사불란하게 시식 세팅을 이제욱이 마치자, 조 회장이 현장 참석자들에게 시식을 권했다. 탁자에 앉은 사람들 몇 명이 눈치를 보는 사이, 그중에 날카롭고 삐딱한 인상을 가진 남자 직원 한 명이 먼저 입에 넣어봤다. 제욱은 침을 꼴깍 삼키며 그 광경을 지켜봤다.

"맛있는데요?"

적막을 깨고 나온 그 직원의 반응이었다. 이런 시식회에서는 처음 말한 사람의 의견이 중요한데 그 첫 반응이 긍정적이었다. 그러자 그 옆에 있던 직원도 맛있다는 얘기를 했고, 그 옆의 직원도 마찬가지 얘기를 했다. 그들이 의견을 살피던 조 회장도 한입 먹어봤다.

"맛있네. 그래 진작에 이렇게 했어야지!"

곁에서 긴장하며 앉아있던 김상환 상무도 조 회장의 눈치를 살피더니 말했다.

"지난번 회의 때 회장님께서 말씀하신 부분을 보완하기 위해 연구소뿐만 아니라 공장 현장에 있는 직원들의 의견까지 반영해서 며칠 동안 테스트해 봤습니다. 특히 이번에 첨가물을 변경한 것이 지적하신 맛을 정확하게 구현한 것 같습니다."

이제욱은 조 회장의 칭찬에 얼떨떨했다. 또한 이 회의 전까지 샘플을 이딴 식으로 만들었냐며 난리 치던 김 사업부장이 태도를 돌변해 말을 바꾸는 모습이 어이없다 생각 들었다. 분위기를 보고 저렇게 처신하는 것이 지금까지 그가 살아남은 생존본능이라고 생각 들었다.

제품 품질에 크게 걱정했던 이제욱은 모든 게 다행이라고 생각이 들었다.

"혼날 일인데 칭찬받게 되는 걸 보면, 역시 직장 생활은 미스터리하지 않아?"

회의가 끝나서 김정수가 말하자, 그 말이 맞다며 이제욱이 대답했다.

"맞아! 그런 미스터리는 이 넓은 우주에 회사라는 조직이 존재한다면 어디서든 마찬가지일 거야!"

공포스러운 분위기인데 모든 상황이 코미디이다.

그리고 그 모든 것의 중심에는 어김없이 조 회장이 있다. 이제욱은 이제야 큰 고비 하나를 넘겼다는 생각이 들었다.

오전의 그런 공포스러운 회의를 마치고 앞으로 일을 어떻게 해야 하나 하는 생각에 빠져있을 때 윤재영 대리가 자리에 와서 제욱에게 말했다.

"선배, 그동안 정말 괜찮았어요? 걱정 많이 했잖아요!"

"요즘 같은 상황에도 내 걱정해주는 사람이 있네? 요즘 워낙 바쁘고 스트레스도 많이 받아서 지방에 무작정 드라이브 갔다가, 사고가 좀 있었어. 지금은 괜찮아."

전승완과의 관계에 대해 유일하게 알고 있는 진선희 조차도 그의 보복을 걱정해 말을 하지 않았다. 또 이제욱의 실종에 대해 지금 같은 비상 상황에서는 그 누구도 관심을 갖지 않았다. 무단결근을 우려한 제욱의 가족만이 경찰에 신고를 하였고, 경찰에서도 그에 대해 수사를 하는 둥 마는 둥 했을 뿐이다. 이제욱도 경찰에게 전승완에 대해 굳이 얘기할 필요가 없었다. 그래서 납치가 아닌 등산 중 실족으로 오랫동안 정신을 잃었다가 극적으로 살아 돌아왔다고 얘기했다. 미심쩍긴 했지만, 본인이 그렇게 얘기하는 것을 다른 사람들도 달리 뭐라 얘기하지 않았다.

"다행이네요. 휴, 근데 살아 돌아오셔도 앞으로 더 끔찍한 일을 겪을지도 모르겠네요."

"갑자기 무슨 말이야? 끔찍한 게 뭔지나 알고 그러는 거야?"

"지금 임원진들이 사업부별로 조직 개편안을 내놓으라 하고 있어요. 조직이 비대해졌다면서요. 근데 그건 다 개뻥이고, 사실은 부역자 색출 작업이라고 해요. 웃기죠? 해방 이후 친일파 숨아내는 것도 아니고. 조 회장 부재 상황에서 자기 형에게 붙어먹었던 인간들 싹 다 발라낸다는 거죠."

윤재영은 주변을 살피며 조용히 말을 이어갔다.

"지금 그런 임직원들 리스트 만들어 조용히 처리하고 있어요. 말이 안 통하면 소리 소문 없이 사라지는 거고요. 저 새끼들 지금 하는 거 보면 무슨 짓이든 할 놈들이에요. 조직 개편안이란 명목도 비상 상황에 맞는 미래지향적인 조직이라나 뭐라나……"

제욱이 듣기로 마이푸드는 정부에서 가이드 한 매출대비 적정 인원을 보유한 회사라서 추가적으로 인원을 정리할 필요는 없다.

"지금 같은 상황에서 정리를 한다면 그건 직원들을 긴장시키기 위한 얕은 수작이야. 하지만 문제는 회사가 그런 악랄한 조치를 취하더라도 임직원들에게는 다른 대안이 없다는 거지.”

회사에 그런 불합리가 셀 수 없이 넘쳐나지만, 밖에 나가 오염원에 노출되어 죽는 것보다는 낫기 때문에 다들 잠자코 있었다.

“비상 상황에 맞는 미래 지향적인 조직? 개그 해? 그게 앞뒤가 맞는 소리야?”

이제욱은 다시 한번 그 말이 기가 막히다고 생각하며 말했다.

“하는 짓들이 코미디이긴 한데, 윤덕술 일당들이 원하는 건 결국 기존 임직원들 전체를 쥐고 흔드는 거예요. 뭐든 보고시켜서 트집을 잡고, 그걸로 빌미를 삼으려는 거죠.”

“그 새끼들이 지금 그럴 때야? 회사를 위해 열심히 일하는 게 아니고, 견장 차고 앞잡이 노릇 하면서 공포 분위기만 조성하고 말이야! 이놈의 회사는 어찌 된 게 소 키울 놈은 없고, 죄다 뒷짐 지고 잔소리하며 겁박하는 놈들만 천지인지…”

“근데 그것보다 이 새끼들과 의견이 맞섰던 임원들 지금 회사에 흔적도 안 보여요. 여러 가지 흉흉한 소문만 돌고 있고요. 이 일당들 지금 거침없어요. 브레이크 따위는 없이 하고 싶은 거 다 밀어붙이고 있어요. 무슨 짓을 했는지는 모르지만, 예상도 할 수 없다는 게 무서운 거죠.”

윤재영 대리의 말에 제욱도 회사 전자 게시판의 인사발령 내용을 열어서 읽어봤다.

“아니 그렇다고 사람을 이렇게 많이 자른다고?”

"맞아요. 윤덕술 일당들이야 원래 그런 인간들이니 그러려니 하지만, 김상환 저 개새끼 지 혼자 살겠다고 한 짓거리가 더 이가 갈려요. 저렇게 무지막지한 살생부를 만들어서 윤덕술 한테 넙죽 갖다 바쳤으니까요. 윤덕술이 속으로 얼마나 좋아했겠어요? 알아서 이렇게 설설 기어주는 인간들이 있으니 말이에요."

윤재영의 그 말에 김상환의 두 손에 잘려 바닥에 뒹굴고 있는 사업부 직원들의 끔찍한 시체가 떠올랐다.

"혼자서 윤덕술 일당들에 저항하는 투사라도 된 것처럼 얘기하고, 우리 앞에선 그토록 피해자 코스프레를 하더니만 그 새끼들보다 더한 놈이었어. 내가 본 게 딱 맞았지."

제욱은 회사가 이렇게 된 이상, 지금 벌어진 일을 목숨 걸고 해결해야 하는지 회의감이 들었다. 물론 자기 탓으로 벌어진 일도 있었으나, 희망이나 상식조차 기대하기 어려운 이런 회사에 다시 한번 배신감을 느꼈다.

그렇게 며칠이 지난 어느 날, 김상환 상무의 호출이 있었다.

그는 짧은 안부를 묻고 지시사항을 쏟아냈다.

"이 과장! 당신은 지금 상품이 잘 팔리고 있는 게 당신이 잘해서 그렇게 된 거라고 생각해요?"

김상환 상무가 존댓말로 시작하는 걸로 봐서, 안 좋은 얘기를 할 거라는 것을 제욱은 직감했다.

"오랜만에 우리 사업부에 히트 상품이 나온 이유가 뭐야? 이게 다 VIP가 미래를 내다보며 관심을 갖고 품질을 업그레이드하니까 고객 반응이 좋아지고, 무엇보다 예측하기 어려운 최근의 비상 상황과 맞아떨어져 난 시너지잖아요. 생각해봐요. 도대체 당신 역할이 뭐예요? 내가 이렇게 지시하기 전에 자신이 맡고 있는 상품에 대해 고민이라는 것이 있긴 있어요? 아무 고민도 없이 그냥 위에서 시키는 것만 한다면 뭣 하러 회사에서 당신 같은 사람 쓰겠어? 말 잘 듣는 사원이나 대리급 쓰는 게 훨씬 낫지! 자신의 역할은 알아서 찾아야 하는 겁니다. 히트 상품이 나왔으면 현재 주 소비층은 연령대가 어떻게 되는지, 재구매율은 어떻게 되는지, 그런 것에 대한 전략적인 분석이 있어야 앞으로도 그런 상품이 나올 수 있는 토양이 만들어지는 것 아니겠어요? 당신이 한 일이라면 내가 아이디어 내고 지시한 것 구현한 것뿐이잖아요? 그것조차도 대부분은 한 귀로 듣고 한 귀로 흘려 시간만 엄청 낭비했고!"

역시 김상환 사업부장다운 말이라고 생각이 들었다. 최근 비상사태로 인한 특별 수요마저도 오너의 공으로 돌리고 있으니 말이다. 이제욱이 이렇게 돌아온 상황에서도 오로지 다 필요 없고 본인 필요한 업무 얘기만 하는 인간이다. 만약 제욱이 전승완과 연루되어 이런 일이 생겼다는 것까지 알았다면 제욱을 지금 어떻게라도 했을 인간이다.

하지만 아무래도 상관없다는 생각을 가진 제욱은 그가 묻는 말에 다 대답하기도 귀찮아졌다. 대답하고 반론을 제기해 봤자, 공방전만 길어지기 때문이다.

"당신 생각이 있으면 내가 무슨 얘기하는 줄 알 거예요. 상품과 시장에 대해 더 심층 있는 분석을 해서 포스트 이머전시 상황에 대비한 향후 5개년 마케팅 방안 보고서 작성해서 올려요!"

이제욱은 모든 것이 회의적으로 느껴지긴 했지만, 현재 회사 이외에는 다른 대안이 없었다. 그리고 그렇게 김상환 상무에게 당하니 자신이 더 열등하게 느껴지기도 했다. 그때 문득 과거 자신의 팀장이 했던 말이 생각이 났다.

'뭘 그리 스트레스 받으면서 일해? 그냥 계약 관계라고 생각하면 되는 거야! 회사도 네가 필요하니까 쓰는 거고, 이 과장도 현재 필요로 인해 다니고 있는 거야! 중요한 건 스트레스를 받으면서 일하건, 그냥 룰루랄라 일하건 결과는 똑같아. 그냥 스스로 그렇게 생각하니 힘들어지고 있는 거야. 남들은 이 과장이 무슨 스트레스를 받던, 무슨 일이 생기든 아무도 관심 없어. 다들 자기 일에만 신경 쓰고 있을 뿐이야.'

그런 가운데 부재 기간 동안 분석실에서 보내온 메일이 눈에 띄었다. 제욱은 떨리는 마음으로 메일을 클릭해 보았다. 세균 검사 항목의 대장균, 식중독균 등에서 모두 음성이 나왔고, 제욱이 부탁한 잔류 농약 검사에서도 특별한 중금속은 검출되지 않았다. 분석실은 식품공전 상에 규정된 항목만 검사하기 때문에 제욱이 염려한 성분은 검사가 되지 않았을 수도 있다. 하지만 국가에서 식품에 대해 규정한 주요 항목들은 다 검사했는데 그 이상 뭐가 필요할까 라는 생각이 들었다.

메일을 확인하고 나서 제욱은 다행이라 생각했다. 다시 정신을 차리고 정신없이 재고를 확인해보니 일주일 정도의 재고량만 남은 상태였다. 생산공장 발주 담당자의 메일에는 전승완의 회사로부터 해당 상품 발주를 넣은 지 이 주일이 넘었는데도, 아직 입고되지 않고 있다는 메일이 와 있었다.

전승완에게 전화를 걸어보려다 망설였다. 자신을 죽이려 한 작자들과 무슨 말을 어떻게 해야 할지 혼란스러웠기 때문이다.

그렇게 며칠을 망설이다가 생각을 했다.

'그래, 이러지 말고 바로 만나서 얘기를 하자'

제욱이 전승완의 사무실에 도착하자, 박철민은 무엇인가 열심히 정리하고 있었다. 제욱을 보자 깜짝 놀란 그는 하던 일을 멈추고 잔뜩 경계하며 말했다.

"뭐, 뭐야! 갑자기 웬일이야?"

"왜요? 살아 돌아와서 깜짝 놀랐어요? 뒈질 줄 알았던 사람이?"

그의 반응에 제욱도 용기를 내서 목소리를 높였다.

"그, 그건 아니고……이 새끼들은 도대체 감시를 어떻게 한 거야…"

"뭐라고요? 감시? 아, 아니 됐고. 당신 사장 어딨어?"

"이 새끼가 갑자기 나타나서 사장님은 왜 찾아? 밑바닥에서 빌빌거리던 새끼 살려줬더니, 겁대가리 없이 돈까지 훔치고 지랄 떨지를 않나! 뭐가 어째? 네 대가리가 왜 아직도 네 목 위에 붙어 있는 줄이나 알아? 감사하고 살아도 부족할 판에 정말 뒈지려고 환장을 했네!"

그 말에 제욱도 움찔했다. 어찌 보면 모든 일은 그로 인해 벌어진 것이기 때문이다.

"너 정말 대책 없는 새끼야. 돈을 안 갚은 것도 모자라, 훔치기까지 했으니 말이야. 그래 그건 그렇다 쳐. 근데 여기까지 찾아오는 너란 놈은 도대체 뭐냐? 배짱이 있는 거냐, 아니면 또라이냐? 뭐 칼이라도 갖고 오셨나?"

칼이라도 갖고 왔냐는 말에 제욱은 속으로 뜨끔했다. 주머니 안에 작은 칼 하나를 숨기고 왔기 때문이다.

제욱의 표정을 살피던 박철민은 미심쩍은 것을 발견하고, 그의 몸을 뒤지려고 했다.

"아, 시발!"

"시발? 이 새끼가 뭘 잘못 처먹었나? 정말 뒈지고 싶어?"

"이미 뒈질 뻔한 새끼가 그래봤자 뒈지기밖에 더하겠냐고!"

"하, 이 새끼 봐라. 이젠 겁대가리까지 상실하셨나 보네?"

그런 일촉즉발의 상황이 이어지고 있을 때 전승완이 들어왔다.

전승완은 갑작스러운 이제욱의 등장에 깜짝 놀란 듯한 표정을 지었다. 그러다 다시 아무 일도 없다는 듯이 환하게 미소를 지으며 큰소리로 맞이했다.

"우리 이 선생 오셨네! 그동안 잘 지내시고?"

평소 말이 별로 없던 전승완이 악수를 청하자, 이제욱은 뒷걸음질 치며 대답했다.

"당신이 죽이려 했는데 살아났으니, 잘 지냈다고 봐야 되겠죠?"

자신을 죽이려 했던 전승완은 오히려 덤덤한 반응이었다. 하지만 전승완은 제욱의 그런 심리는 아랑곳 않고 제욱의 손을 잡아끌어 소파에 앉히려 했다. 제욱은 긴장하며 완강히 거부했지만, 박철민이 그를 거칠게 소파에 밀어 넣었다.

"그동안 우리 때문에 많이 섭섭했지? 우리가 너무 모질 게 대한 것 같아서 나도 돌아보면 마음이 아프더라구! 이제 아쉬웠던 건 다 잊고, 우리 이제 같은 꿈을 가진 동반자처럼 나아가 보자구!"

"뭐라고요?"

의아해하는 제욱에게 전승완은 말을 이어간다.

"우리가 정식으로 대기업 협력사가 된 이상 좀 바뀌어야 한다고 생각해. 우리가 언제까지 부가가치 없는 일만 하고 살 수는 없잖아. 이제 떳떳하게 세금도 내면서 사회에 기여를 해야지."

"우리 사이 그동안 벌어진 일들이 이렇게 말 한마디로 퉁칠수 있는 일인가요? 사람 목숨 갖고 장난친 당신들이?"

제욱의 날카로운 눈치를 살피던 전승완은 그의 어깨를 툭 치면서 말을 이어갔다.

"사람 목숨 갖고? 눈치 없는 짓을 한 당신이 그런 말 할 상황은 아니지 않나?"

전승완은 그렇게 말하고는 잠시 생각에 잠겼다. 그리고 이내말을 이어갔다.

"아니다. 미안해. 우리가 그동안 잘못 생각했었어. 다 우리 잘못이야."

갑작스러운 태도 변화에 이제욱이 의아해할 때 전승완은 다시 말을 이어갔다.

"우리 이제 같이 한배를 타고 먼바다를 나가 보자고! 그때와지금은 너무 많은 것이 달라져 있고, 또 우리 같이 할 일이 아주많으니까."

제욱은 이들을 여전히 믿을 수 없었지만, 따로 대안이 있는 것도 아니었다. 이들과 멀어지기에는 회사 일로 이미 너무 많은 곳까지 와 버렸다는 생각이 들었다.

"같이 먼바다를 떠나보자고. 넓고 푸른 바다 말이야! 블루오션이라고 하잖아! 우리도 앞으로 도와줄게."

"뭘 도와준다는 거예요?"

"뭘 도와주긴? 우리 이 과장이 회사에서 일 잘하고 승승장구해야 우리도 같이 잘 되는 거지! 당신도 봐봐. 우리들 수준이 이래! 요즘 비상 상황에 그 잘 되던 사업들도 고전하고. 기존 방식이 한계가 왔나 봐."

비상 상황으로 인해 기존 사업이 한계가 온 것임은 틀림없을 거라 제욱도 생각했다. 제욱의 그런 생각을 알기라도 하는 듯, 전승완은 헛기침을 하며 담배를 하나 입에 물었다.

"최근의 사건들로 세상이 급속하게 변하고 있다는 걸 나도 느끼고 있어. 예전에 VHS 방식의 비디오테이프 성능 향상시키겠다고 백날 죽을 똥 싼 회사 지금 잘됐냐? 이미 세상은 DVD로 넘어갔었는데? 또 그 DVD 열나게 업그레이드하려고 밤새워 연구하던 회사들은 다 어떻게 되고? 결국 기존을 뛰어넘는 새로운 아이디어가 중요해. 지금은 인공지능, 메타버스 시대야! MZ세대 감수성을 따라가려고 노력이라도 해야 되는 거지."

"메타버스, 마…마케팅이요?"

어디서 주워들었는지 모를 안 어울리는 용어를 쓰는 전승완의 말에 제욱은 황당하다 못해 피식 웃음이 나왔다. 전승완은 아랑곳하지 않고 다시 제욱을 바라보며 말했다.

"자, 이제 우리가 같이 손잡고 만들어 가는 거야. 날 불편하게 생각 말고 도움 준다고 생각해. 우리가 힘을 합치면 뭐든 잘 할 수 있어!"

"얼마 전까지는…… 아니, 갑자기 왜 그러세요?"

"과거는 다 잊어버렸다니까. 이 과장이 도와준 덕분에 우리가 이렇게 번듯한 대기업 납품업체가 돼서 비상 상황에서 국가에 봉사하고 있는 거잖아. 그걸로 퉁쳤다 생각하고 있어!"

"네?"

옆에서 듣고 있던 박철민이 놀라 얘기하지만 전승완은 그런 그에게 주의를 주며 제욱에게 다시 얘기한다.

"이제 우리 사이를 가로막았던 건 아무것도 없어요! 신뢰의 두 손을 잡고 눈부신 미래를 향해 걸어가는 겁니다!"

그렇게 제욱과 전승완은 악수를 하고는 헤어졌다. 그런 전승완을 보고 박철민이 얘기했다.

"우리 돈까지 훔치려고 했던 놈인데 그냥 살려주는 거예요?"

"내가 말했잖아. 원래 뒤가 구린 놈이 우리도 이용하기 좋은 법이라고. 혹시 알아? 저놈이 우리 미래에 다리라도 놔줄지 말이야! 그리고 우리 마이푸드에 납품하는 회사가 아니었으면 방독면도 지금 못 받았을 거야. 그럼 너와 난 벌써 뒈진 거고!"

7. 쓸모없이 방치된 존재들

'지분 싸움에서 승리한 조 회장, 현장 경영에 이어 한식의 세계화를 견인'

'K-팝, K-영화, K-드라마에 이어 K-푸드. 그 중심에는 마이푸드의 조명지 회장!'

침대에 누워 기사를 살피던 제욱의 눈에 마이푸드에 관한 뉴스가 들어왔다. 내부의 심각한 상황과는 상관없이 권력의 입맛에 맞는 뉴스만 쏟아내는 기사가 어이없다고 생각한 제욱은 그대로 스마트폰을 내려놓았다.

그렇게 한참 동안 천장을 바라보니 문득 피아노를 연주하고 싶어 했던 시절이 떠올랐다. 오래전에도 제욱이 힘들었던 시기가 있었고, 그런 그를 베토벤의 피아노 소나타가 따뜻하게 위로해주곤 했었다. 그 시기 마치 마약처럼 베토벤에 의지하며 지내곤 했었다. 다시 제욱에게 베토벤이 생각난 건 그 곡들이 힘든 시기 제욱을 달래주었고, 그만큼 지금이 다시 그런 시기이기 때문이다. 그 생각에 다시 베토벤의 피아노 소나타 31번을 들으려 스마트폰을 만지려던 찰나, 문자 메시지가 울렸다.

"잘 지내?"

정희연의 갑작스러운 문자가 제욱은 의아했지만 반가웠다.

"잘 지내지. 넌?"

"나야 늘 바쁘게 살고 있지. 사업도 이제 본격적으로 하고 있고. 서울에도 가끔 가고 있어. 비상사태 때문에 힘들긴 하지만…"

제주도에 사는 희연이 서울 온다는 말에 제욱은 설레였다.

"아 그래? 서울에 무슨 일 있어?"

"지금 비상 상황 중이잖아. 그러다 보니 외출이 줄어들고 가정 간편식 소비가 늘어나더라구. 지인의 도움으로 모바일 밀키트 프랜차이즈를 운영하고 있는데, 그 회사 본사가 서울에 있어. 그 회사 지방 총괄본부장이 날 특별히 잘해주고 있어서 요즘 자주 가고 있어."

"사랑하는 사이야?"

"사랑은 무슨. 그냥 날 잘 도와주는 사람이야."

"그래도 그렇게 말할 정도면 특별한 사람인가 보네."

"친하게 지내면서 내가 하는 일에 도움이 되니까 만나는 거지."

"그럼 특별한 사이는 맞나 보네."

우물쭈물하다 그냥 던져본 말인데, 그녀는 대답이 없었다. 무언의 긍정이다. 그 질문으로 분위기가 어색해지자 제욱은 그녀를 긍정하는 말을 꺼냈다.

"그래, 뭐 나도 너한테 가끔 그런 말 했지만, 살아가는 건 행복하고 즐거운 게 중요한 거야. 지루한 도덕과 가치관에 얽매여 스스로를 쓸데없는 죄책감으로 자책하는 건 안 좋은 거니까. 그깟 상념들이야 세월이 지나면 모두 어디론가 사라져 버리는 거잖아. 그러니 부담 갖지 말고 재밌게 놀고 즐겨."

제욱은 이렇게 말했지만, 사실 마음이 아팠다. 아직 그녀에게 예전 그대로의 마음이 남아있는데 그 남자를 만나서 즐기라니? 하지만 제욱 자신도 그렇게 자유로운 그녀의 소유가 되어버리거나, 스스로 그녀를 가질 수 없다는 건 누구보다 잘 알고 있었다.

"그래, 나도 그런 생각으로 즐겨."

잠시 침묵이 흐른 후 정희연이 다시 말했다.

"서울 가면 한번 볼까?"

"웬일이야? 보자는 말도 다 하고?"

"어떻게 변했는지 궁금하기도 하고."

"그렇게 말하니, 마치 예전에 우리 사랑했던 때가 생각나네? 그땐 나한테 사랑한다는 말 자주 했잖아!"

"어휴, 그게 언제야. 기억도 안 나네."

"우리 예전처럼 다시 사랑해보는 거 어때?"

"너 여자친구 있잖아."

"헤어졌어. 그래서 자기가 딱 나타났나 봐."

정희연의 그 말에 이제욱은 정희연에게 '자기'라는 호칭을 써봤다.

"그래."

"자기도 정리할 거야?"

"난 좀 시간이 필요해."

"그래. 그럼 정리할 시간을 줄게. 그전까지 우리는 플라토닉 사랑하지 뭐. 어때?"

"그래. 좋아 ㅎ."

그녀는 그렇게 말하며 톡을 마무리했다. 그녀의 갑작스러운 연락과 사랑이라는 제의, 이 모든 게 다시 가슴을 설레게 했다. 그러면서 그 설레는 마음이 뭔지 다시 한번 생각해 보았다. 왜 그토록 그녀를 다시 원한 건지. 예전에 친한 친구에게 그녀의 사진을 보여준 적이 있었다.

'너 생각보다 눈이 높진 않은 거 같다.'

그러면서 그 녀석은 제욱이 그녀를 여전히 못 잊고 있는 것이 예전 마음에 스스로 머물러 있기 때문이라고 진단했다. 연애라고 해봤자 제욱보다 경험이 많지 않은 녀석이 한 얘기라 그때는 무시했었다.

'그녀에게 이렇게 집착하게 되는 이 마음은 대체 뭘까?'

서로 사랑하던 시절에는 그녀만큼 제욱을 편안히 해주는 여자가 없었다. 특별히 자기주장이 강하지도 않았고, 제욱이 하자는 데로 따라 주던 여자였다.

한편으로는 그녀와의 잠자리가 늘 생각나기도 했다. 그녀는 성적으로 감각이 뛰어난 여자였다. 쉽게 흥분하고 쉽게 절정에 오르면서, 시간이 조금만 지나도 다시 욕구가 끓어오르는 그런 여자였다. 어쩌면 그런 그녀와의 만족스러운 육체관계가 정신적으로도 작용해서 점점 더 그녀를 강하게 사랑하고 집착하게 되었을지도 모른다.

제욱은 얼마 전 책에서 인간이 어떤 행동을 하기 전에, 이미 뇌가 마음을 결정해서 우리는 그걸 기계적으로 따르는 것이라는 걸 읽은 기억이 났다. 결국 인간의 그 고귀한 의식이라는 것도 뇌의 다분히 기계적인 결정의 산물일 수 있는 것이다.

그게 맞다면 그가 그녀를 떠올리게 되는 것도 그런 다분히 육체적인 것에 기반한 것일 수도 있다. 결국 욕구가 그녀에 대한 갈망을 낳고, 사랑으로도 이어진 것일 수 있다는 것이다. 제욱은 사랑에 대해서는 늘 냉소적이었기 때문이다.

그는 다시 생각해 보았다.

자신이 그녀를 사랑하게 된 건 과연 어디서 유래하게 된 걸까? 정신적인 것, 아니면 육체적인 것?

정신적이라면 왜 그녀를?

자신과 공감대가 많아서? 아니다. 그녀는 자신과 어떤 공감대도 있지 않다. 자신이 좋아하는 음악도, 철학도, 영화조차도 그녀는 이해하지 못했다.

그럼 육체적인 이유였나?

그녀를 보고 싶어 했던 이유가 사랑이 아닌, 육체적인 욕구 때문에? 그녀를 그토록 보고 싶고, 만지고 싶고, 키스하고 싶고, 그걸로도 갈증이 해소되지 않아 그녀에게 자신의 모든 걸 욱여넣고 싶은 것, 그런 게 사랑인 걸까?

하지만 시간은 점차 흐르고 그런 사랑은 오래가지 못했다. 제욱이 다시 본사로 복귀하게 되었기 때문이다. 그리고 서로를 갈라놓은 물리적인 거리는 회의적인 이제욱에게도 뜻밖의 생각을 하게 만들었다.

그녀와 어쩔 수 없이 떨어져 지내게 되면서 그 사랑이라는 것에 다시 생각할 기회를 갖게 된 것이다. 그리고 그녀와 나눴던 모든 것들이 완벽한 사랑이었다고 정의하기 시작했다. 서로 멀리 떨어져 있음에도 불구하고 둘은 서로 더 갈망했으며, 힘들게 만난 시간을 안타까워하듯 더욱 격정적인 사랑을 나누었다.

그들은 진정 서로를 위해, 사랑을 위해 죽을 수도 있다고 생각을 했다. 서로가 없다면 자신의 존재는 아무런 의미가 없다는 것을 알게 되었기 때문이다. 누가 먼저라고 할 것도 없이 서로 그렇게 정의했고, 또 서로 그럴 거라 믿었다.

하지만 그들의 그런 상황은 뜻하지 않은 사건을 계기로 차갑게 멀어지기 시작했다. 그녀 아버지의 죽음이 그녀 모든 것을 변화시켰기 때문이다. 그녀는 슬픔에 크게 좌절하고 흔들렸다. 그런 가운데 제욱의 빈자리는 더욱 컸고 외로움을 느낄 수밖에 없었다. 제욱도 회사 프로젝트로 자주 연락하지 못하고 서로 못 만나는 시간이 길어졌다.

그런 그녀의 외로움 곁으로 누군가가 다가왔다. 그러면서 영원할 것 같은 제욱과 희연의 관계도 모래성처럼 허물어지기 시작했다.

그날 오전에는 회장이 소집한 긴급회의가 예정되어 있었다. 대표이사를 비롯해 회사 주요 임원진들이 모두 참석하는 회의였다. 그런 갑작스러운 회의에 지친 듯 참석한 사람들 모두 아무 말 없이 무거운 침묵만 지키고 있었다. 제욱은 자신이 왜 이런 회의까지 들어와야 하나 생각하고 있는 사이에 회장이 들어왔다.

"제가 이렇게 모두 모이라고 한 이유는 우리가 히트 상품을 만들었으면, 이를 더욱 발전시켜 선제적으로 할 수 있는 모든 조치를 만들어야 한다는 겁니다. 우리는 너무 관습대로만 하고 있어요. 또 그 관습이라는 것도 체계화되거나 매뉴얼화되어 있는 것조차 없고요. 내가 이 회사 들어온 15년 전부터 그런 것의 중요성을 강조하고, 만들어야 한다고 말했지만, 누구 하나 자기 일처럼 나서서 하는 경우가 없어요. 내가 당신들 비싼 연봉 주면서 왜 데리고 있어야죠? 회사 임원이면 임원답게 행동하세요. 당신들이 사원이나 대리예요?"

역시 예상한 히스테리, 예상한 멘트가 또다시 반복됐다. 하지만 누구 하나 조 회장의 얘기에 대답을 하지 않았다. 모두 그냥 듣고만 있을 뿐이다.

"상품 앱 개발하는 건 대체 언제 되는 거지?"

그가 얘기하며 두리번거리자 다시 긴장감이 감돌았다.

IT사업부장이 우물쭈물 대답했다.

"지금 저희가 개발에 박차를 가하고 있고, 한 달이면 정상 오픈이 가능할 것으로 보입니다."

"한 달? 그걸 IT사업부장이라는 작자가 할 소리야? IT사업부장은 우리와 같은 규모 회사가 상품 앱을 구축하면 하루에 방문자 수는 얼마나 되고, 하루 매출은 얼마나 될 거라고 생각해?"

그는 신경질적으로 쏘아붙였다. 그렇게 그가 화를 내자 그의 어깨에서 뭔가 꿈틀거리는 게 보였다.

"하루 방문자 수는 약 8만 명 정도로 예상하고 있고, 한달 매출은 50억을 목표로 개발 중에 있습니다."

"그럼 시간이 곧 매출과 비용이라는 것도 알겠네? 다시 한번 묻겠어. 오픈 일정이 얼마나 될 거라고?"

IT사업부장은 얼굴이 빨갛게 상기되며 대답하지 못했다.

"얼마나 되냐고! 못 알아들어? 왜 대답을 못 해!"

그가 다시 소리를 지르자 윤덕술도 그에게 날카로운 눈빛을 보냈다. 하지만 워낙 조 회장이 화가 난 상태라 뭐라 하지는 않았다.

"3주 안에 런칭하겠습니다."

"3주라고? 다시 얘기해봐!"

"2······2주 만에 런칭하도록 하겠습니다······"

"뭐야? 너희는 내가 소리 질러야 알아듣고 일을 하는 거야? 당신들 도대체 뭐 하는 인간들이야? 응?"

그때였다.

이제욱의 눈에는 믿을 수 없는 광경이 펼쳐졌다.

그의 들썩이던 어깨에서 검정색 날개가 확 펼쳐지더니 공중으로 번쩍 떠올랐다. 예상치 못한 압도적인 풍경에 모두들 공포에 질릴 뿐 아무 소리도 하지 못했다. 하지만 그는 화를 참지 못하고 계속 날 선 얘기들을 쏟아냈다.

"그리고 내가 지시했던 메타버스는 어떻게 된 거야? IT사업부장! 당신이 여전히 일을 뭉개고 있다고 하던데 도대체 뭐 하고 있는 거야!"

조 회장은 그렇게 말하고 그 검정색 날개를 아주 가볍게 두 번을 펄럭이더니, IT사업부장 앞 공중에 떡하니 멈춰섰다. 모두들 그 공포스러운 광경에 벌벌 떨고 있을 뿐이다.

조 회장은 다시 한번 날개를 짧게 저어 날더니, IT사업부장 바로 옆으로 날아갔다. 그리고 맹수처럼 뾰족하게 자라난 이빨을 IT사업부장 귓가로 드러내며 속삭이듯 말했다.

"내가 시간은 충분히 줬을 텐데?"

겁에 질린 IT사업부장은 떨리며 말했다.

"현…현재 관련 사업부와 사업의 구체적인 모델을 정하고 있는 단…단계입니다…. 저희가 최초로 기획했던 모델은 국내 시장에서 메타버스에 익숙한 Z세대를 위해 개…개발하려고 했습니다…… 밀레니얼 세대까지 아우르기에는 범위가 너…너무 넓다고 생각을 했고요…. 하지만 업무의 오너쉽을 갖고 있는 MC사업부에서는 다른 견해를 갖고 있던 게 문제…문제였습니다. 현재 MC사업부의 주고객층이 밀레니얼 세대라는 이유였습니다. 따라서 해당 업무의 오너쉽을 갖고 있는 MC사업부에서…"

IT사업부장이 우물쭈물 말을 못 하자 조 회장은 다시 소리를 지른다.

"그래서 어떻게 된 거냐고! 그렇게 계속 남의 탓만 할 거야!"

IT사업부장의 말이 맞았다. 일의 진행을 위해서는 업무의 오너쉽을 갖고 있는 MC사업부에서 사업모델을 구체적으로 설계하고 확정해야 했지만, 해당 프로젝트의 특성상 쉽게 결정을 못하고 있었다. 조 회장의 관심이 높은 만큼 기획이 잘못된다면 그 책임에서 자유로울 수 없기 때문이다. 책임에서 자유롭지 못하다는 것은 결국 죽음을 의미했다. 이는 어떤 일이든 책임지기 싫어하는 MC사업부장의 성향 때문이기도 했다.

그 절체절명의 순간에도 MC사업부장은 김정수 과장의 옆구리만 쑤셔댔다. 자기 대신 빨리 대답하라는 것이다. 그러면서 MC사업부장은 그 순간 다시 아무에게도 보이지 않으려 발버둥쳤다. 그렇게 그는 자신의 모습을 필사적으로 감추면서 조 회장의 살기 어린 눈빛을 회피하고 있었다.

자리에는 있지만 존재감이 전혀 없는 회의실의 유령이 되어버린 것이다.

그런 인간 밑에서 누가 자율적이고 창의적으로 일을 할 수 있을까? 그리고 과연 그가 이 프로젝트를 이끌 만한 역량이 되는 인물인가? 하지만 그는 오늘도 굳건히 이 회사에서 자리를 지키고 있다. 그가 자리만 차지하고도 이 회사를 버틸 수 있는 이유는 단 한 가지 이유이다.

그가 바로 윤덕술의 오른팔이라는 이유 때문이다.

하지만 이런 모든 상황을 공식 석상에서 전부 꺼낼 수 없었던 IT사업부장은 말끝을 흐리고 있었다.

그러자 IT사업부장의 얘기를 듣던 조 회장의 얼굴에서 다시 살기가 느껴졌다. 그런 조 회장의 표정을 눈치챈 그는 갑자기 탁자 위에 올라가서 무릎을 꿇고 빌기 시작했다.

그때였다.

갑자기 조 회장의 손가락 끝이 반짝이는 액체 금속처럼 미끄러지듯 변한다. 그리고 차가운 스테인리스 재질의 총으로 부드럽게 변했다. 그는 손끝에 달린 금속의 그것을 천천히 들어 IT사업부장의 머리를 향했다. 회의실은 차가운 긴장감만 감돌 뿐 아무도 이 광경을 제대로 지켜보지 못하고 있었다.

그런 가운데 적막을 깨는 단발의 총소리가 울렸다. 그 총소리는 다름 아닌 IT사업부장의 이마 한복판을 뚫고 지나가는 소리였다. 총을 맞은 그는 그대로 자리에 쓰러져 피를 흘렸다.

"저 IT사업부장인지 뭔지 하는 인간 당장 치워!"

조 회장은 그렇게 말하고 그 공포스러운 검정색 날개를 접으며 바닥에 사뿐히 내려왔다. 그리고 회의실을 문을 거칠게 닫고 나가버렸다. 날카롭고 살을 에는 듯한 긴장감만이 회의실 전체를 감돌고 있었다.

그리고 모두들 유령처럼 미끄러지듯 자리에서 일어나 회의실을 힘없이 빠져나가기 시작했다.

오직 바닥에 쓰러진 IT사업부장만이 눈을 뜬 채 하늘을 응시하고 있을 뿐이다.

IT사업부장의 그 일은 아무 일 없는 것처럼 조용히 처리된 것 같았다. 며칠이 지난 아침 사무실에서 윤재영이 이제욱에게 조용히 다가와 말을 꺼냈다.

"정말 웃긴 회사에요. IT사업부장 사건은 이제 정말 아무도 기억 못 하나 봐요!"

"금기어가 되어버린 거 아니겠어? 조 회장 성격 뻔히 아는데 누가 그 얘길 꺼내겠어."

새로 바뀐 임원진들은 그 일을 벌인 조 회장을 보호하기 위해 무슨 일이든 벌일 작자들이기 때문에 이 사건은 이미 없는 것이 되어버렸고, 그들의 기억에서도 지워버렸을 것이다.

"사원들도 이제 그러려니 하나 봐요."

"사업부장 정도가 날아간 거는 자기네와 너무 먼 거라 생각한 거겠지."

사실 사원들도 용기 내서 목소리를 내봤자, 불이익만 돌아가는 걸 잘 알고 있었다.

"하긴, 제 후배들도 그냥 조용히 있는 게 상책이라는 말을 많이 해요. 말한다고 바뀔 회사도 아니고 말이에요."

"맞아. 회사 그만두고 밖에 나가 언제 닥칠지 모르는 죽음을 기다리느니, 입을 닫고 회사에 조용히 남아있는 게 차라리 낫지. 나라도 지금 같은 분위기라면 그러겠다."

"근데 문제는 분위기가 이렇게 흘러가면 경영진이 더 악랄하게 굴지 않겠어요? 사람 모가지가 잘려 나가는데 어쩜 이렇게 조용할 수가 있죠? 아무 저항이 없으면 조 회장과 윤덕술 일당은 더 기고만장할 거에요."

"그래. 큰일이야. 팬데믹 때문에 무기력해진 공권력이 우리를 지켜줄 것 같지도 않고. 아니 사실 지켜주는 건 고사하고 돈을 가진 권력자들의 하수인이라는 표현이 정확하지."

세상은 점차 힘없는 자들의 목소리가 사라져 가고 있었다. 그 대신 그 약하고 보잘것없는 존재들의 비명 소리만 여기저기서 난무하고 있었다.

"하지만 무서운 게 뭔지 알아? 조 회장의 그 히스테리를 예측할 수 없다는 거야. 일관적이지도 않고, 유능하거나 무능한 사람도 가리지도 않고! 딴 거 다 필요 없어. 그 순간에 잘못 걸려들면 끝장이라는 거지!"

"회사가 이렇게 씁쓸한 몰락의 길로 접어들고 있나 봐요. 직원들도 하나둘 소리소문없이 죽거나 사라져 버리는 경우도 많은 걸 보면요."

"그런 소문 들었어? 조 회장 히스테리가 최근 사귀던 이성과의 이별로 심해진 거라고! 불과 몇 개월 전 회의 시간에도 내내 핸드폰만 만졌거든. 회의 시간에 늦는 경우도 많았고."

"차라리 애인이라도 있으면 덜 할 텐데 말이에요."

"지금 상황이 참기 힘들다고 말하는 사람 중에는 차라리 우리가 애인을 만들어주면 좀 덜하지 않겠냐고도 하더라. 지금 봐봐. 완전 분노의 화신이 되어 버렸잖아! 지금도 몰락 직전의 신경쇠약증 환자인데, 더 심해지면 지옥에서 분노로 불타오르는 악마가 되고 말 거야!"

점심시간에 김정수와 같이 점심을 먹던 유성관 팀장도 이런 말을 했다.

"기본적으로 조 회장이 너무 무능해서야!"

식사하며 유성관 팀장은 말을 이어갔다.

"이번에 IT사업부장이 그런 죽임을 당한 것도 따지고 보면 다 새로 들어온 MC사업부장 탓이잖아! 그 인간 원래 전 회사에서도 말이 많았는데, 지금 사업부에서도 그렇다며?"

유성관 팀장의 말에 김정수가 대답했다.

"맞아요. 책임 회피를 위해서 사업부 내부적으로 올라오는 결재는 지연시키고, 대책보다는 실패에 대한 보완책만 추궁하고. 프로젝트 내용에 대한 근거만 수십 장씩 만들게 하지만, 정작 중요한 사업의 청사진에 대해서는 지극히 원론적인 얘기들뿐이에요. 사업부에서 중요한 의사결정을 해야 할 때도 있잖아요. 그런 상황에서도 사업부 역량이나 환경을 분석해서 하는 게 아니고, '경쟁사는 어떻게 했는데?' 이런 식이에요. 코미디죠?"

"헐! 그래? 신념 없는 작자네. 결국 윤덕술만 믿고 자리보전하고 있는 거네."

"한마디로 무사안일, 복지부동이에요. 자신이 책임질 일에는 그걸 온전히 말을 담당자만 앞에 내세우고, 정작 자신은 그 뒤에 숨으려 하고! 최악이라는 최악은 다 갖추지 않았나요? 어찌보면 TJ출신 임원들의 공통점이기도 해요."

물론 그런 과정에 나타나는 성과는 온전히 자신의 것으로 포장했다면서 김정수는 말을 이어갔다.

"기본적으로 이런 상황이 온 건 다 조 회장이 너무 무능해서야. 그런 덜떨어진 인간들을 골라내서 볼 줄 모르는 거지."

유성관 팀장은 조 회장이 기본적으로 역량이 부족하고, 그런 성향이 강박증을 만들어 냈다고도 말했다.

"그건 일종의 열등감이야. 봐봐. 그의 친척과 지인들은 하나같이 대한민국을 대표하는 기업가들이잖아. 오룡전자의 김 부회장, 엔터테인먼트 그룹인 TS 부회장 모두 그와 사촌 관계야! 하지만 지금 조 회장은 기껏 마이푸드도 간신히 손에 넣었고, 그것마저 못 지켜서 저러고 있으니 말이야."

유성관의 그 말에 이제욱은 조 회장이 회의 시간에 했던 말이 다시 떠올랐다.

'당신들은 회사 일에 아무 생각도 없지? 난 회사 생각하면 걱정돼서 잠이 안 와! 당신들은 그저 회사에 기생하면서 자원이나 축내니까 그런 고민이 없는 거라고!'

그가 입버릇처럼 하는 말이었다.

"그러니 그 많은 단체 채팅방을 만들어 수많은 임직원을 초대하고, 거기서 잠들기 전까지 업무지시를 내리고… 그런 불안감이 스스로의 영혼을 갉아먹고, 점차 병들게 하는 거지."

이러다가 회사가 망하는 건 물론 자신들의 처지도 보장하지 못한다는 것을 모두들 직감했다. 유성관 팀장은 다시 말을 이어갔다.

"불타오르고 있는 조 회장과 그런 그에게 기름을 붓고 있는 윤덕술 대표가 있는 한, 모두 폭풍 앞의 촛불처럼 사라져 버릴 거야."

8. 낡아버린 인연의 골짜기

지난 회의 시간의 일로 김정수 과장은 자포자기한 상태였다.

'거짓말하지 마라, 이 추잡한 동물아!'

조 회장의 질문에 김정수가 대답하자, 회의 시간 중 조 회장이 자신의 손에 있던 지휘봉을 내던지며 한 말이었다. 조 회장 옆에서 김정수에 대해 부정적인 의견을 쏟아냈던 윤덕술은 그런 광경을 보고 야비한 미소를 지었다. 조 회장마저 김정수에 대한 판단이 바뀐 건, 그 옆에서 김정수를 모함한 윤덕술 사장 때문이다.

"윤덕술 사장이 당신을 왜 그리 싫어하는데? 이유가 있을 거 아냐!"

"모르겠어. 윤덕술 대표 TJ 미얀마 지부에 있을 때 소문이 안 좋았거든. 나도 거기 있었잖아. 그때 내가 윤덕술의 어떤 비리나 이슈를 알고 있다고 오해한 거 같다며 누군가 말해주는 걸 듣긴 했어. 난 전혀 그런 게 없는데도 말이야."

　그런 이유로 회사의 주요 회의에 다 들어가야 하는 김정수는 회의 시간마다 그들에게 이런 수모를 당하고 있었다. 김정수는 점차 회의 들어가는 일에 커다란 공포를 느끼게 되었다. 지난 IT 사업부장 죽음과 같은 일이 자신에게 언제든 일어날 수 있는 분위기이기 때문이다.

　그때 김정수는 주변을 돌아보며 영상 하나를 조심스럽게 이제욱에게 보여주었다. 아무 생각 없이 그 영상을 지켜본 제욱은 경악했다.

　처음에 그 영상을 봤을 때는 누군가의 몸에 진득한 물성의 액체가 흐르는 것 같았다. 또한 그 곁에서 윤덕술계의 임원 몇 명이 삼삼오오 모여 이상한 표정으로 무엇인가를 마시거나, 먹고 있는 것 같은 장면이 보였다. 자세히 보니 조 회장의 몸 어딘가에서 흐르는 액체를 임원들이 마시고 있었다. 그 모습은 마치 아기가 모유를 먹는 것처럼 보였다. 그런 후에는 옆에 지친 듯 쓰러지는 일이 반복됐다.

　더 이상한 것은 그 옆에 의식을 잃은 듯한 젊은 임직원이 의자에 힘이 빠진 채 앉아있었고, 그 옆에서 한 임원이 그의 팔을 걷어서 무엇인가 혈관에 주입하고 있는 모습도 보였다. 혈관에 그 액체가 주입되자 그 사내는 온몸이 경련을 일으키는 것처럼 부르르 떨다가, 이내 희열을 느끼는 듯한 표정을 지었다. 마치 마약 중독자들의 모습처럼 보이기도 했다.

기괴한 장면이었다.

쓰러질 때마다 그들의 표정은 무엇인가에 만족한 것 같기도, 짧은 고통을 느끼는 것 같기도 했다. 조 회장은 그럴 때마다 그 긴 날개를 짧게 펴서 가볍게 두 번 정도 퍼덕거렸다.

"이게 다 뭐야?"

"나도 모르겠어. 이것들이 다 뭘 하고 있는 건지……"

"이건 어디서 난 건데?"

"내가 얘기했잖아. 요즘 너무 스트레스 받고 있는 거……그래서 조 회장실에 몰래카메라를 설치한 거야."

"당신 간땡이가 부었구나? 그러다 걸리면 어떡하려고?"

"어차피 지금 같은 상황이면 가만있어도 죽을 목숨인데 무슨 상관이야. 윤덕술이나 조 회장이 날 어떻게 하기 전에 뭐라도 하고 죽는 게 후회를 덜 할 것 같아서. 특히 윤덕술은 정말 내가 죽더라도 어떻게든 죽이고 말 거야!"

"그래서 어떡하게?"

"뭘 어떡해? 이걸로 이 괴물 같은 인간들 모가지라도 비틀어야지!"

"그래도 뭔가 더 알아봐. 이 영상을 본다고 누가 믿겠어? 얼굴도 자세히 보이지 않잖아."

"이것저것 따지다가 골로 가는 선배들을 많이 봐서 그래. 난 그렇게 여유롭지 않아. 지금 한순간 한순간이 지옥이야. 내가 이런 얘기 하니까 누가 그러더라. 그런 생각 하다 정말 지옥 간다고. 시발 지금 이것보다 더 지옥이 어딨어? 아니, 지옥은 고사하고 나라는 존재가 지금 온전한 영혼이라는 것을 갖고 있는지조차 모르겠다고!"

김정수의 말을 이해 못하는 건 아니었다. 하지만 뭔가 대응하려면 결정적인 증거가 필요하다고 생각했다.

"이영우 상무를 찾아가 봐. 이 상무 잘 알아?"

"개인적으로는 잘 모르지. 오다가다 마주치면 인사하는 정도. 이 상무라면 지금 진천 공장에 밀려 내려가 있는 걸로 알고 있는데 왜?"

"조 회장과 윤덕술 일당들이 이 상무를 어떻게 하지 못하는 게, 뭔가 비밀을 알고 있어서 그렇다고 하더라구. 도움이 될 수 있을 거야. 이 상무 기회주의적인 인물이라 많은 사람들이 좋아하지는 않지만, 외계인이 지구 침공했다면 북한과라도 손잡고 싸워야 하잖아!"

그것과 별도로 제욱은 최근 심각한 무기력증에 시달렸다.

김상환 사업부장이 지시한 보고서로 연일 지속적인 추궁을 당하고 있기 때문이다. 며칠째 집에도 못 가고 밤을 새우고 있었다. 이제는 김 사업부장의 얼굴과 목소리를 듣는 것만으로도 숨이 막혔다. 아니, 그걸 넘어서서 사무실에서 앉아있는 것조차 어려워졌다.

모든 것이 절망적으로 다가왔고, 그가 갖고 있던 의욕과 열정은 없어지고 말라버린 시체가 되어가고 있다고 생각했다.

병원에서는 과대망상 소견을 보인다고 말했다. 최근 회사 상황이 육체적으로나 정신적으로 제욱을 지치게 만들었으며, 머릿속에 수많은 괴물들을 만들어내고 있을 수도 있다. 이대로 다음날 눈을 뜨지 못하고 죽는다 해도 이상하지 않다고 생각했다. 아니, 차라리 그런 것이 진정 끝을 알 수 없는 휴식과 진정한 영면일 것이라는 생각도 들었다.

'웃긴 게 뭔지 알아요? 이런 회사에서 미치지 않고 제정신으로 살아가는 거예요. 미치지 않는다는 건 이 말도 안 되는 상황들이 맞다고 저항하지 않고 받아들이는 거니까요.'

'조 회장도 저렇게 날뛰지만, 과연 자신의 머리는 정상일까요? 이 회사에 있는 모든 사람들이 자원이나 축내는 벌레로 보이는데요? 그도 그런 생각에 사로잡히면서 병들고 있는 거지. 하지만 지금 같은 상황에서 신난 인간들은 따로 있어요. 바로 윤덕술과 그 졸개들이죠.'

이제욱은 김정수가 했던 말을 곰곰이 생각해보았다. 조 회장의 지시로 임원들이 더 악랄하게 굴고 있기 때문이다.

그때 핸드폰 메시지가 도착했다.

'요즘은 연락도 안 하네?'

정희연의 오랜만의 문자였다. 그녀의 문자를 보자, 제욱도 자신이 그동안 그녀를 까맣게 잊고 있었다는 것에 놀랐다.

그 사이 김정수 과장의 전화가 와서 오랫동안 통화를 마치고 보니 정희연의 문자가 하나 더 와 있었다.

'바쁜가 보네'

그녀가 오랜만에 보낸 문자를 다시 보자 제욱은 뭔가 다른 생각이 들었다. 자신에게 무엇인가 아쉬운 부분이 있어서 연락한 게 아닐까 생각이 들었기 때문이다. 그 생각이 들자 제욱은 자신이 갑자기 왜 그런 생각을 가졌는지 생각해 보게 되었다. 그전까지만 해도 그녀에 대한 동경과 연민의 감정이 전부였는데, 비판적인 시각을 갖게 되었으니 말이다.

하지만 그런 냉정한 시각을 갖게 되니, 이제야 현상에 대해 분명히 보게 된 거라 생각했다. 욕망에서 벗어나 세상을 있는 그대로 보게 된 것이다.

'보고 싶다는 욕망에서 벗어나 자유로워진다면, 세상 속의 더 많은 본질을 볼 수 있거든요. 보고 싶다는 욕망이 우리를 해방시켜주는 것 같지만, 사실 우리를 노예로 만들고 있어요. 어떤 대상을 본다는 행위가 그 자체로 수많은 가능성을 다 차단해버리고, 그 순간 한 가지만 진실이라 강요하게 만드니까요.'

오래전 그 낡은 낚시터 근처 카페에서 만났던 어떤 여인의 말이 떠올랐다. 자신이 그동안 어떤 욕망에 대해 무감각해진 사이에 세상을 보는 눈이 달라진 게 아닌가 하는 생각이 들었기 때문이다.

그 생각을 하자 제욱은 다시 주변을 둘러보았다.

자신이 보고 있는 것이 과연 현실인가?

지금 제욱의 눈에는 회사에 수많은 괴물들이 미쳐 날뛰고 있었다. 하지만 그런 괴물의 외형을 하고 있는 자들의 모습이 실체와 가까운지, 평범한 인간의 외형으로 임직원을 괴롭히며 죽이고 있는 것이 실체와 가까운지 판단하기 어려워졌다.

하지만 그렇더라도 지금 제욱의 환경은 그의 모든 감각을 송두리째 사로잡고 있었다. 사실 자신이 영혼조차 제대로 갖고 있는지 의심이 들었다.

그런 생각에 빠져 있을 때 구매본부에서 메일이 하나 날아왔다. 메일의 내용은 주요 원재료 공급사에 대한 현황을 파악한다는 내용이었다. 특히 그 주요 원재료에는 전승완이 공급하고 있는 첨가물 NR19도 포함되어 있었다. 그는 구매본부 후배에게 내용을 들어봤다.

"윤덕술 대표가 구매에 불신을 하고 있다고 해요. 오랫동안 별다른 검증 절차 없이 납품해온 곳에 대해 전체적인 점검을 한다고 해요."

"무슨 문제가 있었어?"

"소문으로는 그동안 자신이 아는 협력 업체를 구매본부에 몇 차례 소개했는데, 여러 가지 이유로 공급사 등록이 되지 않았다고 해요. 후배 얘기 들어보니 소개해주는 업체들이 하나같이 다 수준 이하이고, 특히 중간벤더가 많았대요. 구매에서는 중간에 커미션이나 받아 챙기는 벤더 거래보다 제조업체와 거래하는 것을 원칙으로 하거든요. 그래야 유통 단계를 줄이고, 구매 경쟁력을 가질 수 있으니까요."

하지만 자신의 의도대로 되지 않자, 그러잖아도 구매본부에 불만이 있던 윤덕술 대표는 구매 협력 업체 전체적으로 경쟁력을 파악하라고 지시했다. 전승완 회사인 엔젤트레이딩이 그중에서 공식적으로 소명의 대상이 된 것이다. 엑셀 파일에는 직거래 가능 여부 Y/N, 직거래 가능 일자, 직거래 불가시 사유를 입력하는 항목으로 구성되어 있었다.

작성 항목이 윤덕술 대표에게 직접 보고된다는 사실에 이제욱은 긴장할 수밖에 없었다. 구매에서는 구매 자체의 소싱이 아닌, 관련 부서 요청 공급사의 경우 더 부정적으로 보기 때문에 뭔가 빈틈을 보이면 이상하게 보고될 수 있다. 그렇다고 제욱이 스스로 떠들고 다니긴 했지만, 조 회장이 지시했다는 거짓 사실을 여기에 적을 수도 없었다. 그는 뭐라 쓸까 망설이다 전승완에게 직접 의견을 들어보기로 했다.

"그런 것도 문제야? 우리가 좋은 원재료 공급해서 대 히트 상품이 된 건데 상이라도 내려줘야지!"

"순진한 얘기하지 마세요. 회사는 사장님이 생각하신 것보다 훨씬 교활하고 야비한 인간들이 넘쳐나요."

"내 앞에서 그런 얘기하는 게, 설마 날 비아냥거려서 하는 말은 아니지?"

"이거 적절히 대응 못하면 모든 게 끝장 날 수 있어요."

"그건 담당자인 당신이 얘기를 잘해야지. 도대체 뭐가 문제라고 그러는 거야? 당신이 해결 못하면 내가 당신 회사 사장이라는 사람 직접 만나볼게!"

"거 이상한 소리 하지 마세요. 찾아가는 순간 모든 일이 끝장 날 거에요."

"이 문제 틀어지면 당신 무사하지 못한다는 거 알지? 남의 일이 아니라 당신 목숨이 걸린 일이라고!"

"그런 협박이나 듣자고 지금 말하는 거 아니잖아요."

"그게 안 되면 그 위에 있는 조 회장이라도 찾아갈까? 뭐 어쩌라고!"

전승완의 말에 한동안 생각에 잠겼던 제욱은 다시 말을 이어갔다.

"사장님 같은 영업력이면 윤덕술 대표를 직접 만나는 것도 나쁘지는 않은데, 문제는 어떻게 만나느냐네요."

"무슨 말 하는 거야? 내가 할 수 있는 거라면 나도 적극적으로 할 테니까 내부 사정을 잘 아는 당신이 방법을 찾아봐!"

회사가 예측할 수 없는 방향으로 움직이고 있었다.

뭔가 건전한 토론을 하기도, 각자 업무의 발전 방향성을 논하기도 어려워졌다. 더 나아가 각자 자리에서 충실히 진행했던 업무에 대한 충성도도 점차 약화되어갔다. 회사에서는 모든 일을 기본에서 검토하고 방향성이 적절치 않다면 진행하지 말라고 지시했다.

하지만 뭔가 업무의 방향성에 대해 만들어서 보고하면, 처음부터 잘못된 방향이라며 강한 질책과 조롱이 돌아왔다. 특히 조 회장에게 보고하면 큰 방향의 지적보다는 지엽적인 부분을 문제삼아 소위 '개박살'이 나곤 했다. 그런 경향은 조 회장이 신뢰하지 않는 임직원이 보고할 때면 더 심했다. 특히 조 회장에게 박살이 나면 그다음부터는 더 끔찍한 일들이 벌어졌다. 수많은 폭언과 질책, 폭력까지 이어졌기 때문이다.

그렇게 모두가 길을 잃고 헤맬 때 회사에서는 사냥개를 몇 마리 풀었다. 그 사냥개들은 마케팅, 회계, 영업, 구매 각 분야에 파견되어 각 조직을 뿌리째 물어뜯고 흔들었다.

사람들은 그 사냥개들을 미친개라고 불렀다.

그리고 그 미친개들이 등장한 시기에 김상환 사업부장의 행방도 묘연해졌다.

9. 얕게 판 무덤

하필 회사 상황은 더 안 좋게 치닫고 있었다.

그리고 사건은 매번 뜻하지 않은 곳에서 나지막한 새벽의 어둠이 지쳐가고, 야비한 태양이 이를 슬금슬금 갉아먹으며 나타날 때 벌어지고 있었다. 얕게 판 땅속에 숨죽이며 버려졌던 시체들이 때마침 내린 거친 폭우로 드러나기 시작한 것이다. 자신들을 덮고 있던 흙이 폭우에 씻겨 너덜너덜해지자 그 모습을 하나둘씩 드러내기 시작했다. 그리고 그 시체들은 좀비처럼 조 회장과 윤덕술에게 걸어가 그동안 임직원들이 감춰온 거라며 일러바치는 것 같았다. 조 회장과 윤덕술이 지배하고 있는 이 세계에 그런 일은 끝도 없이 일어났다.

"이건 제 잘못이 아닙니다."

갑자기 신경로팀 김 대리가 크게 소리를 질렀다. 그 소리로 사무실에서 조용히 일하고 있는 사람들이 일제히 그를 쳐다봤다.

신경로팀장도 그를 놀란 눈으로 쳐다봤다.

"뭔데? 자세히 얘기해봐!"

"전 그냥 시키는 데로만 한 거에요. 저한테만 이러시면 안 됩니다."

"그럼 숫자가 왜 이렇게 틀린 건데?"

"그 당시 매출이 부족하다고 그냥 밀어내기 한 거라고요. 저 혼자서 그런 짓을 왜 합니까?"

"그걸 왜 이제 말하냐고? 내가 여기 부임한 지 벌써 6개월이 지났는데."

"저도 그 당시에는 금액이 이 정도 될 줄 몰랐습니다. 지금 다시 추산을 해보니 그렇게 된 겁니다."

생각보다 높은 금액에 두 사람은 언성을 높이며 얘기를 이어 갔다. 그 실제가 뭐냐고 묻는 사람과 무조건 자기 탓이 아니라는 말만 반복하는 사람과의 대화. 대화는 하고 있었지만, 그 대화의 끝은 보이지 않았다. 아니, 그건 대화가 아니었다. 그냥 공방전이었다. 던져보는 자와 어떤 거라도 방어하려는 자. 그 금액의 크기에 따라 두 사람의 목숨도 모래성처럼 작은 비에도 모두 허물어지기 때문이다.

두 사람의 실랑이 내용은 전임 팀장이 있던 시기에 벌어진 일이었다. 그 당시 매출 실적 부족으로 만두 신상품에 대해 판매가가 원가보다 낮게 판매되었다. 이른바 밀어내기 매출을 했던 것이다.

초창기에는 해당팀의 실적이 전체적으로 양호해 마이너스 판매가 문제 되지 않았지만, 최근 매출 압박으로 전체 상품에 대한 마진을 줄여 판매하면서 드러나기 시작했다.

"그럼 저가 납품이 왜 부천 대리점에 집중되었냐고? 누가 봐도 의심할 만한 거 아냐?"

그런 두 사람의 대화를 하필이면 미친개가 바로 옆에서 듣고 있었다. 윤덕술 라인인 미친개는 이에 반응이라도 하듯이 점점 포악하게 그 모습이 변하고 있었다. 그 미친개는 자신의 그 큰 귀를 쫑긋거리고, 코를 킁킁거리며 이들의 대화를 낱낱이 자신의 뇌에 저장하는 것 같았다. 그들의 대화는 점점 그 개를 자극해 온몸의 털을 곤두서게 만들고, 그 날카로운 발톱으로 책상을 찍어누르며 분노에 떨게 만들고 있었다.

분노가 치밀어 오른 그 개는 몸이 이미 3배 이상 부풀어 올라 있었다. 그러면서 그 몸을 서서히 일으켜 그들이 말하고 있는 곳을 으르렁거리며 노려봤다. 그리고 크고 뾰족한 이빨을 드러내며 온 사무실이 떠나갈 정도로 소리를 질렀다.

"당신들 두 명 당장 회의실로 모두 들어와!"

김상환 사업부장의 행방이 묘연해진 상황에서 사무실은 그 개가 모조리 통제하고 있었고, 사무실 전체는 다시 공포감으로 휩싸였다.

자신의 방으로 둘을 부른 미친개는 날카로운 발톱을 세워 사정없이 할퀴고 찢었다. 미친개의 무자비하고 무차별적인 추궁으로 추가적인 비위 내용이 밝혀졌다. 원가 이하 판매뿐만이 아니라, 원가가 아예 없거나 10원으로 잡은 상품도 다수 있었던 것이다. 특수한 관계에서 거의 무상으로 판매됐다는 건 미친개가 가만히 있을 이슈가 아니었다. 그리고 그 내용은 사실 미친개가 아니더라도 문제가 될 만한 내용이었다.

미친개는 씩씩거리며 그들을 윤덕술에게 끌고 갔다.

윤덕술 사장은 보고를 받고 실성한 것처럼 미쳐 날뛰었다.

그리고 이들을 몽둥이와 채찍으로 몇 시간에 걸쳐 때리고 몰아세웠다. 이를 지켜보던 미친개도 그를 말리려 했지만 소용없었다. 윤덕술은 이미 이성을 잃어버렸기 때문이다. 그 누가 말려도 그를 물고 걷어찰 뿐 개의치 않고 끔찍한 폭력을 계속 휘둘렀다.

그래도 화가 풀리지 않았던 윤덕술은 회계, 경영지원, 감사에 파견되어 있는 그의 충실한 개들을 소집해서 으르렁거리며 부르짖었다. 주인이 화가 폭발한 것을 안 그 개들은 그의 포효에 주눅이 들어 쫑긋하던 귀를 내리고, 뒷걸음치며 꼬리를 뒷다리 사이에 숨겼다.

사실 윤덕술은 그 사건에 분노해서 그런 것이 아니었다. 그것보다 자신의 새로운 먹잇감이 생긴 것에 좋아서 흥분한 것뿐이다.

"이 새끼들에 관련된 것 모조리 다 조사해서 털끝만큼 이상한 것 하나라도 있으면 다 찾아서 보고해! 만약 제대로 된 보고가 안 되거나, 누락된 것이 있다면 너희들도 다 찢고 물어뜯어 줄 테니 그런 줄 알아!"

윤덕술은 겉으로는 분노했지만, 그가 입에 물어뜯은 먹잇감을 보란 듯이 그의 주인인 조 회장에게 갖다 바쳤다.

조 회장은 또다시 크게 분노했다.

그러면서 충실한 개의 머리를 쓰다듬었다. 윤덕술은 다시 그의 품에 달라붙어 뭔지 모를 액을 계속 빨아먹었다. 충실한 개로서 받는 마땅한 보상이기 때문이다.

고난의 그림자가 계속 드리우고 있었다.

어둠의 터널이라 불리는 시기였다 그 긴긴 터널에는 어떤 빛이나 희망도 보이지 않았다. 맨발로 가시밭길을 걸으면, 곧 사방에 유리가 깔려 있는 길이 나와 그들의 살점을 뚫고 들어가 몸속을 멋대로 돌아다니며 내장을 찢어댔다. 돌부리에 넘어져 다친 무릎의 상처가 마르기도 전에, 어디선가 큰 바위가 굴러와 이들을 깔아뭉개고 으깨댔다.

"조금만 참아봐. 둘째 진영에서도 조용히 병력을 준비 중이래."

"참아보라고? 지금 같은 시기에는 오히려 죽음이 우리를 구원해 줄 것 같아…"

이제욱은 김정수의 말에 그렇게 대답하며, 허탈한 표정으로 컴퓨터 화면에 다음과 같은 글을 타이핑하기 시작했다. 마치 오래된 시를 옮겨 적는 것 같았다.

주변을 둘러보라!

죽음이 흔한 만큼 그대들의 목숨은 이미 하찮은 것이 되어버렸나니.

부질없는 삶에 대한 집착은 집어던지고, 당신을 감싸줄 죽음을 맞이하라.

아무도 모르는 사이 죽음은 이미 우리 살갗을 찢고 들어와, 삶의 헛된 희망에 흔들릴 때마다 우리의 심장에 차가운 냉기를 내뿜는다네.

그래, 우리는 어쩌다 죽음에게 우리의 영혼까지 갖다주고 말았지.

죽음은 이제 우리가 어쩌지 못할 정도로 깊숙이 들어와 자리를 차지하고 말았는데, 그런 집착이 다 무슨 소용인가!

앞장서서 칼을 들고 투쟁하던 선구자들마저 달콤한 죽음의 유혹에 쓰러졌고, 살기 위해 발버둥 치던 어리석은 동료들도 전부 소용없다는 걸 깨닫고 뒤따랐다네.

주변을 다시 보라!

간신히 살아남은 우리의 동료들은 점점 다리를 잃고, 팔마저 잘려 나가기 시작하지 않았는가?
긴 어둠 속에서 그들은 이미 눈 부신 태양과 아름다운 꽃의 자태를 잃어버린 지 오래이고, 그들의 후각은 더러운 시궁창 냄새와 동료들이 죽어가며 흘린 피비린내로 마비된지 오래다!

드넓은 산과 들판을 내다보던 그들의 시야는 긴 어둠 속에 점점 퇴화되어 앞도 제대로 보지 못한 채 들판을 헤매이고 있다.

지금 그대들이 할 수 있는 것이라고는,
곁에서 쓰러져 나뒹구는 동료들을 슬퍼하며 미치광이처럼 울부짖으며 기어가는 것뿐이다!
눈물이 마를 새 없이 울고 또 울어라!

뒤를 돌아보지 마라.

그냥 허무하게 남은 몸뚱이로 어두운 바닥을 필사적으로 더듬으며, 엉금엉금 지쳐 쓰러질 때까지 짐승처럼 기고, 또 기어갈지어다!

이제욱이 컴퓨터에 타이핑한 글귀를 보고 김정수는 깜짝 놀라며 말했다.

"이게 다 무슨 글이야? 왜 그래? 둘째 진영에서도 조용히 병력을 준비 중이라니까!"

그래도 이제욱이 아무 말 없자, 김정수는 다시 말을 이어갔다.

"그쪽도 절대 그대로 물러서지 않을 거야. 거긴 이제 더 이상 물러설 곳도 없거든."

사실 둘째에 대한 평가는 차치하고서도, 그가 경영권을 되찾고 싶은 야망이 크다는 건 잘 알려진 사실이었다.

그런 둘째의 야망은 조명지 회장 체제에 핍박을 받아 밀려난 세력들에게는 충분히 이용할 수 있는 순수한 욕망이자 기회였다.

"그가 조명지 회장 세력을 전복해 새롭게 정권을 장악하고, 미친개를 비롯한 임원진 전체를 굴복시키면 새로운 세상이 오는 거야! 그러니 포기하지 마! 아직 희망이 있다고!"

김정수의 말을 조용히 듣던 제욱이 날카롭게 대답했다.

"지분 확보가 중요한데 병력을 준비해서 뭐 어쩌겠다고? 이해 관계가 첨예한 주주 특성상 둘째 손을 누가 들어주겠어."

"그래서 조용히 무장 병력이라도 확보해서 그 규모를 늘린다는 거야. 당신 말대로 요원한 지분 싸움을 기다리는 것보다 폭력을 이용해서라도 마이푸드 주주들을 협박해 자신의 편이 되도록 만들겠다는 거지. 불법적인 방법이지만 현재와 같은 팬데믹 무법천지 상황에서는 오히려 현실적인 방법일 수도 있는 거야."

"글쎄. 설사 둘째가 온다고 뭔가 달라질까?"

"그래도 둘째는 조 회장처럼 점령군까지 데리고 와서 회사를 뒤흔들지는 않았으니까. 최선은 아니지만, 최악은 피할 수 있는 거지. 복귀하더라도 경영에는 참여하지 않겠다는 말도 했대."

실제로 현재 마이푸드에 남아있는 수많은 사람들은 그런 체제변화를 간절히 바라고 있었다. 둘째 집권 시기에도 어렵고 힘든 일들은 많았지만, 지금과 같이 수많은 임직원들이 사지로 내몰리는 지경까지는 가지 않았기 때문이다.

시간이 흐를수록 그런 상황이 임박해지고 있다는 소문도 들려왔다. 하지만 번번이 사실이 아닌 뜬소문이었다.

그런 상황이 반복되는 건, 어쩌면 많은 사람들의 갈망 때문일지도 모른다. 참혹한 상황에 몰린 사람들의 머릿속에서 만들어진 부질없고 헛된 망상, 그런 것처럼 말이다.

회사가 그렇게 뒤숭숭한 상황에서 윤재영으로부터 다급한 전화가 왔다.

이번에 갑자기 사업부장으로 부임한 미친개가 모든 걸 다 뒤지고 있다는 말이었다.

"뭐 문제 될 거라도 있어?"

"알잖아요. 뭐든 문제 삼으면 문제가 되는 거요! 그렇게 살려고 발버둥 쳤던 김상환 사업부장조차 소리소문없이 사라진 것을 보면 모두 당할 수 있단 말이에요!"

"그래서 뭐 어쩌라고?"

"선배와 관련된 건도 뒤지고 있어요. 사무실 한번 와보세요. 이상한 일이 벌어지고 있으니까요."

이번에 바뀐 사업부장은 업무의 진행보다는 마치 검사처럼 지금까지 벌어졌던 일들을 다 들쑤시고 있었다. TJ출신들이 그렇듯 뭐라도 냄새 맡으면, 캐내고 파헤쳐서 물어뜯는 것 이외에 업무 실적이나 방향에 대해서는 전혀 관심이 없었다. 아니, 그런 부분에 대해서는 무능한 것 같았다. 지금은 최용호 팀장이 개발했던 상품들에 대해 모조리 뒤지고 있었다.

"도대체 뭐가 어떻게 되어가고 있다고 호들갑이야?"

사무실에 도착한 이제욱이 윤재영을 조용히 불러 물었다. 그러자 윤재영의 시선은 사업부장실을 가리킨다.

"유성관 팀장 것도 뒤지다가 뭔가를 찾아냈다고 해요. 유성관 팀장도 그래서 대기 중이고요. 분위기가 심상치 않아요…"

윤재영의 말에 제욱은 다급히 자기 자리에 돌아가 앉았다. 뭐라도 뒤진다는 말을 듣자 전승완으로부터 구매한 첨가물 NR19가 마음에 걸렸기 때문이다.

그렇게 자신의 컴퓨터를 보고 있자니 이상한 소리가 들려왔다. 그 요란한 소리는 사업부장실에서 들려오는 소리였다. 모두의 시선이 그곳으로 향했다. 누군가가 들어가서 말려야 되는 거 아니냐 했지만, 육가공팀 유성관 팀장은 조용히 하라는 표정만 지었다. 밖으로 점점 더 거친 소리가 새어 나오고 있었다.

자세히 들어보니 그중에는 뭔가 으르렁거리는 듯한 짐승 소리가 간혹 들려왔다. 이제욱도 하던 일을 멈추고 유성관 팀장 근처로 다가갔다.

뭐지? 들어가서 말려야 하나 하는 표정을 유 팀장에게 하는 순간, 꽝 하는 소리와 함께 소리가 멈췄다.

그리고 문밖으로 피가 흘러나오고 있었다. 그때 갑자기 문이 활짝 열렸다.

갑작스러운 광경에 들어가기를 주저하던 유성관 팀장은 그대로 얼어붙고 말았다.

사무실 안에는 피투성이가 된 최용호 팀장이 누워있었기 때문이다. 사업부장은 온몸에 털이 거칠게 나 있었고, 입은 피로 물들어 있었다. 씩씩거리던 표정을 짓던 그는 유성관 팀장을 한

번 흘겨보고는 그대로 네 발로 뛰어나가 버렸다. 뜻밖의 상황에 놀란 유성관 팀상은 사무실에 들어가서 숨이 간신히 붙어있는 최용호 팀장을 흔들어 깨웠다.

"어떻게 된 거예요? 정신 차려봐요."

간신히 눈을 뜬 최용호 팀장이 유성관 팀장을 바라보며 힘겹게 대답했다.

"팀…팀장님도 조심하…세요… 저 새끼들은… 이미 답을 정해놓은 새끼들이에요. 아무리 뭐라 말해도 들으려 하지 않을 거예요. 대신 조금만 이상한 소리를 들어도 여지없이 캐내서 뒤흔드니까, 그냥 아무 소리 하지 말아요……."

최용호는 그렇게 말하고는 정신을 잃고 쓰러졌다.

사람들이 다급히 최용호를 병원으로 옮겼다. 그런 사이에 사업부장이 쿵쿵거리며 다시 자신의 사무실로 돌아왔다.

"유성관 팀장 들어와!"

그런 상황에 끌려 들어간 유성관 팀장은 긴장할 만도 했지만, 특유의 침착함을 유지하고 들어갔다.

"자네 부하직원 안상모 대리가 OEM 진행하면서 뭔가 이상하다는 것 눈치 못 챘나?"

"이상한 거라뇨? OEM 업체 진행은 경쟁력 파악해서 절차대로 진행하고 있는데요?"

"그런 경쟁력을 갖춘 업체가 왜 한군데밖에 없는 거야?"

"업태 별로 저희가 협력 업체 리스트를 파악해서 갖고 있습니다. 어떤 업태를 말씀하시는지요?"

삐딱한 질문에도 침착함을 잃지 않고 대답하는 유성관 팀장을 보자 사업부장은 그를 노려보며 말했다.

"육가공 업체는 왜 진안햄만 거래하는 건데? 이런 후발주자가 뭐 대단하고 독보적인 기술력이라도 갖고 있는 거야?"

"물론 그 업체는 업계에서 다소 후발주자이긴 합니다. 모기업이 자동차 반도체를 만들던 회사인데, 그렇다 보니 무엇보다 품질에 대해 중요하게 생각합니다. 생산 효율성과 품질 확보를 위해 2년 전 컨설팅을 받아, 독일에서 설계한 최신 육가공 공정을 도입하면서 주목받기 시작했습니다. 그로 인해 경쟁업체에 비해 햄의 물성도 균질하면서 식감도 향상시켰고, 무엇보다 이물질 발생률을 기존보다 획기적으로 줄일 수 있었습니다. 현재 C마트 등 국내 온오프라인 주요 유통점에도 빠른 속도로 진출하고 있습니다. 품질경쟁력과 안전 공정을 강화한 것이 소비자들에게 인정받게 되었고, 자동화된 시스템이 원가경쟁력까지 갖추면서 그 혜택이 고객에게 돌아가게 된 것이죠."

유성관은 그런 강압적인 상황에서도 본인의 논리를 거침없이 쏟아냈다. 하지만 이런 유성관의 태도는 사업부장의 심기를 더 건드릴 뿐이었다.

"그렇게 경쟁력 있는 업체라면 마음 놓고 골프 접대를 받아도 되는 거야? 아무도 문제 삼지 않으니까?"

"무슨 말씀이신지요? 지금 팬데믹이 이렇게 심한데 무슨 골프 라운딩을 했다는 말씀이신지요?"

유 팀장이 정색하자 사업부장은 으르렁거리는 듯한 소리를 내더니 자신의 테이블 위에 있는 종이 한 장을 탁자 위에 거칠게 내려놓았다.

거기에는 팬데믹 이전에 안상모 대리가 진암햄 담당자와 정기적으로 골프 라운딩을 했던 내역이 적혀있었다.

"골프를 좋아하는 친구이긴 합니다. 여기에 있는 것도 모두 비상사태가 벌어지기 전 일들이고요. 거래처와 운동했다고 전부 문제로 볼 수만은 없는 것 아니겠습니까?"

그러자 사업부장은 자리에서 벌떡 일어나 털이 수북하게 달린 자신의 앞발을 크게 휘둘러 유 팀장을 날려버렸다. 사업부장의 날카로운 발톱에 온몸에 상처가 생긴 유성관은 피를 흘리며 벽에 부딪혔다. 그럼에도 그 짐승은 화가 풀리지 않았는지, 계속해서 분노하며 소리 질렀다.

"저 개새끼 말로는 안 되는 놈이구먼! 이해관계가 있는 상대와 지속적으로 골프를 친 게 문제가 아니면 도대체 뭐가 문제지?"

"진암햄과 거래하면서 가격은 기존 대비 5%가 저렴해졌습니다. 그리고 골프 접대했다는 근거는 어디에도 없는데, 단순히 거래처와 골프를 쳤다고 접대라고 간주하는 근거가 뭡니까?"

유 팀장은 많은 피를 흘려 목소리가 약해졌지만, 냉정을 잃지 않고 말을 이어갔다. 하지만 유 팀장의 그 말은 사업부장의 귀에 정당한 문제 제기가 아닌 자신의 권위에 도전하는 말처럼 들려 그를 자극할 뿐이었다. 그는 그대로 몸을 날려 유성관 팀장의 목덜미를 물어 뜯어버렸다. 그리고 그 흉측한 입을 좌우로 흔들자, 우지끈하는 소리가 났다. 유성관의 목은 몸뚱이와 분리되어 바닥에 떨어지며 육중한 소리를 냈다.

유성관 팀장은 그대로 바닥에 쓰러졌다.

그리고 이내 피를 쏟아내며 힘없이 죽어갔다. 마지막까지 부당한 압력에 저항하며 자신의 신념과 품위를 지켜냈고, 이를 죽음으로 증명해 낸 것이었다. 바닥에 나뒹구는 그의 머리는 떨어질 때 그 강한 충격으로 큰 원을 그리며 사무실을 한 바퀴 돌다가 멈추었다. 그 짧은 순간, 마치 자신의 굴곡진 생애를 돌아보는 것처럼 회한의 표정이 가득한 채로 서서히 눈을 감았다.

10. 영혼 강탈자

김정수는 지금 같은 상황이면 차라리 유성관 팀장의 처지가 나은 게 아닌가 하는 생각을 했다. 그는 비록 죽었지만, 회사는 대신 그의 가족들에게 근속연수에 맞는 비용과 편의를 제공했기 때문이다. 그 생각을 하자 스스로가 너무 잔인하다는 생각이 들어 부끄러워지기도 했다.

김정수가 그렇게 생각하는 이유는 또 있었다. 얼마 전 윤덕술이 휘두른 칼에 맞아 쓰러질 뻔했기 때문이다. 차라리 그때 그의 손에 죽었더라면 대신 자신의 가족은 어느 정도 살아남을 수 있을 거라 생각이 들었다. 하지만 시간이 흐른 지금, 그는 잠시라도 숨을 쉬며 살아있기가 힘들어졌다. 그의 골격을 떠받쳐야 할 피와 살, 근육 덩어리들조차 모두 힘을 잃고 무너져 바닥으로 뿔뿔이 사라져 버릴 것만 같았다. 그래서 그의 헛된 육체들이 그대로 바닥에 나뒹굴어 먼지가 될 것만 같았다.

그런 생각에 컴퓨터를 켜고 파일을 열어보려는 순간, 누군가가 뒤에서 악마처럼 자신을 시커멓게 덮치면서 큰 목소리로 말하는 것이 들렸다.

"당신 이제 이 자리에서 없어진다며?"

고개를 돌려 보니 그는 커다란 이빨을 드러내며, 그를 비웃듯이 내려다보고 있었다. 그는 다름 아닌 MC사업부장이었다. 조회장이 참석한 회의실에서는 유령이 되어 아무도 몰라보게 앉아있던 그는, 자신의 사무실로 돌아오면 마치 악마처럼 돌변해서 임직원들을 괴롭히며 돌아다녔다.

어이가 없었지만, 김정수는 신경도 안 쓴다는 식으로 덤덤하게 말했다.

"무슨 말씀이신지요?"

"당신 다른 사업부로 발령이 난다면서?"

"제가요? 처음 듣는 소리인데요?"

결국 사업부장이 먹어야 할 욕을 혼자 다 먹은 대가가 이런 건가 하는 생각이 들었다. 그렇다면 이렇게 자신의 사무실 근처, 자신의 영역에서만 저런 악마의 모습을 하며, 그런 얘기를 떠들고 있는 저 작자는 무엇인가? 많은 사람이 있는 회의 시간에는 쪼그라들어 숨소리조차 들키기 싫은 유령이 되어 앉아있다가, 그곳을 벗어난 자신의 영역에서는 다시 살아나서 악마처럼 군림하려 하고 있으니 말이다. 발령이 난다는 그 말이 상사라는 작자가 자신의 부하 직원에게 할 소리인가?

"발령 날 땐 나더라도 지난번 경영 회의 시간에 언급된 진행 사항은 하나도 빠짐없이 모두 만들어 놓으라고! 내가 지난주부터 몇 번이나 말했나? 응? 시발!"

그는 난데없는 욕을 하며 김정수 과장의 머리를 휘갈기고 그 자리를 떠났다. 갑작스러운 욕에 김정수는 고개를 돌려 그가 사라지는 모습을 지켜봤다. 바로 사무실로 쫓아 들어가려다 간신히 심호흡을 하며 마음을 가다듬었다. 어이없는 상황에 바람을 쐬려고 복도로 향했다. 현관을 나와 4회의실을 지나는 중에 이상한 실랑이 소리가 나는 것이 들렸다. 회의실 문을 활짝 열어본 김정수 과장은 깜짝 놀라고 말았다.

김정수가 아는 MC사업부의 후배 3명이 여직원 한 명을 마치 성폭행하려는 것처럼 보였기 때문이다.

"너희들 여기서 대체 뭐 하는 거야! 당장 멈추지 못해?"

김정수가 소리 지르자 그 후배들은 멋쩍은 웃음을 지으며 그곳을 천천히 벗어났다. 아마도 김정수를 알고 있기 때문에 별다른 저항 없이 행동을 멈추고 나간 것일지도 모른다. 누워서 신음하고 있는 직원을 부축해서 일으키자 그녀는 괜찮다며 말했다.

"요즘 저런 놈들이 많아졌어요."

"저런 놈들이라뇨? 어디 다친 데는 없고요?"

"뭔가 우리를 감시하려고 들쑤시고 다니는 스파이 같은 놈들

말이에요."

그녀는 자신이 온라인 팀에서 일하고 있으며, 그런 직원들이 은밀히 뭔가 꾸미고 있다고 말했다.

"그렇다고 이런 백주 대낮, 그것도 회사에서 직원들에게 이런 짓을 한다고요?"

"임직원이 죽어 나가도 아무도 신경도 안 쓰는 회사인데, 이런 게 무슨 대수라고요?"

그녀는 마치 강한 의지를 가진 투사처럼 분명한 어조로 말했다.

"진짜 문제는 그게 아니에요."

"그건 또 무슨 말이에요?"

"조 회장은 모르겠지만, 이런 갈등을 원하는 건 윤덕술 일당이에요. 윤덕술에 저항했던 사람들이 하나둘씩 쓰러져 나가자, 이런 식으로는 안 된다 판단해서 조직적으로 저항하려 한 사람들이 있어요. 그러자 악랄하게도 회사는 기존 어용 노조를 앞세워 진흙탕 싸움을 부추겼어요. 그것뿐만이 아니죠. 회사에서 벌어지고 있는 수많은 사건들에 대해서 어용 노조를 통해 사실관계를 왜곡시켜 외부에 진실이 새나가지 못하게 방해까지 했으니까요.

그러면서 그녀는 자신은 신사원연맹이며, 김정수의 상황을 잘 알고 있었다며 투쟁에 동참하라고 권했다.

"조 회장에 저항하는 게 아니고 윤덕술이요?"

"생각해보세요. 조 회장은 15년 전부터 이 회사에 있었던 사람이에요. 15년 전에도 저런 히스테리를 부리고, 직원들에게 함부로 굴었던 사람이에요. 네, 원래 조 회장은 그런 인간이었다는 거죠. 하지만 그렇더라도 과거에 회사가 이 정도는 아니었어요. 그럼 회사가 최근 지옥으로 변한 이유가 뭐겠어요?"

그녀는 자신의 이름을 말해주며 연락을 기다린다며 떠났다. 신사업연맹에 가입하라는 말이었다. 미친개들에 이어 이게 다 무슨 일인가 하는 생각이 들었다.

그렇게 몇 개월의 시간이 흐르면서 회사 측의 전횡으로 신사원연맹에 가입하는 임직원 수도 속속 늘어났다. 망설이던 이제욱과 김정수도 신사원연맹에 가입을 해서 투쟁하는 것 이외에는 답이 없다고 생각을 했다. 그렇게 그들도 투쟁의 선봉에 서기 시작했다.

"반갑습니다. 두 분이 오신 것만으로 큰 힘이 됩니다."

신사원연맹의 박원봉 위원장이 그들을 반갑게 맞이해주었다. 얼굴만 보던 박원봉 위원장과 처음으로 대화를 나누는 자리였다. 현장에서 오랫동안 근무한 그는 최근의 상황이 심각하다며, 많은 도움을 요청했다.

"사실 아직까지도 많은 임직원들이 우리 신사원연맹에 가입하는 걸 망설이고 있어요. 큰 불이익을 감수해야 하는 걸로 아직도 알고 있는 거죠. 임직원들이 그런 생각을 하는 것도 다 그들의 의도 때문이라고 생각합니다."

"사실, 저는 그런 걸로 가입을 망설인 게 아니고, 상황이 이렇게 끔찍하게 흘러버린 것 자체가 강력한 투쟁동력일 텐데…"

제욱이 그렇게 말하자, 박원봉의 곁에서 듣고 있던 이병욱이라는 인물이 삐딱하게 대답했다. 그는 신사원연맹 부위원장이었다.

"투쟁 동력을 못 살리고 있다고요? 그럼 오셔서 그 동력을 살리시면 되겠네!"

그러자 곁에서 이를 듣던 사무국장인 윤장호가 말했다.

"사실 이 과장뿐 아니라, 외부에는 저희에게 그런 따가운 시선이 있는 것이 사실입니다. 우리가 더 노력해야 하는 상황이고요."

마치 익숙한 상황인 것처럼 윤장호의 말에 이병욱도 한발 물러섰다. 그러자 조용히 얘기를 듣던 박원봉 위원장이 말을 꺼냈다.

"우리 신사원연맹은 새로 들어오신 두 분 말씀처럼 다양한 의견이 필요합니다. 저희와 같이 많은 말씀 해주시고, 우리의 앞길을 같이 설계해주셨으면 합니다."

그러다 어느 날 김정수에게 이제욱의 연락이 왔다. 그가 강남 빌딩에서 이상힌 직원을 잡았다는 것이다.

이제욱은 부랴부랴 도착한 김정수에게 놀라지 말라며 집기 창고로 데리고 갔다. 거기에는 큰 매트가 허리 높이 탁자 위에 펼쳐져 있었고, 그 위에는 몸무게가 100kg은 나갈 법한 직원이 팬티만 입은 채 누워있었다.

"이게 어떻게 된 거야? 죽이기라도 한 거야?"

"모르겠어. 산 건지, 죽은 건지, 뒈진 건지."

거기엔 이제욱의 후배 윤재영과 사무국장인 윤장호를 포함한 신사원연맹 한 명도 그 사내를 지키며 서 있었다.

"근데 왜 이렇게 해놓은 거야? 그렇다고 사람을 이렇게 하면 안 되잖아!"

"사람?"

제욱은 김정수가 순진하다며 윤재영과 신사원연맹 한 명에게 눈치를 주었다. 그러자 둘은 그 육중한 사내를 힘껏 밀어 등을 보여줬다. 그러자 끈적이는 소리와 함께 피로 물든 그의 등이 보여졌다.

"뭐야! 다친 거야? 징그럽잖아!"

"자세히 봐봐. 이런 표시 본 적 있어?"

제욱이 보여준 표시를 자세히 보자 단순히 피를 흘리며 난 상처가 아니었다. 등에는 마치 큰 눈동자가 충혈된 것처럼 보이는 타원형의 내장 같은 기관이 숨을 쉬듯 움직이고 있었다. 그 기관은 크기가 CD 디스크 정도 되어 보였다. 그리고 그 기관의 겉에는 마치 눈꺼풀과 같은 기관이 덮고 있었다. 지금은 어떤 충격이 있었는지 반쯤 열린 채 핏빛 내장을 그대로 드러내고 있었다.

"이게 대체 뭐야?"

"모르겠어. 이게 다 무슨 조화인지……"

"근데 설마 이거 눈깔은 아니지? 만약 눈깔이라면 옷으로 다 가려 쳐다보지는 못할 테니까. 근데 정말 눈깔 아냐?"

"우리가 생각하는 그런 눈이나 눈동자 같은 게 아닐 수도 있지."

"혹시 일 못하는 놈들에게 말하는 그거야? '뒤에도 눈을 달고 다녀' 하는 말 있잖아. 일은 더럽게 잘하겠네?"

"지금 농담할 때가 아니에요. 이런 놈들까지 있다는 건 심각한 거니까요."

둘의 대화를 듣던 윤장호가 말했다. 그러자 김정수가 다시 대답했다.

"최근 찌질하게 찌그러져 있던 병신같은 새끼들이 새로운 임원진의 프락치 역할을 하고 다닌다는 소문이 파다해. 그 새끼들이 어지간히 앞에 나서서 직원들을 괴롭혔나 봐. 자기 말 듣지 않으면 죄다 분류해서 위에 보고까지 했다고 하니까. 정말 징글징글 했다더라고. 그래서 강남빌딩 직원들이 이를 갈며 벼르고 있다가, 그중에 유독 수상한 놈 뒤를 밟아서 잡았대. 그런 놈들을 족치다 보니 이런 게 발견되었던 거고."

"이 새끼들 원래 알게 모르게 경영진 앞잡이 했던 건 어제오늘 일도 아니잖아."

"그렇긴 한데 강남빌딩에 신사원연맹이 늘어나니까 자꾸 미행하는 꼬리들이 생겼다더라고요…. 그래서 우리 신사원연맹에서도 그런 의견을 들어 미행을 붙였어요. 그런 과정에서 이놈도 잡힌 거고요."

윤장호가 말하자, 다시 김정수가 그의 말을 받아서 말했다.

"그런데 모르겠어. 이곳에 이런 놈들이 얼마나 늘어났는지 말이야. 전부 등을 까볼 수도 없고."

"여기도 이런 놈들이 늘어났다면 문제네. 저항의 동력을 늘려가야 할 때 말이야. 조 회장은 모르겠는데 윤덕술 같은 인간이라면 충분히 그런 일을 벌이고 남을 교활한 작자이긴 하지. 거기에 놀아나는 이런 새끼들이야말로 한심한 거고. 자기네들이 이용당하고 있다는 것도 모르고 말이야."

"그건 모르지. 애네들도 이렇게 해부학적으로까지 당할 줄 알았을까? 윤 대리, 이놈은 직급이 어떻게 돼?"

"사원급인 것 같아요."

제욱이 묻자 윤 대리가 대답했다.

"그럼 우선 진천공장 쪽으로 보내자고."

사원급 이동은 팀장 간 조율만 되면 중기 파견 형태로도 보낼 수 있었기에 그렇게 협의해서 발령을 내기로 했다.

　"진천공장이면 조창호가 있을 텐데, 그 인간이 도와주겠어?"

　"그 인간이 모시던 주군께서도 돌아가시거나 실종으로 추정된 상태라서, 투쟁 동력은 충분해. 가만히 있으면 거기도 모가지를 물어뜯길 거니까."

　둘의 대화를 듣자 윤장호도 잘 알겠다는 표정을 지었다.

11. 태고의 인물

진천공장에 괴 생체기관의 인원을 인계한 이제욱과 김정수는 그곳에서 일종의 유배 생활을 하고 있는 이영우 상무를 만나러 갔다. 그의 사무실은 진천공장 4층에 위치해 있었다. 그곳은 오랫동안 아무도 찾지 않아서인지 4층 계단 입구부터 거미줄과 나무 덩굴 등이 어지럽게 늘어져 있었다. 거미줄을 어렵게 뚫고 4층 복도로 들어가자 나무뿌리와 덩쿨들이 복도와 4층 전체를 가득 메우고 있었다. 그래서 어디가 이영우 상무의 사무실인지 찾는 것조차 힘들었다.

그들은 조창호의 도움으로 간신히 근처에 갈 수 있었다. 거기는 입구에 나뭇잎이 가득 쌓여 있었고, 잔나무 가지들이 앞을 막고 있어서 문이 어디에 붙어있는지조차 알기가 힘들었다. 그렇게 긴장하며 찾아 헤맬 때마다, 갑자기 소리를 내며 날아가는 새와 벌레들 때문에 그들을 더 놀라게 만들었다.

그렇게 힘들게 문을 찾아 헤매고 있을 때, 갑자기 무엇인가 움직이는 소리가 들렸다. 바로 사무실 문이 열린 것이었다.

그 안에는 허옇게 백발이 돼서 머리를 길게 늘어뜨리고 있는 어느 노인의 모습이 보였다. 수염도 목덜미 근처까지 자라고 있어서 깊은 산속에 사는 도사처럼 보이기까지 했다. 그는 제욱 일행을 보자 누렇게 변한 이빨을 드러낸 채 환하게 웃으며 반겼다.

"반가워! 어서들 와요!"

그는 반가운 듯 두 손을 벌려 그들을 반겼다. 자세히 보니 그 덥수룩한 머리카락과 수염들 사이로 그의 예전 모습들이 얼핏 보였다.

"여기 사람이 찾아온 지가 오래돼서 말이야!"

"여기에 계신다는 건 들었는데, 미처 찾아뵙지는 못했네요. 잘 지내세요?"

"나야 여기서 아주 간만에 자유를 만끽하고 있지. 보다시피 아주 편하게 잘 지내고 있어. 나 원래 이렇게 자연에서 사는 것 좋아하거든."

그는 잘살고 있다고 말했지만, 그들이 보기에 속세에서 벗어난 태고의 인물처럼 느껴졌다.

"한동안 그들을 그렇게 모셨는데… 상무님도 이런 곳에 계실 분이 아닌데 말이죠."

"나야 지금이 편하고 좋아. 이런 비상사태에도 신경 안 쓰고 이렇게 지내고 있는 건 오히려 축복받은 거지. 노후에 버틸 수 있는 자원도 이미 젊을 적 다 마련해 놓았어. 이렇게 편히 있어도 돈 나오고, 내 마음대로 여기저기 다닐 수 있는데 마다할 이유가 전혀 없지."

"그렇다고 이렇게 잊힐 수만은 없잖아요."

그 얘기를 하자 그의 눈빛이 날카로워지며 그들을 번갈아 바라본다. 그러다 그들이 순진하다는 듯이 바라보며 얘기했다.

"내가 조씨 일가와 같이 일한 지도 20년이 넘었을 거야. 대리 때부터 비서실에서 근무했으니까."

이 상무는 그들에게 유통기한이 10년은 지난 것 같은 녹차 티백을, 여러 번 사용한 것 같은 종이컵에 넣으며 말했다.

"조씨 집안 참 기괴한 일이 많은 집안이야."

그 차를 마셔야 하는지 공포에 떨고 있는 그들의 표정과는 상관없이, 이 상무는 때가 꼬질꼬질하게 끼어있는 종이컵에 생수병의 미지근한 물을 부어주며 말했다.

"조 회장 형도 겉으로는 멀쩡한 신사 같으면서도 뒤로는 이상한 일들을 많이 벌이고 다녔으니까 말이야. 그 집안은 대대로 그런 피가 내려오나 봐."

뜻밖의 얘기에 그 더러운 차를 마실까 망설이던 그들의 표정도 흔들렸다.

"그게 무슨 상관이에요?"

"무슨 상관이긴, 내 목숨 줄과 관련 있으니 아주 중요한 상관이 있지."

"그런 게 있었으면 저항이라도 해보시지, 왜 지금까지 아무도 찾지 않는 깊은 산속의 고목처럼 이렇게 계셨어요?"

제욱이 그렇게 말하자, 이 상무는 그들에게 따라주던 생수병의 물을 입에 털어 넣다 다시 뱉고는 제욱을 노려봤다.

"내가 당신 예전에 감사를 한 적도 있었지. 기억나?"

갑작스러운 감사 얘기는 자신에게 도발해 오고 있는 제욱에 대한 경고이다. 서슬 퍼런 감사팀장을 하면서 압박했던 기억을 되살리려는 것이니까. 까칠한 반응에 제욱도 한발 물러섰다. 그러다 자기가 심한 말을 했다는 생각이 들었는지 잔이 비어가는 김정수 과장의 컵에 자신의 입안까지 들어갔던 물을 다시 부어주려 했다. 화들짝 놀란 김정수 과장은 컵을 자신 앞으로 얼른 가져가 필사적으로 막아섰다.

"아니지, 당신들도 지금 힘드니까 찾아온 거지."

"내가 재미있는 얘기해줄까?"

이 상무는 그 누런 이빨을 드러내며 그들에게 가까이 다가오라는 손짓을 했다.

"곧 재미있는 일이 벌어질 수도 있어. 개벽 같은 거 말이지."

그러면서 크게 웃자 마치 악취가 오래되어 발효된 듯한 입 냄새가 온 사무실을 가득 메웠다. 모두들 놀라 고개를 돌렸다. 조창호는 난데없는 심한 악취로 코피가 흐르기까지 했다. 정신을 거의 잃게 만들 뻔했던 폭풍 같은 악취가 지나가고 정신을 차리자, 그가 흘린 침이 이미 여러 군데 묻어있었다. 김정수 과장이 침착하게 자신의 얼굴에 묻은 침을 닦아내며 다시 물었다.

"개벽이라면 둘째가 다시 복귀라도 한다는 겁니까?"

"셋째가 사고를 친다면 다른 방법이 없지 않겠어? 당신들도 알지? 왜 회사가 이 지경이 됐는지 말이야. 뭐든 남의 것이 좋아 보이고, 자기 주변에 보이는 사람들은 벌레로도 안 보는 조 회장은 이 회사의 아주 큰 리스크야. 그래서 다들 초긴장 상태라는 것, 나도 잘 알고 있어. 하지만 난 두렵지 않아."

"만약 뭔가 대응할 만한 것이 있다면 저희와 같이하시는 게 더 효과적일 거예요. 이 상무님은 반대 진영에서 유일하게 공격할 수 있는 무기를 갖고 계신 분이잖아요."

그 얘기에 다시 이 상무는 이들의 얼굴을 살펴봤다. 알 수 없는 표정이었다. 그러다 다시 입을 열었다.

"내가 왜 그래야 하는데?"

역시 이 상무다운 말이다. 늘 올바르고 절차적인 말을 하다가도 결정적인 순간에는 자신 위주의 결정을 한 사람이다. 그런 방식이 이 사람을 이때까지 죽지 않고 말라버린 고목이 되도록 회사를 다니게 했을 수 있다.

"우리와 머리를 맞대면 더 효과적으로 저들을 공략할 수 있어요. 지금 어느 때보다 저들에 대한 저항과 투쟁 의식이 높아져 있어요. 우리에게 절실한 것은 다름 아닌 무기잖아요."

"이 싸움은 순진하게 머리띠 둘러메고 현수막 들고 설친다고 해결되는 문제가 아냐. 그러니 당신들 아직도 높은 자리 못 올라가고 그렇게 살고 있는 거야."

이 상무의 그 말은 기가 막혔다. 제욱이 다시 말했다.

"이 상무님! 고귀한 당신께서 과거에 혼자 정의로운 척하셨던 거 다시 말씀드려요? 오너 일가의 횡포에 분연히 일어나 투쟁하는 것처럼 굴다가, 임직원들 죄다 속였던 거 말이에요! 목숨 걸고 투쟁했던 사람들 도와주지는 못할망정, 약점 찾아내서 위에다 죄다 갖다 바쳐 얻게 된 자리를 뭐 대단하다고 생각하나 봐요? 사람들 기억 속에 그 사건 여전히 지워지지 않고 있다고요!"

"이 과장, 가만히 좀 있어!"

제욱이 흥분해서 얘기하자 김정수가 그를 말렸다. 그런 제욱을 본 이 상무는 그럴 줄 알았다는 표정으로 팔짱을 낀 팔을 펴서 양옆으로 벌리고 고개를 갸웃거렸다.

"좋아요. 그럼 우리가 어떻게 하면 같이 하실래요? 원하시는 거라도 있어요?"

침묵을 지키던 조창호가 이어지는 대화가 답답한 듯 코피를 닦아내고 입을 열었다.

"날 너무 그렇게만 보지 마. 나 이제 그런 사람 아니야."

"그러니까 어떻게 하면 되냐고요?"

"이번에 새로운 조직이 생겼다며? 신사원연맹이라고 했던가?"

"그게 왜요?"

"거기에 날 끼워줘. 그럼 내가 저들과 협상할 때 더 힘이 생기지 않겠어?"

"임원이신데 노조를 어떻게 가입하신다고 하세요?"

"내가 가입한다는 건 아냐. 내 편을 들어달라는 거지."

"그건 우리 소관은 아닌데 돌아가서 말은 해볼게요. 하지만 그런 제안을 우리가 받기 전에 갖고 계신 패가 어떤 것인지 힌트는 주셔야 우리도 가서 의논을 해보죠."

이 상무는 자신을 덮고 있는 무성한 머리숱과 희끗희끗한 수염 사이로 그들을 물끄러미 바라보다 얘기한다.

"뭐 여러 개가 있는데, 다 그들의 탐욕에 관련된 것들이야. 아주 다양한 여러 가지 탐욕들이 백화점처럼 있어. 당신들이 상상하던 어떤 형태의 탐욕이라도 말만 하면 다 있으니까 말이야. 심지어는 아랫도리에 관련된 것도 있으니까."

이 상무가 그렇게 얘기하자 모두들 무슨 뜻인지 대충 알 것 같았다.

회사에 돈이 부족해 직원들 월급 주기도 빠듯한 상황에서 자신들은 거액의 배당금을 꼬박꼬박 챙겨간 형제들이니 짐작만으로 그런 것들이 많을 거라 생각이 들었다.

"저 인간 믿을 수 있을까?"

정수는 돌아오는 길에 제욱에게 말했다.

"그렇다고 손해 볼 건 없잖아?"

"이 상무는 회사 임직원들 사이에 아직도 이미지가 안 좋아. 과거에 자기 자리보전하려고 오너 편에 서서 칼을 들고 설친 경력을 기억하는 사람들이 많고 말이야."

"그건 들어가서 설득해 봐야지. 지금은 우리 편을 계속 확보해 나가는 게 중요하니까."

"그리고 그렇게 자기가 들고 있는 패가 대단하다면 왜 저렇게 썩은 고목이 될 때까지 아무것도 안 하고 있던 거야?"

"나도 소문을 들어보니 지금이 편하다고 하나 봐. 아까도 그런 얘기를 했고."

"편하다고?"

"생각해 봐. 지금 같은 아사리판에 뭐 하러 골치 아프게 본사에 출근하겠어? 지방 공장에 짱박혀 있는 게 낫지. 그리고 아무 하는 일이 없어도 월급 나오지, 비용 나오지, 누구 하나 건드리는 사람 없지. 신경 쓸 게 뭐가 있어? 그래서 남은 임원 임기 동안 실속 다 챙기고 마지막에 협상하면 개꿀 아니겠어?"

"어쩌다가 우리가 배신의 아이콘과 손을 잡게 된 건지……"

"너무 걱정하지 마. 난 오히려 그것도 잘 됐다고 봐. 우리가 그걸로 신사원연맹 집행위를 자극해야 돼! 생각해 봐. 직원들 모가지 잘려나가는 현재보다 더 심각한 상황이 도대체 뭐가 있겠어? 하지만 집행위원회 하는 꼬락서니 좀 봐봐. 직원들이 죽어 나가고 있는 와중에도, 그 강력한 투쟁 동력을 전혀 못 살리고 있잖아. 난 그게 너무 답답해. 너무나 무능하다고 생각해."

"아직 전임 노조로 인정을 못 받으니 그런 거지. 전임노조가 되어야 정부에서 보장하는 것처럼 최소한의 자위적인 무기와 생존용품을 지급받을 수 있고, 그래야 회사를 상대로 투쟁할 수 있는 동력을 얻을 수 있잖아. 저 어용 집단 새끼들은 회사에서 뭘 그리 받아 처먹고 있는지 몰라도 할 짓 다 하고 다니는데도 말이야."

"그래서 뭔가 패를 들고 있는 사람을 확보하는 게 중요한 것 같아. 아참. 근데 왜 그 동영상 안 보여줬어?"

"조금 대화가 진전되고 나서 보여줄까 해서."

12. 강남 난동 사건

제욱은 전승완의 회사를 마이푸드가 인수한다는 얘기를 들었다. 최근 들어 첨가물 NR19의 중요성이 커졌지만, 이런 업력이 짧은 엔젤트레이딩을 인수하는 것은 어울리지 않았다. 실제 첨가물 NR19는 해외 생산이기 때문에 마이푸드가 오퍼를 넣어 직접 수입해도 문제가 되지 않는 것이었다.

하지만 더 이상한 일은 전승완이 마이푸드에 이사로 들어온다는 것이다. 사기 경력에 성희롱으로 실형까지 살았던 양아치를 대기업 임원으로 앉힌다는 사실에 모두들 경악해 했다. 최근 들어 전승완의 태도가 미세하게 변했다는 것을 알 수 있었던 제욱은 이런 것이 다 그런 맥락에서 시작되었다는 것을 직감했다.

'이 선생, 아니 이 과장! 우리 이제 회사에서 자주 보자고!'

전승완은 신이 난 듯 제욱에게 전화로 이런 말을 했다. 그 후로 그가 윤덕술과 가깝게 지내게 되었다는 소문도 전해졌다. 무

엇이 두 사람을 가깝게 한 건지는 모르나, 제욱은 전승완 특유의
영업력이 윤덕술을 로비한 것 정도로 생각했다.

그 후로도 신사원연맹 집행위는 이 상무와 은밀한 회동을 가
졌다.

처음에 이 상무의 태도에 대해 걱정했던 사람들도 그의 얘기
를 들어보고 사뭇 진지해졌다. 그리고 그가 상당한 자신감을 갖
고 있다는 것도 알 수 있었다. 만일에 대비해 외부에 알릴 자료
도 미리 준비해 놓은 점도 집행위의 신뢰를 얻었다. 지켜본 사람
들이 공통적으로 말했지만, 그가 이번 협상에 상당한 기대를 걸
고 있다는 느낌을 받았다. 여러 소문들이 돌았다. 신사원연맹에
서도 이 문제에 대해 논의하고 있었다.

"그래도 이 상무는 계속 지켜봐야 합니다. 속을 알 수 없는 인
물이에요!"

"이 상무만큼 현재 임원진에 대항할 논리와 허를 찌르는 무기
를 갖고 있는 인물도 드뭅니다. 그런 그가 우리에게 손을 내밀었
다는 건 의미 있는 일이에요."

이병욱이 의심스럽게 말하자, 그의 의견을 윤장호 사무국장이
막아섰다.

늘 그렇듯, 이영우 상무를 향한 의심과 긍정이 따라다니고 있
었다. 하지만 신사원연맹은 초조했다. 이제 물리적인 투쟁 이외

에는 선택지가 없었다. 그런 상황에서 이 상무를 통해 경영진과 공식적으로 대화할 수 있는 거의 마지막 기회라 생각하고 있었다. 윤장호 사무국장이 다시 말했다.

"상황이 악화되는 건 사측도 원치 않을 겁니다. 이 상무가 조 회장 일가의 비밀을 상당수 알고 있고, 그런 그가 우리 측과 연합한다면 그건 상당한 위협이 되기 때문이죠."

물론 이 상무는 신사원연맹에게 조 회장 일가의 비밀에 대해 구체적으로 얘기를 하지는 않았다. 하지만 반대진영에서는 그런 세부적인 상황에 대해서는 자세히 모를 수 있다. 단지 그런 위험한 두 세력의 연대 자체가 위협으로 다가오기 때문이다.

그런 대화가 오가다, 최근 상황에 대해 김정수가 말했다.

"그거 알아요? 최근의 사건들, 임직원들의 죽음과 상관없이 요즘 이탈자가 엄청 늘어나고 있어요. 윤덕술의 압박에 못 이겨 나가는 사람, 조 회장의 히스테리에 질려서 그만두는 사람, 그것도 아니면 막연한 희망을 찾아 떠나가는 사람. 떠나는 행렬이 끝도 없어요."

"아직도 나가면 위험할 거예요. 하지만 떠나는 그들도 그걸 모를 리가 없을 텐데 말이죠."

김정수의 말에 박원봉 위원장이 대답했다. 그러자 이병욱이 다시 말했다.

"비록 밖은 여전히 비상사태가 지속되고 있지만, 그들은 그

안락함을 버리고 기꺼이 방어막이 없는 외부로 나가는 길을 선택하고 있는 거죠."

그러자 그 말이 신경 쓰인 듯 이제욱이 대답했다.

"너무 감상적인 것 같네요. 생각해보세요. 그런 생각으로 나간 사람들 대부분 처참하게 죽었어요. 살아남더라도 치명적인 후유증을 평생 갖게 될 거예요."

그러자 다시 이병욱이 말했다.

"제 말은 그렇게 해서라도 마이푸드라는 지옥을 벗어나려는 그들의 노력이 눈물겹다는 겁니다. 그렇지 않나요? 이럴 때 일수록 우리가 그런 그들을 설득해 우리 투쟁의 테두리로 끌어들여야 합니다. 언제 닥칠지 모르는 종말을 무기력하게 기다리는 대신, 자기 발로 걸어 나가려는 사람들의 용기를 우리는 잊어서는 안 되는 거고, 그런 용기가 지금 우리에게 절실히 필요합니다…"

"이번에 공석이었던 IT사업부장 자리에 누가 오는 줄 아세요?"

이제욱과 이병욱의 논쟁을 우려한 김정수가 화제를 돌리며 물었다.

"설마, 또 TJ출신?"

이제욱이 설마 하는 표정으로 묻자, 박원봉이 다시 대답했다.

"맞아요. 최근 신규 입사한 임원들 죄다 TJ푸드, 아니면 EM 출신이죠. 이쯤 되면 TJ는 마이푸드의 사관학교라고 할 수 있어요. 그 회사에서 능력을 발휘했건, 능력이 없어서 잘렸건 상관없이 거기 출신이라는 건 다른 어떤 것보다 앞서는 상위 개념이니까요."

박원봉의 말에 윤장호가 덧붙였다.

"조직을 개선해야 한다는 망상에 사로잡힌 조 회장이 선택한 길이 결국 TJ라니. 그전까지 우리가 TJ를 경쟁사로 보지도 않을 만큼 우리와 차이가 나는 회사였는데 말이죠. 결국 윤덕술 휘하의 개들만 늘어나고 있네요."

그들의 대화를 듣던 김정수가 다시 말했다.

"그래도 공통점은 있어요. 조 회장이 그들을 초 엘리트로 인식한다는 것. 하지만 실제로는 하나같이 무능하고 교만하다는 거요. 임직원의 반발은 개혁에 따른 고통이라나 뭐라나."

"그게 다 윤덕술이 현란하고 긴 혓바닥으로 조 회장의 눈과 귀를 완벽하게 통제하고 있으니 가능한 거죠. 조 회장이 막강한 힘을 갖고 있음에도 윤덕술이 그의 정신까지 장악하고 있다는 소문도 있으니까요."

이제욱의 말이었다.

조 회장은 그런 윤덕술을 의심조차 하지 못했다. 그런 그의 의구심을 완벽히 통제한 윤덕술은 회사의 주요 요직에서부터 빈자리까지 가리지 않고 TJ 출신들로 채워나갔다. 다시 김정수가 말했다.

"이제 회사는 온전히 윤덕술의 손아귀에 있는 거네요."

이번 이영우 상무와의 협상안도 새롭게 회사에 편입된 TJ 출신들로 꾸려졌다는 소문이 돌았다. 신사원연맹측도 이영우 상무의 협상안과 관련되어 내부 회의를 진행하면서 이에 따라 대책안을 마련하고 있었다.

신사원연맹에서는 강남빌딩에서 연일 대책 회의에 여념이 없었다.

그런 가운데 이영우 상무와 마이푸드 임원진과의 회의 일정이 잡혔다. 이는 신사원연맹에도 미리 알려진 일정이었다. 어떤 식으로 회사와 협상할 것인지에 대해 신사원연맹 내부적으로 거의 한 달 동안 토론이 이루어졌다.

신사원연맹은 우선 회사 측에 몇 가지 안을 만들어서 이 상무에게 전달해 주기로 했다.

첫째. 회사 내 일체의 폭력행위를 중단할 것.
둘째. 경영진의 무원칙적이고 감정적인 인사행위를 중단할 것.
셋째. 임직원의 고용을 보장할 것.
넷째. 회사 분위기를 저해하는 임원진에 대한 대책을 마련할 것

"이것 이외에 추가로 우리가 주장할 것 있으면 의견 주시기

바랍니다."

김정수 과장이 오랜 시간 동안 계속된 토론을 정리하는 차원에서 말했다. 그러자 구석에서 조용히 듣고 있던 전영철 차장이 손을 들고 말했다. 평소 별로 의견을 내지 않던 사람이었다. 그는 키가 크고 뿔테 안경을 쓰고 있었다.

"내용이야 다 좋습니다. 모두 우리에게 필요한 조치들이기도 하고요. 하지만 회사에서 어떻게 반응할지도 생각해 봐야 하지 않겠습니까?"

"무슨 말씀이신지요?"

조용히 듣고 있던 전 차장이 다시 말했다.

"저희가 주요 안건으로 내걸고 있는 것들이 사실 회사가 우리 사원들을 공격하고 목을 조를 때 사용하고 있는 주요 무기들입니다. 그런 조치들을 그들이 쉽게 포기할까요?"

"그게 무서웠다면 우리가 이렇게 오랫동안 얘기할 필요도 없었겠죠."

김정수는 단호하게 얘기했다.

"지금 우리에게 필요한 게 완전무결한 논리, 우리 요구사항의 흠 없는 정리가 아닙니다. 우리의 요구사항을 어떻게 효과적으로 관철시킬 지가 제일 중요한데 정작 그건 빠져 있습니다."

"그래서 우리가 이렇게 투쟁 방법에 대해 얘기하고 있는 것 아니겠습니까?"

"우리 임직원들이 이렇게 죽어 나가고 있는데 이상만으로는 투쟁할 수 없습니다. 우리가 목소리 높여 봤자 저들이 받아들일 수 없는 것이라면 아무 의미가 없는 거죠. 모든 걸 다 꺼내놓고, 떠벌려서 얘기할 것이 아니라, 더 효과적인 언어로 정제해서 정리해야 합니다. 그걸 선택해서 투쟁으로 집중해야죠."

"저건 우리 조합원들 모두가 강경하게 목소리 내고 있는 안건들이고, 그래서 그걸 중요도에 따라 저렇게 상위로 랭크를 해서 정리한 것 아니겠습니까?"

김정수가 대답하자, 그 말을 듣던 이제욱이 추가로 말했다.

"다른 건 몰라도 첫 번째와 네 번째 안건까지는 우리도 절대 포기해서는 안 됩니다. 투쟁 순위도 저렇게 정해야 하는 거고요. 만약에 순위가 잘못됐다고 생각하시면 의견을 주시기 바랍니다."

"사측이 우리가 집중한 네 개의 안건들을 주요한 경영 행위로 인식하고 협상하려 들지 않을까 걱정이 됩니다. 우리가 현재 협상하려는 건지, 투쟁하자는 건지 회사와의 협상 전에 분명히 해야죠."

"늘 비판은 쉬운 법이지요. 본인이 생각하는 대안을 간결하게 정리해서 말씀해주시기 바랍니다. 우린 공포의 시대에 살고 있지만, 공포의 노예가 되어서는 안 됩니다. 그 야만스러운 공포에 굴복하지 않기 위해 우린 목숨처럼 신념을 지키려는 겁니다!"

김정수가 차분하게 말하자, 전 차장이 다시 말했다.

"전 제 의견을 말씀드리는 겁니다. 제 의견이 잘못됐으면 그 거에 대해 말해주시면 됩니다. 제 얘기가 잘못된 건가요?"

전 차장이 목소리를 높여 얘기하자 일순간에 긴장감이 돌았 다.

"잘못된 것 없죠. 하지만 우리도 저 네 가지 주요 안건은 반드 시 필요하고 물러설 수 없다는 겁니다. 제 말이 잘못됐나요?"

전 차장의 말에 김정수도 똑같이 응수했다.

"우리가 이런 경직된 태도로 안건을 관철하려 고집만 했을 때, 만약에 실패한다면 누가 책임지는 거죠?"

"책임이요?"

이제욱이 묻자 그는 다시 얘기했다.

"이건 아주 중요한 일입니다. 우리는 현재 더 이상 뒤로 물러 설 곳도 없습니다. 모두 낭떠러지에 떨어져 죽을 수는 없는 것 아니겠습니까?"

"책임이란 말 참 웃기네요. 이런 말로 공포감을 조성하며 우 리 모두의 입을 막으려 들던 누군가가 떠오르기도 하고요."

"뭐야? 당신 지금 뭐라고 했어?"

김정수의 말에 전 차장은 발끈해서 말했다.

"그럼 시발 우리가 여기서까지 경영진 눈치 보며, 그들의 입 맛에 맞는 안건을 만들자는 거야?"

"우리가 여기까지 왔는데 그럼 멍청하게 대응해서 모든 걸 다

거꾸로 돌려버리려고? 당신 도대체 어느 편이야?"

이제욱이 소리 지르자 전 차장이 벌떡 일어나 큰 목소리로 얘기했다.

"멍청하다고? 시발 지금 뭐라는 거야!"

제욱도 그 소리에 화가 나서 자리에서 일어나 고성을 질렀다. 주변에서 흥분한 두 사람을 말리면서 회의장은 일순 아수라장이 되어 버렸다. 하지만 전 차장도 화가 풀리지 않는지 계속 욕을 하며 목소리를 높였다.

그러자 이렇게 회의가 계속될 수 없다며 박원봉 위원장이 정회를 선언했다. 하지만 전 차장은 결론을 내자며 고성을 멈추지 않았다. 제욱도 그런 그의 태도에 화가 나 계속 목소리를 높이자, 사람들이 두 사람을 말리려 했지만 여의치 않았다. 김정수가 전 차장에게 잠시 밖에 나가 있으라 소리쳤지만, 그는 여전히 말을 듣지 않고 서 있을 뿐이다.

화가 난 이제욱이 그런 전 차장에게 다가가 문밖으로 밀어내려 했지만 마치 돌덩이처럼 꿈쩍도 하지 않았다. 전 차장이 버티는 걸로 생각되자, 김정수를 비롯한 여러 사람이 그의 등을 계속 미는 과정에서 뭔가 이상한 걸 느꼈다.

"뭐야, 이거 시발!"

제욱은 마치 전 차장에게서 뭔가를 발견한 것처럼 사람들에게 그를 단단히 붙잡으라 했다. 마치 괴력을 가진 것처럼 전 차장은 완강하게 저항하며 소리치고 있었다.

"시발, 좀 닥쳐 봐!"

제욱이 소리 지르는 전 차장의 얼굴을 주먹과 발로 크게 두 번 내리쳤다. 그러자 그의 턱이 돌아가며 벽에 부딪혀 쓰러졌다. 그 상황에 놀라 이병욱 과장이 제욱에게 소리쳤다.

"이 과장, 그렇다고 이렇게 사람을 때리면 어떡해?"

"아녜요. 이 새끼 좀 이상해서 그래요. 다 같이 이 사람 잡아서 탁자 위에 좀 눕혀봐요!"

하지만 이병욱은 걱정스러운 듯 다시 소리쳤다.

"병원으로 데리고 가야지, 무슨 탁자야?"

"아, 시발! 일단 좀 눕혀 보라고!"

제욱이 막무가내로 소리 지르자 사람들도 어떻게 하지 못하고 탁자 위에 눕혔다. 그러자 제욱은 사람들에게 손과 다리를 단단히 잡으라 하면서 윗옷을 벗기려 했다.

하지만 전 차장은 세 명 이상 되는 사람을 엄청난 괴력으로 밀어내며 다시 일어났다.

"뭐해요! 빨리 다시 잡아요!"

그러자 대여섯 명 되는 사람들이 한꺼번에 달려들어 그를 눕혔다. 어느 정도 완력으로 그를 제압하자, 제욱은 다시 전 차장의 옷을 벗겼다.

"뭐 하는 거야?"

이병욱과 김정수가 걱정돼서 소리쳤지만, 제욱은 개의치 않고 사람들에게 천천히 뒤집으라 말했다. 하지만 보통 사람 이상의 완력을 갖고 있어서 그 인원이 에워싸서 제압하려는 것도 쉽지 않았다. 힘겹게 전 차장을 제압하고 나자, 그들 앞에 펼쳐진 광경에 모두들 깜짝 놀라고 말았다.

그의 등에도 역시 지난번 직원과 같이 괴 신체 기관이 있었던 것이다. 김정수가 놀라면서 말했다.

"이 새끼들, 이제 우리 내부에도 침투해 있었던 거야?"

"소문으로는 강남빌딩에 광범위하게 퍼져있다는 소문도 있어요. 누군가는 전염되었다는 표현을 쓰더라구요."

"전염이라고요?"

"저런 물리적인 변화도 문제이지만, 정상적인 생각을 가로막고 누군가의 지배를 받는 것처럼 행동하고 있으니 말이죠."

누군가의 지배를 받고 있는 것이라는 말에 김정수도 놀랐다. 그러는 사이 누워있던 전 차장의 몸이 부르르 떨리기 시작했다. 마치 전기에 감염된 것처럼 보이는 행동이었다. 그 순간, 밖에서 시끄러운 소동이라도 난 것처럼 요란한 소리가 들려왔다.

그와 동시에 몇 사람의 무리가 밖에서 회의실 문을 거칠게 두드렸다. 그럴수록 전 차장의 몸은 더 거칠게 흔들렸다. 그의 손과 발을 잡고 있던 사람들이 그를 진정시키려 안간힘을 썼지만, 그의 힘이 워낙 강해서 주체하지 못하는 것처럼 보였다.

"이게 다 무슨 일이야!"

회의실 안에 있던 열 명 남짓한 사람들은 괴이한 광경에 모두들 당황했다. 그런 사이에 몇 사람의 무리로 추정되는 사람들이 문을 더 거칠게 두드리고 있었다. 그러자 이병욱이 다가가서 문을 열어주려 했다.

"안 돼요! 문 열지 마세요!"

뭔가 심상치 않은 기운을 눈치챈 이제욱이 열어주려는 이병욱에게 거칠게 소리쳤지만, 이미 그는 문을 열고 있었다. 그러자 뭔가 흥분한 것 같은 대여섯의 무리가 갑작스럽게 쏟아져 들어왔다. 그들은 자신의 얼굴을 하나 같이 붕대 같은 헝겊으로 칭칭 감고 있었다. 그리고 엄청난 괴력을 갖고 있어 일 대 일로 이들을 상대하기에는 역부족이었다.

깜짝 놀란 사람들이 무슨 일이냐며 소리 질렀지만, 그들은 꿈쩍도 하지 않고 사람들에게 막무가내로 달려들었다. 회의실에 뛰어 들어온 그들은 마치 안에 있던 사람들을 하나씩 잡아가기라도 하려는 것처럼 두세 명이 한 명에게 달려들었다.

"당신들 정체가 도대체 뭐야? 지금 시발 뭐 하는 거야!"

"이거 안 놔!"

그들에게 잡힌 직원들이 뿌리치려 발버둥 치면서 소동이 계속됐다. 제욱도 붙잡힌 사람들을 떼어내려 필사적으로 몸싸움을 벌였다. 그때 회의실 안으로 똑같이 머리에 붕대를 감은 괴이한 직원들 십여 명이 나타나 가세하면서 점차 신사원연맹 측은 숫자에서 밀리고 말았다. 온 힘을 다해 그들을 막아서던 제욱을 향해 김정수가 몸싸움을 벌이며 소리 질렀다.

"안 되겠어. 일단 여기서 나가야 할 것 같아!"

김정수는 이병욱에게 박원봉 위원장을 데리고 나가라고 소리쳤다.

"당신들 대체 뭐야? 뭘 그리 숨길 게 많다고 대갈빡에 휴지까지 감고 이 지랄들인 건데!"

제욱이 이들을 밀치며 소리 질렀지만, 김정수는 소용없다며 제욱을 향해 나가자고 했다. 점점 이 괴한들이 끝도 없이 들어오고 있었다. 제욱은 회의실 주변을 살피다 기다란 널판지를 발견하고는 두 손으로 꽉 움켜줬다. 그리고 소리를 지르며 그들을 향해 약 1미터 길이의 나무 널빤지를 휘두르며 회의실 밖을 향해 도망치듯 뛰어나갔다. 김정수도 이제욱을 따라 주변에 있는 의자를 집어 던지거나, 주먹으로 대응하며 점차 회의실을 빠져나갔다.

회의실 밖에 나가자 여러 사람들이 뒤엉켜 이미 난장판이 되어 있었다. 그렇게 괴력을 휘두르는 정체불명 사원들의 등 뒤는 마치 불이 켜진 것처럼 벌겋게 빛이 나고 있었다.

제욱은 사무실에 있는 각목을 집어 들고 엘리베이터로 향했지만, 거기도 이미 사람들과 뒤엉켜 난장판이었다.

그때 또 누군가가 제욱을 뒤에서 잡아끌었다. 손아귀 힘이 워낙 강해 뿌리치지 못하고 있는 사이, 빡하는 소리가 들리며 손이 풀어졌다. 김정수가 노트북으로 그의 머리를 내리친 것이었다. 둘은 엘리베이터는 안 될 것 같다고 판단해 계단으로 향했다.

계단으로 나가니 거기도 역시 여러 사람들이 뒤엉켜 비명 소리와 격렬하게 싸우는 소리가 이어지고 있었다. 그렇게 망설이는 사이 누군가가 또 제욱과 정수 일행을 붙잡는다. 제욱은 안되겠다고 생각해 손길을 뿌리치고, 계단 난간 위로 재빨리 올라가서 뛰어내렸다. 김정수도 그런 제욱을 보고 잠시 망설이다 뒤를 돌아보고는 역시 뛰어내렸다.

회의가 있던 4층에서 뛰어내려 3층 난간을 간신히 잡았지만, 그곳도 역시 아비규환이었다. 제욱은 이내 2층으로 뛰어 내렸다. 2층은 3층보다 심하지는 않았지만, 여전히 어지러운 상황이었다. 제욱은 다시 조심스럽게 1층까지 난간을 잡고 내려왔다. 김정수도 마찬가지로 내려오고 있었다.

그 둘은 건물 밖으로 빠져나온 뒤 강남빌딩 조차도 이제 걷잡을 수 없는 소용돌이 속으로 들어가고 있음을 알게 되었다. 나머지 신사원연맹 위원들의 안위도 걱정되었지만 지금 확인할 방법이 없었다.

이내 그들은 발걸음을 재촉해 그곳을 벗어났다.

13. 망각으로부터의 소환

지난 강남빌딩 난동 사건은 다시 아무 일이 없다는 듯이 묻혀 가고 있었다. 회사를 장악한 진영이 사건을 철저히 함구하고 입을 막고 있다는 첩보이다. 신사원연맹측에서 더 놀란 것은 이들이 이미 경영진은 물론 현장 직원까지 뿌리 깊게 장악하고 있다는 사실이다. 그리고 그들이 그런 힘을 갖게 된 배경이 무엇인지 파악하는 것조차 이제 힘들어졌다.

일련의 사건으로 회사가 뒤숭숭한 상황에서 김상환 사업부장이 다시 복귀한다는 소식이 들렸다. 그가 죽었을 거라 생각했던 사람들 모두에게 의아한 소식이었다.

이에 그의 근황을 궁금해하던 김정수는 이제욱과 함께 그를 만나러 가자고 했다. 하지만 이제욱은 완강히 거부했다.

"그 새끼는 윤덕술보다 더 악랄한 새끼였잖아!"

이제욱이 늘 입버릇처럼 하던 말이었지만, 김정수는 그럼에도 계속 설득했다. 하지만 이제욱은 그동안 김상환의 행동을 생각하면 더더욱 그를 용서할 수 없었고, 그를 철저히 불신했다. 그가 살아남기 위해 권력자에게 부역한 사실을 잊을 수 없었기 때문이다.

"그래도 얼마 남지 않은 마이푸드 출신 임원이잖아. 우리가 힘을 합해야 한다고."

완강히 거부하는 이제욱을 수차례 설득한 끝에 김정수는 김상환을 만나러 가게 되었다. 이제욱은 영 내키지 않았지만, 김정수의 끈질긴 설득에 어쩔 수 없었다.

가는 도중 이제욱의 머릿속에는 수많은 생각이 교차하고 갈등했다. 과거 그가 악랄하게 괴롭혔던 일들과 점령군들에게 잘 보이기 위해 임직원들을 정리했던 사건들, 그리고 거기서 희생된 사람들의 얼굴도 떠올랐다. 하지만 그와 못지않게 김정수가 말했던, 마지막 남은 유일한 마이푸드 출신 임원이라는 상징성이 제욱을 더더욱 혼란스럽게 만들었다.

하지만 그런 생각은 얼마 지나지 않아 끔찍한 광경을 목격하면서, 순식간에 제욱을 얼어붙게 만들었다.

그의 손과 발은 완전히 절단된 상태였고, 머리만이 몸통에 애처롭게 매달려 있었다. 모두들 놀라 아무 말도 못 하고 서 있자, 김상환이 그들을 진정시켰다.

"걱정하지 마. 난 절대 안 죽을 거야. 그러지 말고 앉아."

김정수는 김상환의 끔찍한 모습을 보며 그대로 주저앉아 눈물을 흘리며 통곡했다. 눈 앞에 펼쳐진 상황에 제욱도 눈시울이 뜨거워지면서 거친 슬픔과 분노가 밀려왔다. 김정수는 그 비극적인 모습에 흐르는 눈물을 감추지 못하고 계속해서 울부짖었다. 제욱이 일찍이 본 적이 없는 김정수의 모습이었다.

그럼에도 태연한 모습을 하고 있는 김상환이 그들을 더 안타깝게 만들었다. 그런 그의 마음고생을 짐작이라도 하듯 김정수는 그의 몸 구석구석을 천천히 어루만졌다. 잔인한 무기로 몸의 많은 부분이 갈기갈기 찢겨 있었다. 제욱도 그 처참한 모습을 보고 아무 말도 할 수 없었다. 대신 그 광경에 놀라 힘이 풀려 그대로 주저앉았다.

"이게 다 무슨 일이에요? 누가 이런 짓을 한 거예요?"

김정수는 계속 울부짖으며 물었다.

제욱 또한 상상할 수도 없는 모습에 그동안 그에게 가졌던 모든 감정이 순간적으로 사라지면서 이런 짓을 벌인 인간들에 대한 적대감과 분노가 밀려왔다. 또한 그동안 김상환에 가지지 못한 연대감까지 느끼게 되었다.

"뭐 말해 주면 찾아가서 보복이라도 하게?"

"저 새끼들이 인간이에요? 저 새끼들은 도대체 어디까지 하겠다는 거예요? 사람을 이렇게 망가뜨리고 왜 다시 회사에 복귀시킨다는 거예요? 아무런 권한도 없이요?"

김정수가 계속해서 묻자, 김상환이 대답한다.

"새로 온 사업부장 있잖아. 미친개라 불리는 그 새끼. 하긴, 미친개가 한두 명이 아니긴 하지만. 그 새끼도 TJ출신이고 윤덕술과 잘 알고 있대. 날 살려둔 이유는 딴 게 없어. 그가 부임 전 발생한 사건에 대해 뒤져서 문제가 나오면 죄다 나한테 책임을 물으려는 거야. 난 아무런 권한도 없는 그냥 한낱 허수아비이자 먹잇감이야. 난 그때까지 목숨만 간신히 살려놓는 시한부 존재인 셈이지."

"아니, 결국 이렇게 될 건데 뭐하러 그동안 직원들을 그렇게 심하게 대했어요?"

이제욱은 이제서야 마음속 깊이 갖고 있던, 그를 향한 원망을 늘어놓는다. 그건 원망이면서도 애처로움이기도 하다.

"난 내 양심으로 올바르다고 생각하는 일을 한 것뿐이야. 그리고 내 의지대로 열심히 하면 늘 그래 왔던 것처럼 주변과 환경이 바뀔 거라고 생각했어. 저렇게 잔인하게 밀어붙이는 새끼들도 열심히 일하고 성과가 나오면 어쩌지 못할 거라 생각했던 거고."

이제욱은 김상환의 말을 들었지만, 속으로는 선뜻 이해가 가지 않았다. 그가 살아남으려 벌인 많은 일들은 그런 시각으로 판단할 수만은 없었기 때문이다. 물론 그가 김상환에 그런 생각을 하게 된 것도, 지난 폭풍의 시기 동안 한 가지 측면으로만 바라보고 판단해서 그런 것일 수도 있다. 제욱이 오랫동안 보아 온 김상환에 대한 판단은, 둥근 어항에 갇힌 금붕어처럼 외부 세계를 잘못된 곡률대로 보고 판단해서 일 수 있다. 또한 자신의 시각이라는 것도 주관적 경험이라는 굴곡에 의해 쉽게 왜곡되기 마련이다.

그렇더라도 이제욱의 가슴 속 깊은 곳에는 그가 던졌던 많은 말들이 여전히 가시가 되어 남아 존재하고 있다.

"나도 지시를 받는 입장에서 최대한 그걸 이행하기 위해 노력한 건 물론 있지. 설령 그게 잘못된 지시였더라도, 없다고 말은 못 해. 회사 생활을 하고 있고, 윗사람의 오더를 받아서 이행해야 하는 이상 그건 어쩔 수 없는 것 아니겠어? 난 회사가 어느 상황에 처해 있다 하더라도, 기본적으로 업무가 막힘없이 돌아가야 한다고 생각해. 자네는 내가 저들에게 잘 보이려 심하게 했다고 보는 것 같은데, 난 아냐. 내 스타일은 언제든 내 앞에 일이 놓여있으면 어떤 식으로든 그걸 추진력 있게 밀고 나가고 끝을 보는 성격이야."

김상환은 그렇게 말을 다시 이어갔다.

"그래. 어찌 보면 난 그냥 달리는 기관차 같은 성격이야. 내 성격상 이런저런 눈치 보면서 내 일을 미룰 수는 없어. 내가 해왔던 일을 돌이켜 봐. 난 철저히 그런 방식으로 일을 해 온 거야. 그런 나의 가치관에 부합하지 않은 직원들에 대해서는 나름의 방식으로 그들을 질책했을 뿐이고."

김상환은 그렇게 말하며 잠시 숨을 고른다. 자신을 향한 후배의 뜻밖의 질타에 스스로 당황했고, 그 이유에 대해 충분하고 논리적인 설명이 필요했기 때문이다. 거침없이 말하던 그의 표정에 잠시 회한의 표정이 보이면서 그는 다시 말을 이어갔다.

"뭐 그렇더라도 후배들의 모든 질책과 비판에서 자유로울 수는 없겠지. 다들 자신이 생각하는 적정선이라는 게 있을 거고, 그걸로 흔히 사람들을 쉽게 평가하니까 말이야. 모르겠어."

"이제욱 과장, 당신은 사람을 너무 한쪽으로만 보고 판단하는 경향이 있어. 그리고 자기만의 영역에서 열중하다 보면 그렇게 보이기도 하는 거야. 그만해! 사업부장님, 그래도 살아남으셔야 해요. 절대로 흔들리시지 말고요."

이제욱의 말이 이 자리에서 불필요한 논쟁을 가져올 것을 우려한 김정수 과장이 말을 잘랐다.

"나 알잖아. 난 절대 나 스스로 죽거나 하지는 않을 거야. 끝까지 살아남아서 저들을 괴롭혀야지."

김상환의 말을 듣던 제욱도 그의 심정을 전혀 모르는 것은 아니었다. 그는 자신이 믿는 방식으로 무엇이든 저돌적으로 밀어붙이는 성격이기 때문이다. 그 타협점 없는 성격이 그의 주변에 많은 적들을 만들게 했다. 그런 과정에 제욱도 그에게 등을 돌리게 되었지만, 이제는 아무런 힘도 없는 허울뿐인 존재가 되어 나타난 것을 보니 자신도 모르게 그를 동정하게 되었다.

또한 김정수의 말대로 이제욱 스스로도. 어느 순간에 자신이 힘들다는 이유로, 편협된 틀로 상대를 판단하고 평가했던 것은 아닐까 하는 생각도 들었다. 그렇다면 자신도 상대에게 그런 오만한 파쇼를 선사한 것이나 다름없기 때문이다.

그런 생각을 하다 보니 다시 김 사업부장에 대한 애처로움이 밀려왔다. 그리고 그 감정만큼 야만스러운 저들의 만행에 분노가 치밀어 올랐다. 전 임원이기 전에, 제욱이 오랫동안 봐왔던 선배로서, 또 한 명의 인간으로서 그가 애처롭게 느껴졌다.

또한 그런 생각도 들었다.

어떤 일을 오랜 시간 동안 영속성 있게 진행한다는 것은 어렵고, 실제로 그렇게 했더라도 그걸 인내력 있게 바라보며 판단할 수 있는 사람은 더더욱 드물다는 것이다. 원래 인간이라는 존재는 늘 그렇게 새털같이 작은 정보와 시간으로 사람들을 쉽게 판단해버리니까 말이다.

한편 강남 빌딩처럼 본사에도 감염된 직원들이 은밀히 퍼져 나가기 시작했다. 단지 그 감염의 배경이 무엇인지는 정확히 알려지지 않았지만, 대략 조 회장이나 윤덕술 대표와 관련이 있을 것이라고 신사원연맹 내부적으로 추측할 뿐이었다.

그런 가운데 회사에서는 갑작스럽게 NR19의 사용을 중지했다. 하지만 회사의 갑작스런 결정에 대해서는 담당 마케터인 이제욱에게도 전달되지 않았다. 처음에 이제욱은 자신이 혹시 신사원연맹이라는 것이 밝혀져서 그런 것이 아닐까 하는 의심을 했다. 하지만 정황을 보면 그런 것은 아니었다.

그런 가운데 이영우 상무가 회사와 벌인 협상이 결렬되었다는 소문이 돌았다. 그리고 협상 결렬 이후 그와 연락이 되지 않고 있었다.

'이영우의 요구가 회사 측의 심기를 건드려서 그런 거야!'

업무 자체보다는 본사의 정치적인 이슈에 정통하고, 의아하게도 소문의 신뢰도가 높은 지방 근무 직원들을 중심으로 시작된 말이다.

그들의 소문에 따르면, 그가 요구한 조건이 10년 치 연봉과 자신의 안위 보장이라는 무리한 조건이었다는 것이다. 그리고 그가 신사원연맹의 핵심 정보를 알고 있고, 그걸로 사측과 협상을 벌였다는 소문도 돌았다.

신사원연맹 측도 이 상무와 백방으로 연락을 시도했지만 여의치 않았다.

"이게 다 그런 교활한 작자를 끌어들여, 맹목적으로 믿고 협상을 벌인 결과입니다. 이제욱 과장과 김정수 과장은 이번 일에 책임을 져야 합니다."

이병욱은 이 사태에 대해 기다렸다는 듯이 공격하기 시작했다. 특히 이제욱 과장이 처음부터 신사원연맹 측에 부정적인 시각을 갖고 있던 것이 영 맘에 들지 않았다. 이번 협상 결렬 건에 대해 그들의 책임론을 부각시켰고, 공식적인 답변을 요구했다.

"정확한 사실관계를 알기 전까지는 어떤 결론도 내려서는 안 됩니다. 단지 소문에 불과하지 않습니까!"

이제욱이 대답하자, 다시 이병욱이 맞받아쳤다.

"이영우 상무가 저런 작자라는 것은 신입사원들조차 다 아는 사실입니다. 내가 겪어 본 그 작자는 일관적이지 않고, 상황에 따라 늘 말을 바꾸는 작자입니다. 모든 사람이 반대한 일을 벌인 배경에 대해서는 마땅한 책임을 져야 정상 아니겠습니까?"

이제욱과 김정수는 집행위와 팽팽하게 대립했다.

"우리끼리 이래서는 안 됩니다. 우리의 분쟁은 결국 윤덕술을 비롯한 경영진에게 유리할 뿐입니다. 우리가 이런 갈등을 겪고 있다는 것을 안다면 저들은 박수치고 좋아할지 몰라도 우리에게는 어떤 도움도 되지 않습니다. 지금 이 순간 우리에게 가장 무서운 적은 윤덕술이나 조 회장이 아닌, 우리도 모른 채 모두를 집어삼키고 있는 갈등과 반목, 의심입니다."

그런 갈등이 치닫고 있을 때 김정수 과장에게로 이영우 상무의 연락이 왔다.

"무사하신 거죠? 어디세요?"

"응. 무사하니까 걱정하지는 마. 대신 지금 상황이 엄중하니까 내가 약속 장소를 따로 잡을게."

그는 짧은 말을 마치고 전화를 황급히 끊었다. 신사원연맹측은 다행이라 생각하며 이 상무와 추가적인 미팅을 하려 했지만, 김정수가 반대했다.

"이건 말씀드리기 좀 그렇지만, 이 상무는 집행위원회를 불신하고 있어요. 지난번 강남빌딩 난동 사건도 집행위원회 수뇌부가 연루된 사건이라고 생각하고 있어요. 물론 공교로운 일이긴하지만, 이 상무 입장에서는 그런 의심 갖는 것 사실 무리는 아니죠."

그 말에 이병욱은 강력하게 반발했다.

"그게 지금 우리 앞에서 할 소리에요? 당신들이 뭔데 그런 판단을 하는 건데?"

"보세요. 우리도 모르는 사이에 그들이 이미 폭넓게 퍼졌지 않았습니까? 누군가의 사악한 의도처럼 그들은 이미 무차별적으로 세력을 확장하고 있을지도 모릅니다. 집행위가 잘못되었다는 것이 아닌, 이미 그들이 막강하게 조직을 키우고 있다는 방증이니까요. 우리는 지금 상황을 더 냉정하게 바라봐야 합니다."

이제욱이 말하자, 다시 이병욱이 소리쳤다.

"그렇다고 저들에게 우리의 모든 걸 다 맡기자고요? 이게 말이 되는 소리입니까?"

다시 집행위는 혼란에 빠졌다.

"만약 우리 조직에도 누군가 잠입해 있다면 우선 그런 사람부터 발라내야 되지 않겠습니까?"

이제욱이 큰 소리로 말하자 일순 긴장감이 돌았다. 이영우 상무의 불신을 불식시키기 전에 신사원연맹 내부적으로도 혹시 있을지 모를 스파이를 골라내는 일은 필요하기 때문이었다.

"어떻게요? 한 사람씩 불러서 '윤덕술 개새끼!'라고 소리라도 지르도록 시켜봐요? 이게 다 이영우를 끌어들인 당신들 때문에 벌어진 일이라고! 그 인간 본성이 어디 가겠어? 결국 그 인간은 마지막까지 우리를 이런 식으로 분열시키려는 겁니다. 만약 그 인간이 윤덕술의 사주를 받아서 우리에게 접근한 거라면 어떡하실 거죠? 우린 그 인간이 어떤 인간인지 잊어서는 안 됩니다!"

이병욱은 이번엔 물러서지 않겠다는 투로 이제욱을 공격했다. 이제욱도 이런 공격을 예상은 하고 있었지만, 그것보다 더 큰 목표가 중요하다 생각이 들었다.

이제욱은 우선 괴 신체기관에 주목했다. 그래서 회의실에 있는 집행위원 모두 상의를 벗게 해서 검사를 진행했다. 다행히 현재 집행위원회에서는 다른 특이점은 발견되지 않았다. 하지만 향후 이들이 다른 방식으로든 감염이 된다면 그게 문제였다. 그리고 감염된 직원 전부가 괴 신체기관을 갖고 있지 않은 것도 문제였다.

다시 이병욱과 이제욱의 날 선 공방이 계속되고 있었다.

"이런 거 백날 하면 뭐합니까? 저들은 미친개부터 그 모습도 다양한데, 천편일률적으로 같은 방식으로 잠입한 스파이를 잡을 수 있다고 생각하세요?"

제욱은 사사건건 자신의 의견에 반발하는 이병욱 부위원장이 신경이 쓰였다. 제욱은 다시 말을 이어갔다.

"그런 인간들은 굳이 괴물의 모습을 하지 않더라도 우리가 더 현명하게 대응한다면 구별해낼 수 있지 않을까요? 신속한 의사 결정이 필요한 상황에서 논점 없는 주제로 결정을 지연시키고, 책임 운운하며 공포감을 조성하고, 자신의 경험만이 최선이라 생각하고! 그런 사람들은 우선 의심해봐야 합니다!"

"뭐라고? 우리가 무슨 공산당입니까? 이건 뭐 사람들의 다양한 의견과 아이디어를 철저히 묵살하고 입을 막겠다는 거 아냐? 우리가 파쇼 집단이야? 도대체 그걸 말이라고 하는 거야?"

"이 십새끼가 내가 지금 하는 말이 장난인 줄 알아?"

이제욱은 그렇게 소리 지르며 이병욱에게 뛰어들어 갑자기 주먹을 휘둘렀다. 제욱은 화가 풀리지 않았는지, 공격으로 바닥에 쓰러진 이병욱의 위에 올라타 주먹질을 계속했다. 지켜보던 신사원연맹 회원들은 갑작스러운 상황에 놀라, 제욱을 말리려 한꺼번에 달려들었다.

"놔! 이 새끼 분명 뭐가 있는 놈이야! 이런 놈 가만두면 안 되는데 말리는 당신들은 대체 뭐야!"

제욱은 마치 집행위 전체를 불신하는 것처럼 소리쳤다.

"난 당신들 뿌리 속까지 못 믿겠다고!"

이제욱이 다른 회원들의 손길까지 뿌리치며 막무가내로 나오자, 다들 말리던 손을 놓고 어이없게 제욱을 바라봤다.

"이제욱! 당신, 미쳤어? 도대체 왜 이래?"

"미쳤냐고? 내가 여기에 있는 어떤 집행위원들보다 제정신일걸?"

제욱은 한순간에 이들 모두를 적으로 몰아세웠다. 그리고 분노에 불타오르는 듯 이들에게 달려들어 발길질과 주먹질을 하기 시작했다. 사무실 안은 마치 술집 취객 난동이라도 일어난 것처럼 무차별적인 주먹질이 벌어졌다. 그렇게 회원들 전체에게 폭력을 휘두르던 제욱의 주먹이 무엇이라도 발견한 것처럼 움찔했다.

제욱이 휘두른 주먹에 한 사내가 그대로 얼굴을 얻어맞았지만, 마치 콘크리트 벽을 치는 것처럼 꿈쩍도 하지 않았기 때문이다. 제욱이 그 상황에 놀라 얼어붙어 있는 동안, 그 사내는 지체 없이 제욱의 가슴에 주먹을 날렸다. 그러자 마치 150km 속도로 달려오는 자동차에 치인 듯 제욱은 그 강력한 힘에 멀리 날아가 버렸다.

모두 놀라 이 상황을 지켜만 보았다. 그 괴력의 사내는 다름 아닌 사무국장인 윤장호였기 때문이다.

"하…! 정말, 해도 해도 너무하네."

바닥에 쓰러진 제욱이 입술에 흐르는 피를 닦으며 말했다.

"도대체 이 새끼들 어디까지 꼬랑지를 들이밀어 놓은 거야!
저 새끼 빨리 잡아요!"

그 소리가 끝나기가 무섭게, 윤장호는 신사원연맹을 그 괴력
으로 밀치고 달아나려 했다. 그러자 김정수와 이제욱을 비롯한
여러 명이 그를 잡으려고 달려갔지만, 그 엄청난 힘을 당해내지
못한 채 모두 내던져졌다.

그 순간 누군가가 달아나려는 윤장호의 뒷통수를 향해 의자
를 집어던졌다. 의자를 던진 사람은 이병욱이었다. 하지만 그 의
자는 금속성 재질에 부딪히는 소리를 내며 힘없이 튕겨 나갔다.

그러자 윤장호가 고개를 돌려 이쪽을 노려보았다. 모두 예상
치 못한 그의 실제 모습에 놀라 아무 소리도 하지 못하고 침묵
속에 머물러 있었다. 그런 상황을 본 윤장호는 그들을 향해 천천
히 비웃는 표정을 한 후, 문을 열고 유유히 밖으로 사라졌다.

한동안 그 상황에 아무 말도 하지 못하고 얼어붙은 듯 있었다.

침묵을 깨고 이제욱이 말을 꺼냈다.

"보셨죠? 이 상무가 왜 집행위를 신뢰하지 않는지를?"

마치 이병욱을 보고 말한 것 같은 말에 아무도 대답하지 못했
다. 제욱은 다시 말을 이어갔다.

"사실 지난 강남빌딩 사건 때, 저들이 보통 인간이 아니란 걸 알았습니다. 하나같이 괴력을 갖고 있었거든요."

제욱은 미안하다는 말과 함께, 자신이 그걸 알아보기 위해 일부러 주먹을 휘두르는 소동을 벌인 것이라고 설명했다. 이때 김정수가 말을 이어갔다.

"지금 우린 좋은 게 좋은 거라고 넘어갈 수 없는 상황입니다. 우리가 격렬한 토론 끝에 합의한 내용에 대해, 그럴싸한 논리로 우리의 굳건한 의지를 파고드는 자들이 넘쳐나고 있기 때문입니다. 우리가 피를 흘려 쟁취한 진실을 지켜내기가 어려운 만큼, 철옹성 같은 우리의 의지도 냄새나는 파리의 날갯짓 한번에 허무하게 무너져 버릴 수도 있습니다. 우리가 놓친 허점을 말 몇마디로 집요하게 비집고 들어와, 우리를 기만하려 드는 사악한 존재가 널려 있기 때문입니다."

결국 몇 번의 격렬한 토론 끝에 우선은 회의 전 스파이를 골라내는 방법에 대해 몇 가지 합의를 했고, 그 방법은 비밀에 부치자고 했다. 그리고 이 상무 미팅은 김정수 과장 단독으로 진행하는 것에 합의했다. 김정수 과장은 이제욱 과장에 비해 상대적으로 집행위에 신뢰를 하고 있어서 가능한 일이었다.

이 상무는 중부지방에 있는 톨게이트 근처 제과점에서 만날 것을 제안했다. 그가 예전에 근무하던 지역이라 지리에 밝고 근처에 고속도로나 교통시설이 잘되어 있어서 유사시 빠른 이동이 용이할 것이라 생각했던 것 같다.

도착하자 이 상무는 말끔하게 옷을 차려입고 차를 마시고 있었다.

"별 일 없으시죠? 회사에서는 뭐라고 합니까?"

"내가 갖고 있는 카드에 대해 두려워하는 것 같긴 해."

"신사원연맹에 대해서도요?"

"사실 신사원연맹보다는 내가 갖고 있는 조 회장 일가에 대한 것에 더 관심이 있더라구."

그의 말은 사측이든, 신사원연맹이든 자신은 언제나 협상력 우위에 있다는 것처럼 들렸다.

"그래서 뭐라는 데요?"

"생각해 보겠다고 하더라구. 기다려 봐야지."

그의 말을 들으면 신사원연맹은 이 상무와 회사 모두의 관심에서 벗어나 있는 것처럼 들려왔다. 하지만 이런 분위기도 이 상무의 계략일 수 있다는 생각이 들었다. 김정수도 그를 믿으려 노력은 했지만, 오랫동안 그를 지켜본 바로는 경계를 안 할 수 없었다.

"어느 쪽에도 위협적일 수 있는 꽃놀이패를 갖고 계시네요?"

김정수가 바라본 이 상무는 머릿속이 복잡해 보였다. 그러면서 자신들과 왜 이런 협상을 벌이려는지 짐작이 되지 않았다.

"꽃놀이패 갖고 계시다고요. 그런데도 왜 그리 고민이 많으신 표정이에요?"

불안한 표정으로 창밖을 살피던 그는 김정수의 말이 거슬린 건지, 다른 생각으로 그런 건지 모르는 표정으로 김정수에게 말했다.

"그 말이 꽤 도발적으로 들리네."

"틀린 말은 아니잖아요."

"내가 가진 패가 저들을 압도할 수 있는데도 불구하고, 당신들과 굳이 협력하려 한다는 생각은 안 해 봤어?"

하지만 그럼에도 김정수는 그의 말을 신뢰할 수는 없었다. 사람에 대한 판단은 말 몇 마디보다는 그의 행동, 그의 과거를 보고 판단하는 것이 더 합리적이기 때문이다.

"그래도 저는 이 상무님이 부럽네요. 뭔가 자신을 보호할 수 있는 무기를 많이 갖고 계시잖아요."

"꽃놀이패만 갖고 있다는 게 좋은 건 아니지."

"네? 무슨 말씀이에요?"

"자네, 혹시 신사원연맹 가입한 임직원 명단 갖고 있나?"

"네?"

김정수가 놀라자 그는 잠시 그의 얼굴을 바라봤다. 알 수 없는 표정이었다.

"나도 지금 고민이 돼서 그래……"

지난번은 마치 부조리에 맞서 싸울 투사처럼 굴던 인물이 지금 그의 앞에 앉아서 알 수 없는 이유로 고민된다는 말이 김정수를 자극했다. 하지만 이를 드러낼 수도 없었다. 그가 가진 카드만으로 경영진에 효과적으로 먹힌다면 이 상무는 진정 더 이상 바랄 게 없기 때문이기도 했다. 그 말은 결국 목마른 자는 지금 신사원연맹이라는 것이다.

"내가 다시 연락할게."

이 상무는 그렇게 짧게 말하며 서둘러 자리를 일어섰다.

"갑자기 가시게요? 뭐라도 말씀을 해주셔야죠."

하지만 그는 주변을 살피고 골목에 세워둔 차를 타고 그대로 떠났다. 김정수는 서둘러 떠나는 그의 뒷모습을 보며, 신사원연맹의 강경파 주장대로 과연 자신들이 실수를 하고 있는 것이 아닌가 하는 생각을 했다.

그 사건 이후로 신사원연맹의 동력도 점차 힘을 잃어가고 있었다. 신사원연맹이 힘을 잃어간다는 것은 회사로서는 거칠 게 없다는 뜻이다. 가장 중요한 것은 정보를 차단하는 것이었는데, 내부는 물론 외부에 관한 정보를 차단한 회사는 브레이크 없는 자동차처럼 기존보다 더 거침없이 나왔다. 기세등등해진 회사는 본격적으로 임직원들에 대해 전방위적 압박을 시작했다. 이로인해 기존 임직원들은 윤덕술 일당의 탄압에 죽어가거나, 계략에 말려들어 스스로 목숨을 끊는 사건도 발생했다. 특히 윤덕술이 악랄한 것은 그가 마음에 안 드는 임직원들을 죽이는 방식이다.

김정수와 이제욱은 최근 수세에 밀린 상황에 대해 얘기를 하고 있었다.

"이렇게 나가다가는 살아남을 사람이 아무도 없을 거예요."

김정수가 체념하듯 말했다. 자신의 편에 서도록 강요하면서 말을 듣지 않는 직원들, 특히 자신에게 저항하는 직원들에 대해서 훨씬 가혹하게 괴롭히고 스스로 죽음을 선택하게 만들었기 때문이다.

"우리가 정말 이렇게 무기력한 존재였나요? 회사가 이렇게 하는데 우리가 할 수 있는 일이라고는 아무것도 없으니 말이에요."

이제욱은 그러면서 다시 말을 이어갔다.

"게다가 정말 비열한 점은 회사가 죽음을 강요받은 직원들에 대해 일부러 더 모멸감을 느끼도록 하는 방식이에요. 지난번 물류 부문 인원들을 죽일 때는 일부러 추석 앞에서 진행했다고 해요."

"그게 일부러 그런 거라고? 왜 하필 그때?"

"가족들까지 당해보라는 거죠. 지난번 윤덕술의 의견에 끝까지 저항했던 도매 영업팀장 죽이는 날짜도 일부러 부친 제사 직전에 했다고 해요."

김정수는 그 잔인함에 치를 떨었다. Nirvana의 곡 "Rape me"처럼 저항할 수 없이 강한 그들에게 자신들은 너무나 무기력하다는 걸 절감했다.

"그래, 그렇게 잔인하게 우리를 더 짓밟아! 계속 짓밟고 욕보이라고! 짐승처럼 날 덮치고, 그 더러운 몸으로 날 강간해 봐! 너라는 인간들은 그것밖에 안 되는 악마들이니까!"

김정수가 눈물을 흘리며 소리쳤다. 그 깊이를 알 수 없는 절망감과 무기력감이 이들을 덮쳐왔다. 이제욱이 그런 김정수의 어깨를 다독거리며 다시 말을 이어갔다.

"정말 악랄할 수 있는 모든 건 다 하고 있어요. 그냥 죽이지는 않겠다는 거니까요."

그렇게 그들에게 저항하던 세력들은 점점 그들의 칼에 쓰러져갔다. 아니 그들의 칼에 쓰러져 죽는 것을 오히려 다행으로 생각했을지도 모른다. 자신의 죽음으로 가족들의 안위가 어느 정도 보장이 되기 때문이다.

약해져 가고 있는 김정수에게 이제욱이 다시 말했다.

"이제 우리 밖에 남지 않았어요. 이러다 남김없이 모두 윤덕술 일당에 투항해 나갈 거예요. 하지만 우리 비록 벼랑 끝에 애처롭게 매달려 있지만, 좌절하지 말고 그들에게 알리고 투쟁하도록 해야 돼요. 저 새끼들한테 투항해봤자 얼어가고 있는 발에 물을 잠시 뿌리는 거니까요. 그러니 힘내야 해요!"

"어쩌면 지금은 물리적인 투쟁보다는 다다이즘이나 초현실주의가 필요할지도 모르죠. 너무나 강한 저들과 정공법적인 저항을 벌여 봤자라는 생각이 드니까요. 마치 세르비아군에 4년 동안 포위당한 사라예보인들이 미인대회를 열었던 것처럼 말이에요."

김정수의 그 말이 이제욱은 너무 무기력하게 느껴졌다. 물론 그가 무엇을 염두에 두고 한 말인지는 알고 있다. 제욱은 다시 말을 이어갔다.

"너무 허무주의적인 생각을 하는 건 좋지 않아요. 그리고 밖은 여전히 팬데믹이 활개 치고 있어서, 의욕적으로 나갔던 많은 사람들이 끔찍한 대가를 치렀다는 것도 알아야 해요."

결국 미래를 위해서는 마이푸드 안에서 생존하고, 그 테두리 안에서 미래를 도모할 수밖에 없는 것이 현실이다.

한편 윤덕술 일당에게 투항한 직원들은 하나 같이 이상한 모습이 보였다.

말로 설명하기 어려웠으나 이를 나름대로 정리한 사람들의 의견을 들어보자면 대체로 이랬다.

목소리가 굵어지고, 어깨가 더 벌어진 것 같았으며, 근육이 더 발달했다는 것이다. 물론 이 말이 이상하긴 하다. 평소에 운동을 열심히 해서 그런 결과가 나올 수 있으니 말이다. 특히 운동과 적절한 단백질 섭취, 다른 영양제를 투여받는다면 충분히 그럴 수 있다. 이런 경향은 여성 직원들도 마찬가지로 발생했다.

그렇다.

이것은 특정 성으로 편향되어 보인다는 것이었다. 이른바 '남성화' 되었다는 표현이 적절했다. 남자건, 여자건 간에 건강하고 체력이 좋아 보였으며, 활력이 넘치는 것처럼 보였다.

그런 시선을 의식하듯 윤덕술 진영은 임직원 건강에 대한 게시물을 부쩍 많이 공지했다. 헬스클럽 안내라던가, 건강식에 관련된 내용, 건강식품에 대한 안내 등이었다.

그럴수록 저항진영에서는 윤덕술 일당이 뭔가 화학적인 변화를 조장하고 있다는 의심을 갖게 만들었다. 스테로이드 약물을 정기적으로 투여하고 있다는 소문도 돌았다. 하지만 그들은 하나같이 그런 것에 대해서는 강력히 부인했고, 함구했다. 그들과 개인적으로 친했던 사람들일수록 더 입조심을 하고 있었다.

'요즘 운동 열심히 해서 그래. 확실히 운동하니까 몸이 달라진 것 같아.'

'진작에 운동을 할 걸 그랬어. 건강해지고 세상을 바라보는 시각도 긍정적으로 바뀐 것 같은 느낌이 들어.'

물론 그것도 이제 얼마 남지 않은 저항 진영의 단순한 추측일지도 모른다. 저항 진영은 그들에 비해 상대적으로 더욱 왜소해지고, 무기력해졌으며, 활기를 잃어갔기 때문이다. 어쩌면 그래서 더욱 상대가 그렇게 보일 수도 있다.

그런 가운데 진선희가 오랜만에 제욱에게 연락을 했다.

지난 일로 서먹해진 이후로 사실 둘 사이는 연인으로서 멀어져 가고 있었다. 그럼에도 그녀가 제욱에게 다시 연락한 것은 다른 이유가 있어서이다.

제욱도 그녀가 최근 겪은 일을 잘 알고 있었다. 과거 조 회장이 의욕적으로 추진해 온 업무들은 사실 방치되다시피 했다. 조회장이 다시 복귀할 거라고 아무도 생각 못했기 때문이다. 하지만 그 업무에 대한 애착이 많은 조 회장은 자신의 공백기간 동안 일의 진행이 더딘 것에 심한 분노를 하며 진선희를 집중적으로 공격하고 있다고 했다.

사실 진선희도 다른 부서에 있다가, 발령받아 근무한 지 1년이 채 안 되는 상황이었다. 따라서 조 회장이 흥분한 배경과 업무의 이력에 대해 자세히 알지 못하고 있었다.

그녀는 예상대로 온몸이 말이 아니었다.

"그 일로 요즘 내가 얼마나 힘든지 자긴 모를 거야? 관심이나 있었어?"

그녀는 마치 서로 열렬히 사랑하던 시절의 투정처럼 말했다. 그런 그녀의 모습을 보니 얼마나 최근에 힘들었을지 짐작이 되었다.

"알잖아. 조 회장은 그냥 그때그때 자기 기분에 따라 행동하는 사람이라는 거."

"아냐. 그게 아니었어. 그 일에 대해 자기 목숨만큼이나 중요하게 생각하는 것 같았어. 윤덕술 대표도 옆에서 미친 듯이 으르렁거렸어."

"정확히 뭐 때문인데 그래?"

"자기와 나 사귀는 거 회사에서 아무도 모르니까 하는 말이야."

그녀의 그 말은 여전히 둘이 사랑하는 사이라는 의미를 담고 있는 말로도 제욱에게는 들렸다.

"특별한 시기가 되면 조 회장의 가까운 지인들에게만 선물 세트 형태로 제공되는 제품이 있어. '리피트'라고 불리는 아주 고급스러운 차 음료거든. 물에 타서 차로 마시는 제품도 있고, 홍삼 진액처럼 튜브형으로 된 제품도 있고. 외부에는 따로 판매되지 않는 제품이야."

"원래 그 집안사람들이 공장을 사적인 용도로 사용하잖아. 시장에 팔리지도 않을 것 같은 제품들을 왜 그리도 많은 공장을 지어서 만들었는지 살펴보면, 결국 다 자신들 취미 생활인 거지. 본인 입맛에 맞는 제품들만 주구장창 만들었으니 말이야."

"물론 그런 제품들이 있긴 하지만, '리피트'는 생산원료부터 출하까지 엄격하게 통제되거든. 나도 아주 조금 마셔보긴 했는데, 그 정도로 맛이 있고 고급스러운 느낌이 있지는 않더라구. 단지, 마시면 활력이 생기는 것 같은 느낌?"

"근데 그게 무슨 문제가 있다고?"

"그 제품 생산하면서 공장 담당자 실수로 잘못된 원료가 혼입이 된 것을 모르고 출하가 된 거야."

"잘못되었다는 건 어떻게 알았어?"

"조 회장은 매번 그걸 사무실에서 마신대. 근데 지난 11월에 생산된 제품에 그런 불량이 있던 걸 발견하게 된 거지. 조 회장 입맛이 그 정도로 예민한 줄 몰랐어."

"뭐 대단한 음료라도 되나 보네."

"근데 나도 마셔보니 몸이 조금 달라진 것 같은 느낌은 들더라구. 자양강장제같이 말이야. 자기도 요즘 스트레스 많이 받는 거 같은데 한번 먹어봐. 좀 다른 거 같긴 해."

"내가 언제 그런 거 먹는 거 봤어? 자기한테 약발이 먹히면 자기나 많이 먹어."

"하긴 자기는 신사원연맹 소속이니까. 신사원연맹 수뇌부로 내가 유출한 게 되니까 말이야."

그녀는 그렇게 웃으며 말했다. 그 말이 신경이 쓰였는지 제욱이 다시 말했다.

"나를 못 믿어서 얘기하는 거야? 그렇게 말하니까 정말 자기는 그쪽 라인처럼 보이네?"

"어머! 내가 미쳤나 봐! 내가 지금 무슨 말을 하고 있냐. 이런 것도 내가 일종의 노예가 돼서 그런 거겠지?"

그녀는 그렇게 말하고 얼마 후에 '리피트'를 제욱에게 보내왔다.

14. 영혼의 묘약

다시 아침에 제욱에게 전화가 걸려 왔다.

최근 장시간 잠적했던 이 상무가 죽었다는 소문이었다.

"퇴근길에 신원 불상의 괴한들에게 무차별적인 공격을 받았대. 치명상을 입어서 이내 병원으로 옮겨졌지만, 곧 숨졌다는 거야!"

오랜만에 걸려 온 조창호의 전화였다.

"또 헛소문 뿌리고 다니지 말고! 정확한 거예요?"

갑작스러운 조창호의 전화, 특히 지방이면서 공장에서 근무하고 있는 그의 환경이 정보의 신뢰성을 높였다.

"맞다니까! 그의 죽음에 대해 여러 가지 추측이 나도는데, 회사에 무리하게 요구한 협상안이 결렬돼서 다른 제안을 했다는 거야!"

"다른 제안 뭐?"

"아무한테도 말하지 마! 노경팀에 있는 내 동기가 신신당부한 정보야! 회사에서 신사원연맹 와해를 위해 안달이었잖아! 그와 관련된 제안을 했나 봐!"

"아무한테도 말하지 말라는 거 사람들한테 물어보면 이미 다 알고 있더라! 확실한 거예요?"

"그래, 맞다니까. 이제욱 과장도 알 거 아냐! 그동안 회사 측이 신사원연맹에 가입한 임직원들에게 개별적으로 접근해 탈퇴를 종용했던 거! 말 안 들으면 급여 삭감이나 원거리 발령 내기도 했고. 어떤 직원은 방독면이나 알약도 안 주겠다고 협박했다더라. 팀장 통해서 인사고과 더럽게 준다고 협박도 하고 말이야."

"말만 하지 말고, 신사원연맹에 가입해요! 지방에 짱박혀서 안테나 세우고, 생방송만 하지 말고요! 같이 투쟁해야 회사가 바뀌는 거예요!"

"어? 어. 그…그래 나도 같이해야지."

놀랍게도 조창호의 그 말은 사실이었다. 이런 일련의 활동들이 최근 신사원연맹의 위축과도 밀접한 관련이 있었다. 하지만 이런 민감한 일을 이렇게 공공연하게 벌였다는 것에 대해 신사원연맹도 이해하지 못하는 눈치였다. 그리고 신사원연맹과 관련된 구체적인 사건들이 이미 사원들 사이에 폭넓게 퍼져 있다는 것도 알게 되었다.

조창호가 말하지 말라고 했던 그 사건에 대해 김정수에게 물어보았다. 김정수도 믿을 만한 소식통에 의하면 사실인 것 같다고 말해줬다.

역시 지방 근무자들의 소문은 빠르고 정확하다는 걸 제욱은 실감했다. 도대체 어떤 경로로 파악하는 정보들인지 궁금할 따름이고, 일을 그렇게 열심히 하라고 말하고 싶은 정도였다.

사실 사측은 이 상무의 잠적 이전에는 신사원연맹에 대해 거의 대응하지 않고 있었다. 그때만 하더라도 회사가 직접 대응하는 것이 아닌, 회사의 어용 노조인 사원연합을 앞세워 뒤에서 조종하는 것이 유리하다고 판단했기 때문이다.

하지만 강남빌딩 프락치 사건이나, 전염되어 가고 있는 임직원이 늘어나는 것까지 사원연합을 통한 것인지는 확실치 않다. 공교롭게도 그 시기 사원연합은 연일 신사원연맹에 대한 정통성에 대해 문제를 제기했고, 신사원연맹에서는 사원연합 위원장의 공금횡령, 생명 장치 외부 유출, 회사 측과의 커넥션에 대해 공격의 수위를 높여 가던 시기였다.

신사원연맹은 임직원들에게 자신들은 기득권을 지키기 위한 허울뿐인 조직이 아닌, 진정 회사와 오너에 대항해서 사원들의 권리를 확보할 수 있는 조직이라고 홍보했다. 하지만 사원연합 측은 회사와 아무런 협상력도 갖지 못한 조직이 무슨 임직원을 대표할 수 있냐며 공격의 수위를 높였다.

이런 이유로 그동안 회사에서는 이들의 싸움이 반가웠다. 그들의 싸움 과정에서 서로의 치부와 비리도 같이 드러났고, 그건 어김없이 야비한 사측과 윤덕술의 먹잇감이 되었기 때문이다.

그러던 사측이 이토록 절박해진 데는 단지 신사원연맹의 갑작스러운 성장 때문은 아닐 거라는 추측도 있었다.

"김 과장은 이들이 뭔가 논리적이고 예측 가능하다고 생각해요? 만약에 그랬다면 회사가 이 모양 이 꼴이겠어요?"

"하지만 한동안 신사원연맹의 숫자가 비약적으로 증가할 시기에 사원연합도 마찬가지로 엄청나게 늘어났어요. 이 나라에 공권력이 유명무실해진 상황에서, 회사 내부에 어떤 폭력이 벌어지더라도 그 누구도 관심을 갖지 않으니 보호받을 그늘이 필요했던 거죠. 그 말은 결국 두 진영 간 영향력에 대한 문제이고, 이는 곧 숫자 싸움이 중요해졌다는 말이고요. 최근 우리 측은 회사의 방해 공작으로 조합원 수 증가세가 둔화되긴 했지만, 증가하고 있다는 자체가 저들에게 위협이 된 거겠죠. 물론 사원연합도 우리를 압도하고 남을 만큼의 수준이 됐지만요."

"수 싸움에서 저들이 유리하면 더더욱 사측이 초조할 이유가 없는 거 아녜요?"

"그렇게 유리한 상황에서도 이렇다는 것이 의심스럽다는 거예요."

"너무 예민해서 그럴 수 있어요. 조 회장의 히스테리에서 비롯된 일련의 의사결정에 무슨 큰 의미나 청사진 같은 거가 있겠어요? 너무 과대평가하는 거예요. 그만하고 점심이나 먹으러 가요."

김정수 과장은 의심을 풀지 않았지만, 저들의 역량을 밑바닥부터 의심하는 제욱은 그런 의심은 괜한 걱정이라고 얘기했다.

"그건 그렇고 요즘 구내식당 식사는 잘 나오는 거 같아."

김정수 과장은 메뉴가 마음에 드는 것처럼 말했다.

"윤덕술로 사장이 바뀐 다음부터 잘 나오는 거 같긴 한데. 그런 것도 다 속셈이 있을 수 있지."

김정수의 말에 이제욱은 건성으로 듣고 대답했다. 그때 이제욱에게는 어디서 맡아본 특유의 향과 맛이 그의 뇌리를 스쳤다. 돈가스 메뉴를 먹던 제욱은 늘 접하던 익숙한 맛에서 어딘지 의심스러운 향기와 맛을 느끼게 되었다. 그리고 그 맛은 다름이 아닌 돈가스 소스에서 비롯된 것을 알게 되었다.

"이거 소스 맛이 좀 특이한 거 같지 않아?"

의심스러운 얼굴을 한 제욱이 김정수에게 말했다.

"원래 이런 맛 아냐?"

"아냐. 약품 냄새 같은 거 나잖아! 구내식당에서 제공하는 소스에서 이런 맛이 난 적은 없었어. 돈가스가 아닌 다른 곳에서 먹어본 느낌이에요."

"이 과장은 정말 너무 예민한 거 같다."

"너무 예민하다고? 지난 강남빌딩 난동 사건 생각 안 나? 하지만 여기 본사 분위기 봐봐. 누구 하나 그것에 대해 묻거나 의심을 갖고 있는 사람 없잖아."

제욱의 말대로 김정수는 사원식당에서 식사하는 임직원들의 모습을 돌아보았다. 김정수의 눈에 비친 본사 임직원들은 언제나처럼 늘 똑같은 분위기로 서로 대화를 나누며 즐거운 표정으로 식사하고 있는 것처럼 보였다.

제욱은 일과를 마치고 집에 돌아와서야 그 맛과 냄새가 어디서 나온 건지 알게 되었다. 그건 진선희가 준 '리피트'였다. 그 사실을 알고 진선희에게 전화를 했다.

"리피트가 엄격하게 유통이 통제되는 거 맞아?"

"맞아. 엄격하게 관리되지."

"'엄격하게' 라는 기준이 어느 정도야"

"왜 그래, 무섭게? 나도 제조 공정은 못 봤어. 아무나 그 공장 못 들어간다는 정도는 알지. 조 회장이 지정한 극히 소수만 출입 카드를 통해 들어갈 수 있는 정도야."

"그 소수라는 게 구체적으로 누군데?"

"그거까지는 몰라. 자기 그렇게 몰아세우듯 말하니까 무섭잖아. 이런 민감한 얘기는 직접 만나서 해. 말하기 싫어."

"알았어. 미안해. 그럼 리피트의 생산일정이나 공장에서 출하되는 일정이라도 알려줘."

다음날 진선희로부터 메시지가 도착했다. 마침 그날 저녁에 해당 상품의 공장 출하 계획이 잡혀있다는 것이다. 제욱은 사무실에 핑계를 대고 바로 공장으로 이동했다.

원래는 특정 시기에만 생산하는 제품인데 최근 들어 생산 일정과 출하 빈도가 높아졌다고 했다. 하지만 당사 구내식당에 입고된 내역은 확인되지 않고 있었다. 제양공장도 마찬가지로 물류센터를 겸하고 있어서 저녁임에도 많은 화물차로 북적였다.

공장에 도착해 주차하려던 제욱은 깜짝 놀랐다.

전승완이 차에서 내렸기 때문이다. 다행히 제욱을 발견하지는 못한 것 같아, 제욱은 차에서 몸을 웅크리고 조심스럽게 바라봤다. 말쑥한 정장을 차려입은 그는 어느새 대기업 이사 같은 풍모를 풍기고 있었다. 하지만 이 시간에 이곳에 왔다는 것이 의아하게 생각됐다.

'마이푸드 출신 임원은 죄다 잘렸는데, 저런 날건달 사기꾼 새끼도 회사 임원이 되다니. 회사가 정말 망해가나 보네……'

전승완을 바라보며 현재의 회사 돌아가는 꼴을 생각하니 기가 막혔다. 하지만 정신을 차려보니 지금은 그것보다 진선희가 말한 제품 출하 시간이 임박했는데, 전승완을 만나 계획에 차질이 생기지나 않을까 염려됐다. 여기까지 온 이상 그대로 돌아갈 수는 없었다. 전승완이 공장 건물로 들어가는 것을 확인한 제욱은 조심스럽게 공장 안으로 향했다.

물류 작업으로 북적거리는 1층을 지나 위층으로 올라가니 이미 공장 직원들은 퇴근한 상태라 조용했다. 3층으로 조심스럽게 올라가 리피트 제조공정이 있는 것으로 알려진 밀폐 라인 앞에 다다랐다. 하지만 진선희 말처럼 마이푸드의 다른 공장과는 달리 자동문 옆에 지문 센서와 출입 카드 시설이 설치되어 있었다. 어떻게 들어가야 되나 망설이는 사이, 내부에서 소리가 들려오더니 문이 활짝 열렸다.

　그리고 제욱의 눈앞에 나타난 것은 다름 아닌 전승완이었다.

　그도 손에 상품을 가득 실은 카트를 밀고 나오다가 제욱을 발견하고는 깜짝 놀랐다. 그러면서 본능적으로 상품을 옆으로 비켜 세웠다. 제욱은 전승완의 그런 무의식적인 동작이 특별한 이유 때문이라 생각이 들었다.

　"아니, 이 과장, 이 시간에 여기서 뭐 하는 거야?"

　"네? 저…저 마케터잖아요. 제품이 제대로 생산되고 출하되는지 당연히 알아야죠. 현장을 모르면 마케팅을 할 수가 없잖아요."

　제욱은 갑작스러운 상황에서 얼떨결에 말하긴 했지만, 적절한 대답이라 생각이 들었다.

　"근데 사장님, 아니 이사님이야말로 이 시간에 뭐 하시는 겁니까? 임원께서 직접 이런 카트나 끌고 다니면서?"

　"나? 응…나도…사장님이 우리 회사 적응하려면 현장을 잘 알아야 한다고 해서 현장 교육 중이야. 자네도 알다시피 우리 회사 낮에는 회의다 뭐다 정신없잖아. 그래서 이 시간에 왔지 뭐."

전승완도 제욱의 질문에 땀을 삐질 흘리며 대답하긴 했지만, 제욱이 듣기에도 변명으로는 손색이 없었다.

"아. 네…그럼 수…수고하십시오…"

"어…어. 그래. 자…자네도 수고하고."

당황했던 제욱이 인사하고 가려 하자, 전승완도 제욱처럼 인사를 받으며 카트를 밀고 밖으로 향했다.

"이 과장!"

급하게 발길을 돌려 가려는 찰나, 전승완이 부르자 제욱은 깜짝 놀라 긴장했다.

"네…네?"

"거기 오늘 공장 다 끝났는데 어디 가는 길이야?"

"아…네…끝났나요? 그럼 오늘은 못 보겠네요. 사무실에서 회의가 길어져 늦게 나오는 바람에…"

갑작스러운 대면 이후에 당황한 둘은 잠시 눈빛을 교환했다. 그러다 전승완이 이제욱에게 말했다.

"요즘 힘들다며? 내가 도와줄게. 이젠 나 당신 도와줄 입장은 돼."

전승완의 갑작스러운 말에 제욱도 잠시 그를 바라봤다.

"사장님, 아니 이사님을 오랫동안 봐왔지만 그럴 때마다 우린 참 다르다고 생각했죠. 물론 비슷한 상황에서 만나긴 했지만, 참 섞이긴 힘든 존재 같다는 생각 말이에요. 저도 이사님이 못 보던 사이에 좀 변했나 봐요. 처음 사장님, 아니 이사님 뵀을 때만 해도 저는 아무것도 모르는 존재였죠. 하지만 지금은……"

제욱은 그렇게 말하며 머쓱한 표정을 지었다. 뜻밖의 상황에 마주친 둘 사이, 서로 특별한 사이이기도 했다. 그런 그들이 이런 상황에서 그런 극적인 만남을 하며, 뜻밖의 대화를 하고, 또한 서로 달라진 것을 발견한 것이다. 그리고 그 간극은 언제나처럼 둘 사이를 굳건히 막아왔던 것처럼 커 보였다.

제욱은 그렇게 말하며 공장 출입문을 열고 먼저 걸어 나갔다. 계단을 내려가는 제욱에게 전승완이 말했다.

"세상은 공평하지 않아. 민주적이거나 평등하지도 않고. 그걸 인정하고 살아야 돼. 그걸 모르면 결국 자신만 힘들어지고 고통스러운 거야."

제욱은 전승완의 그 말에 고개를 돌리지 않은 채, 잠시 발걸음을 멈추고 들었다.

하지만 이내 그의 뜻을 알았다는 듯이 손만 흔들며 불 꺼진 계단의 어둠 속으로 사라져 갔다. 전승완은 그런 제욱을 안타까운 듯 한동안 바라봤다.

제욱은 이 사실을 김정수에게 전해줬다. 김정수는 그런 사실에는 놀라워했으나, 그가 이미 회사의 여러 일에 개입하고 있다는 사실을 전했다. 한마디로 윤덕술의 오른팔이 되었다는 것이다.

"윤덕술 그 인간은 도대체 오른팔이 몇 개야!"

"윤덕술은 그 순간에 자신에게 이익이 되면 언제든 어떤 누구든 상관없이 자신의 편으로 끌어안고, 더 마음에 들면 자신의 오른팔로 만들기도 해. 물론 그런 대상들도 어느 순간 자신의 이익에 반대되면 가차 없이 내치기도 하고."

제욱은 혹시나 하는 마음에 전승완 관련 회사가 등록되어 있는지 구매본부에 있는 후배를 통해 조사해 봤다. 욕심 많은 전승완이 자신의 회사가 인수되는데 다른 조건 없이 그냥 맨손으로 들어올 리가 없다는 판단에서였다. 아니나 다를까 윤덕술이 공급사로 등록하라고 지시한 몇 개의 공급사 중에 전승완의 회사로 의심되는 데가 나왔다. 주소지가 동일했고, 취급 품목도 해외에서 수입해오는 조미료 등이었다.

"야. 거기 최근 매입 내역 뽑아봐!"

"대부분 공장 원료들이에요. 잠깐만요. 이거 대부분 제양공장에서 사용하는 원료들이네요."

그래서 그 시간에도 굳이 제양공장에 간 것이라 생각이 들었다. 그러던 중 후배가 다시 말했다.

"근데 이 공급사에서 우리 사원식당으로 소스를 납품했네요?

제조공급사는 보통 공장만 납품하는데 사원식당 식자재까지 납품한 건 의외네요."

"너 인마 구매팀이 그것도 몰라? 구매에서 코드를 따줬으니 상품이 입고되겠지. 코드를 누가 땄는데?"

"그게요. 이상하네."

"뭐가 이상하다는 거야?"

"이건 담당 MD가 안 나오네요. 코드 딴 사람이 없어요."

"코드 딴 사람이 없다고? 그럼 유령이 땄어? 그런 기초적인 데이터 관리가 안 되니까 구매본부가 늘 조 회장한테 박살 나는 거 아냐!"

"아휴, 그게 아니에요. 보통 공급사별로 구매담당자 이름이 따라붙는데, 이 공급사는 별도로 없어요. 거참 이상한 일이네. 전산 오류인가?"

"잠깐. 사원식당으로 들어간 소스가 뭐라고 했지?"

15. 얄팍한 각성

한편 윤덕술이 회사에 들어온 지 1년여가 되어가고 있었지만, 조직 장악 이외에는 아직 이렇다 할 성과를 내지 못하고 있었다. 초창기에는 잘못된 프로세스를 바로 잡고, 조 회장이 지목한 일부 인사들에 대한 처단이 주요 이슈였다. 처음 몇 개월간은 그런 이슈가 회사를 온통 집어삼켰다.

하지만 결국 시간은 흘렀고, 이제 그는 자신이 무엇인가 보여줘야 한다는 실험대에 놓이게 되었다. 그것이 그의 존재 이유였고, 그건 회사의 대표라면 당연히 짊어져야 할 실적과 성과에 대한 책임이기 때문이다.

저항세력을 잠재우고 모든 요직과 기득권을 장악하는 이슈가 지나갔으니, 그는 자신 앞에 떨어진 의무를 해결해서 자신의 존재 이유를 증명해야 했다. 물론 그가 조 회장을 정신까지 장악하고 있었지만, 어느 순간 조 회장의 각성에 걸려들면 자신의 목숨도 무사하지 못하다는 것을 스스로 잘 알고 있다.

궁지에 몰린 늙은 여우는 또다시 얕은 꾀를 생각해냈고, 그 시기는 전사 실적 보고 회의가 끝나는 시점에 뜬금없는 발표를 하면서 시작됐다. 전사 실적이 부진해 회의 분위기가 심상치 않을 것이라고 예감한 김정수와 이제욱도 그런 윤덕술의 잔꾀를 숨죽이며 지켜보고 있었다.

"회사에 미래가 없습니다. 조 회장님도 잘 아시다시피 우리는 이 회사에 오자마자 회사의 잘못된 관행을 바로잡고, 조직과 프로세스를 망치는 원인을 찾아내는 데에 주력해 왔습니다. 그럴수록 그동안 끊임없이 마이푸드의 혈관에 빨대를 꽂고 피를 빨아먹는 기생충들을 잡아내고 또 잡아냈습니다. 회사의 모든 실체와 프로세스를 처음부터 다 끄집어내서 핀셋으로 하나하나 남김없이 찾아냈습니다. 그렇게 찾은 것들을 잘라버리고, 밟아 으깨 버렸지만, 그것들은 셀 수도 없이 끊임없이 나왔습니다. 그 끝이 보이지 않는 싸움을 지금까지 쉬지 않고 이행하며 달려왔습니다. 물론 힘들고 좌절하던 순간도 있었습니다. 하지만 저는 이것이 회사의 발전을 위한 것이라는 굳건한 신념으로 단 하루도 거르지 않고 이 일을 수행해왔습니다. 저에 대한 험담과 저주, 비아냥쯤은 아무것도 아니었습니다. 이제 제 인생에서 더 이상 무슨 욕심을 가질 수 있겠습니까? 저는 이 늙은 몸 하나 바쳐서 이 회사를 정상적이고 미래가 있는 기업으로 만들어 조 회장님께 바치는 것, 그것이 최고의 소명이라고 생각하고 있습니다. 그것 이외에는 아무것도 바라는 것이 없습니다. 하지만 이제는 제 한계가 왔다고 생각이 됩니다. 처음에는 단지 기존 임원들 몇 명만 교체하면 최소한 이 회사가 정상적인 회사들처럼 미래를 바라볼 수 있다고 생각했습니다. 하지만 회사의 발전을 방해하고, 새로운 임원들의 의사결정과 지시를 무력화하려는 부류가 아직도 회사에 뿌리 깊게 퍼져있다는 걸 알게 되었습니다. 여기 계신 회장님과 임원 여러분, 우리가 이런 세력들을 도려내지 않는다면 마이푸드는 점점 악취를 풍기며 썩게 될 것입니다. 그렇게 된다면 우리에게 미래는 그 어디에도 존재하지 않을 것입니다."

말 그대로 궤변이었다. 만약 그의 논리가 사실이고, 그가 이 회사를 대표하고 있다면 그는 당연히 회사에서 물러나야 한다. 그가 이 회사에 들어온 1년이라는 세월은 그런 핑계를 대기에는 너무 긴 시간이기 때문이다. 그 1년이라는 세월 동안 회사는 온전히 자신의 의도대로 흘러갔다. 그 시간 동안이라면 핵심적인 비전을 발굴하고 회사의 역량을 집중할 수 있는 콘텐츠를 발굴해야 했다. 하지만 그는 어느 비전도 제시하지 못했다. 그는 그저 과거에 기반한 구닥다리 경험만 주구장창 끄집어서 얘기할 뿐이었다. 시대와 트렌드를 읽지 못한 채 골방에 먼지가 쌓여 잊힌 것 같은 말들만 꺼냈다. 또한 거기에도 핵심적인 내용 없이 껍데기만 있을 뿐이었다.

사실 이런 그의 궤변은 정상적인 경영 마인드를 가진 사람, 상식이 있는 사람이라면 당연히 그 핵심을 알아차릴 것이다. 회사가 아직까지도 이런 상황에 머무르게 된 원인과 그 중심인물이 누구이겠는가? 그자를 찾아내 책임을 묻고 물러나게 하는 게 맞는 수순이다.

하지만 윤덕술이 그런 위험을 무릅쓰고 이런 말을 하는 이유는 조 회장이 있기에 가능한 일이었다.

사실 윤덕술의 이런 보고가 있기 전까지는 그가 조 회장의 눈밖에 나서 회사를 떠났다는 소문이 들렸다. 그래서 한동안은 외부에서 다른 사람을 사장으로 영입한다는 소문이 돌기도 했었다.

하지만 그는 오늘 다시 건재한 모습으로 나타나 자신의 무능을 감추려 이런 보고를 했다. 그리고 조 회장은 어김없이 그런 윤덕술의 악랄한 수법을 간파하지 못했다. 오히려 헌신적으로 희생한 그의 노고에 감동했고, 진심으로 치하했다. 그리고 조 회장은 한참 동안 깊은 생각에 빠진 것처럼 머리를 숙였다.

그러자 이제욱은 다시 충격적인 상황을 목격했다.

조 회장의 온몸이 갑자기 불에 휩싸이듯 뜨겁게 타오르는 것이다. 그리고 천둥같이 큰소리로 다음과 같이 소리쳤다.

"그 썩어빠진 기생충들의 머리를 비틀어 주리라! 전부 다 잡아다가 내 앞으로 데려와!"

불에 타오른 그의 몸은 뜨겁고 눈이 부셔 제대로 쳐다볼 수 조차 없었다. 또한 그 불이 워낙 거대하게 타올라 근처에 앉아있던 임원들까지 삽시간에 불에 옮겨붙기 시작했다. 다시 사무실은 그 뜨거운 불지옥에 휩싸여 공포를 감추지 못했지만, 누구 하나 입도 뻥긋할 수 없었다. 임원들 뒷자리에 앉아있던 이제욱은 이 광경을 두 눈으로 생생하게 지켜보고 있었다.

하지만 윤덕술은 조 회장의 그런 공포스러운 반응을 계획대로 이끌어낸 것에 만족스러운 듯 야비한 미소를 짓고 있었다. 윤덕술은 다시 맞은 편에 앉아있던 전승완 이사에게 눈짓을 했다.

전승완 이사는 자리에서 일어나 밖에 대기 중인 팀장 한 명을 데리고 왔다. 무엇 때문에 끌려온지 모르는 그 팀장은 완강히 저항했다.

그를 보자 분노의 불에 휩싸였던 조 회장은 눈빛이 붉게 빛났다.

"이 자는 무엇을 잘못한 자인가?"

"경영진의 지시를 불이행하고, 직원들에게 잘못된 업무를 지시한 자입니다. 죽여 마땅한 자입니다."

"그대는 무엇 때문에 신성한 경영진의 지시를 무시하고 모독하려 드는 것인가?"

불타오르고 있던 조 회장은 분노에 가득 차 있었지만, 그걸 억누르는 듯 떨리는 목소리로 물었다.

"지금 윤덕술 대표가 주장하는 데로 한다면 이 회사에는 미래가 없습니다. 이제 성장하고 있는 우리 사업부 상품들에 대해 자신이 과거에 몸담고 있던 회사의 논리로만 바라보고 있습니다. 아직 규모가 작더라도 이제 갓 태어난 상품들은 미래 가치를 보고 물을 주고 돌보며, 성장시켜야 합니다. 하지만 단편적인 시점에서 이를 평가해서 모든 상품을 중단시키는 조치는 회사 미래의 싹을 잘라버리는 거나 다름없습니다. 우리는 그 분야에 대해서는 TJ같은 큰 회사가 아닙니다."

"이 더러운 새끼가 여기가 어디라고 주둥이를 함부로 놀리는 거야!"

이를 듣던 윤덕술이 크게 소리 지르자, 옆에서 그 팀장을 붙잡고 있던 전승완은 그의 목덜미를 잡아 흔들고, 그의 머리통을 내리쳤다.

그때였다.

조 회장의 검정색 어깨가 날카롭고 뾰족하게 부풀어 오르더니, 날개가 눈 깜짝할 사이에 펼쳐졌다. 그러더니 그는 공중으로 두둥 떠올랐다. 조 회장은 저항하는 팀장 근처로 순식간에 날아가더니 분노의 눈빛으로 쳐다봤다. 하지만 그 팀장은 이제 모든 것을 체념한 듯 너무나 당당하게 조 회장을 바라보며 말했다.

"회장님. 우리는 모두 회사를 발전시키고자 하는 열망을 갖고 있습니다. 하지만 지금은 한 사람의 의견에만 회사의 모든 미래를 송두리째 맡기고 있습니다. 그 사람의 의견과 방향에 대한 면밀한 검증과 검토 없이, 단지 자신의 의견과 다르다고 이런 공포 분위기를 조성하는 것이 회사에 무슨 도움이 되겠습니까? 회사는 다양한 의견들에 대해 끊임없이 토론하고, 올바른 방향으로 가도록 많은 사람들이 머리를 맞대고 고민해야 합니다."

그의 말이 끝나기 무섭게 조 회장은 크고 긴 비명 같은 소리를 질렀다.

"까아악!"

깊은 숲속에 조용히 살아가던 짐승이 갑작스럽게 분노해 소리 질러 온 산과 숲을 진동하며 울리는 소리처럼 들렸다.

그러면서 순식간에 그를 향해 손을 날렸다. 그 짧은 순간 그의 손은 날카로운 회칼처럼 변해 그 팀장의 머리를 예리하게 잘라 냈다. 이내 피가 솟구치며 그의 머리가 바닥을 뒹굴었다.

"이 한심한 마이푸드여! 언제부터 회사가 이런 쓰레기들로 넘쳐났는가? 그대들은 대체 회사에 대한 눈곱만큼의 걱정이라도 하며 살고 있는가? 내가 그 비싼 돈을 주고 당신 임원들을 쓰고 있음에도 왜 아직도 이 회사에는 이런 생각을 갖고 있는 작자가 있는 것인가? 왜 아무도 회사에 대해 내 일처럼 걱정하고 노력하지 않는 것이냐!"

조 회장의 목소리는 귀가 아닌 머릿속으로 들려오는 것 같았다. 그 느낌이 마치 신처럼 위압감마저 느끼게 했다. 그 목소리는 너무나 높고 날카로워서 그것만으로도 임직원들을 괴롭히고, 날카롭고 예리하게 상처를 내는 것 같았다.

"이 회사가 제대로 돌아갈 때까지, 이런 인간들 다 내 앞으로 데려와!"

그는 금속성의 차갑고 날카로운 말을 뱉으며 핏빛 눈빛을 모두에게 쏟아 부었다. 섬뜩한 모습이었다.

"예! 알겠습니다."

윤덕술이 머리를 조아리고, 머리를 꿇으며 말했다.

"마지막 경고야! 똑바로 하는 인간들이 나올 때까지 남김없이 잘근잘근 씹어주리라! 알겠나?"

그의 마지막 그 목소리는 너무나 크고 강력했다. 마치 회오리가 쓸고 지나간 것처럼 그의 앞 반경 10여 미터에 있는 모든 것이 목소리를 견디지 못하고 눈 깜짝할 사이에 날아가 버렸다.

그가 내뱉은 분노의 폭풍이 지나가자, 이미 그는 자리에 없었다.

대신 회의실은 이미 쑥대밭이 되어있었고, 회의실 벽은 온갖 집기와 서류 더미가 날아가 어지럽게 널려있었다. 반대편에 있던 출입문도 너덜거리며 부서져 있었고, 회의실 밖에서 일하던 직원들은 겁에 질려 무슨 일인지 바라만 보고 있었다.

하지만 분노한 그가 여전히 회의실 안에 있다고 생각한 임원들은 여전히 겁에 질린 채 머리를 조아리며 연신 주절거렸다.

"알겠습니다. 알겠습니다."

회사는 그날 이후 본격적으로 임직원 색출 작업에 착수했다. 명목상으로는 역량이 부족하고 성과가 미진한 이른바 '무임승차' 인원을 발라내겠다는 것이다. 하지만 그것이 신사원연맹을 중심으로 한 반 윤덕술 세력 제거라는 것은 공공연한 비밀이다.

그 무임승차라 불리는 인원들은 연말 평가에서 자신들의 운명을 직감했다. 그중에는 김정수도 그 대상으로 끼어있었다. 해당 리스트는 윤덕술이 평가한 점수를 기반으로, 조 회장의 의견이 반영되어 만들어졌다고 알려져 있었다.

"차라리 잘 된 것 같아."

김정수는 체념하듯 이제욱에게 말했다. 그러자 이제욱이 걱정 가득한 얼굴로 대답했다.

"당신도 말했잖아! 밖은 보호장치가 없으면 살아갈 수 없다는 거 말이야! 여전히 죽어 나가는 사람들 천지란 말이야."

"알아. 이 과장 말이 맞지만 이대로 가다간 아무것도 안 될 거 같다는 생각이 들어. 이 회사에 계속 머물면 내 삶을 개척할 의지마저 다 없어져 버리고, 수동적이고 명령에만 움직이는 노예나 좀비가 되고 말 것 같아."

"그게 바로 윤덕술 일당이 바라는 바야! 스스로 회사를 그만두게 하는 것 말이야. 당신이 뭔가 각성을 해서 그런 결정을 했다면 몰라도, 모든 건 사실 윤덕술이 의도해서 굴러가게 된 거라고! 오히려 그 야비한 인간은 속으로 환호성을 지를 거야! 누구좋으라고 그런 결정을 하려는 거야!"

"여기에 머무르고 있는 게 날 점점 미치고 병들게 하는 거 같아. 그리고 내가 예전에도 말했었지? 회사에서 팬데믹 치료제라며 한 달에 한 번씩 나눠주는 게 사실은 강력한 진통 성분이 들어있는 마약이라는 거. 기침이 심하게 나거나 고열로 몸이 힘들 때 이거 먹으면 씻은 듯이 없어지잖아. 많은 사람들 말대로 팬데믹의 원인조차 못 밝히고 있는데 무슨 수로 치료제를 만드냐고! 말이 돼? 어차피 이런 상황에서 우리 몸은 아무도 모르게 망가지는 거고, 통증이 심해지면 회사에서 꼬박꼬박 주는 마약으로 희망없이 그냥 연명하도록 길들여져 가고 마는 거야. 그렇게 우리는 스스로의 삶을 개척할 자생력마저 잊어버린 채, 무기력한 존재로 사라져버릴 거야."

김정수가 그런 말을 했지만, 제욱은 어떤 반박도 할 수 없었다.

그날 오후, 업무에 정신없던 제욱의 자리로 윤재영이 찾아왔다.

"지금 통보받은 대상자들에 대해 감사본부와 임원 하나가 주축이 돼서 대상자들을 심문하고 있다고 해요."

"결국 서막이 시작되었나 보네. 감사가 뭘 뒤지고 있대?"

"하나부터 열까지 모두요. 본사 출입 기록부터 시스템 로그기록, 법인카드 사용기록 등 모든 것을 망라해서 샅샅이 뒤지고 있대요. 업무 성과는 말할 것도 없고요."

"자기들이 뭐 검사라도 되는 줄 아나 봐?"

"맞아요. 개인카드까지도 뒤지고 있다니까요."

"미친놈들. 무슨 권한으로 개인카드까지 뒤진다는 거야? 이젠 불법행위까지 한다는 거야? 도대체 누구야?"

"전승완 이사래요."

"헐. 전승완."

전승완 이사라는 말에 제욱은 그동안 그가 벌인 일들과 얼마 전 공장에서 마주쳤던 일이 떠올랐다. 그러다 갑자기 윤재영이 다시 힘겹게 말을 이어갔다.

"선배, 나 너무 힘들어요."

윤재영은 저항세력과 같이 하면서 회사에서 지속적인 따돌림과 린치를 당하고 있었다. 특히 업무적으로 그가 어떤 일을 하던 결과에 상관없이 윤덕술 졸개들은 집요하게 괴롭혔다.

"그래. 너 힘든 거 알아. 내가 왜 모르겠니. 모든 게 안타깝다. 어쩌다 이런 지경이 되었는지…"

제욱이 해줄 수 있는 거라고는 그를 그렇게 위로해 주는 것 이외에는 다른 어떤 방법도 없었다.

"선배. 니무 힘들다고요……"

제욱의 위로에도 윤재영은 그 말을 흐느끼듯 반복하고 있을 뿐이다. 그런 그가 제욱은 너무나 애처로웠다. 그렇게 힘들어하며 쓰러져 가는 후배를 위해 제욱이 해줄 수 있는 것이라고는 축 처진 그의 등을 어루만지며 알맹이 없는 희망만 반복하는 것이었다. 그럴수록 제욱은 자신의 무능만 절감할 뿐이었다.

그럴수록 제욱의 머릿속에는 윤덕술 일당에 대한 분노와 그들을 앞으로 어떻게 해야 할지에 대한 복수심만이 불타올랐다.

그러다 이상한 느낌이 들어 윤재영을 바라보다, 그 모습에 깜짝 놀라고 말았다.

윤재영이 천천히 녹아내리고 있던 것이다.

아니, 녹아내리는 것보다는 그의 육체마저 이제 이 세상을 버거워하는 것처럼, 아주 미세한 균열을 내면서 가벼운 먼지 조각들처럼 부서지고 있었다. 그렇게 산산이 조각나서 가벼운 존재가 된 그의 육신은 허공 속으로 출렁이며 사라져가기 시작했다. 놀란 제욱이 그런 그를 잡으려 했지만, 이미 그의 몸은 이 무겁고 참혹한 세상을 벗어나 멀리 날고 싶은 것처럼 점점 더 멀리 사라져갈 뿐이었다.

"윤 대리! 뭐 하는 거야! 정신 차려!"

이제욱이 그를 힘겹게 흔들어봤지만 얼마 남지 않은 그의 육신은 이미 허공 속으로 미끄러지듯 사라져가고 있었다.

"윤 대리! 윤 대리!"

이제욱은 사라진 그를 찾으려 목소리를 더욱 높이 불렀지만, 그는 이미 저 먼 공간 속으로 사라져 버린 후였다. 제욱은 그 모습에 눈물을 흘리며 바닥에 주저앉고 말았다. 절망감과 자괴감이 이제욱을 온통 휘감고 있었다.

그런 허망함이 가시기도 전에, 김정수도 전승완에게 불려갔다.

"당신 회사에서 통보는 받았을 거고. 그래도 회사가 당신에게 마지막 호의를 베푼 건데 어떡할 거죠?"

"먼저 내가 왜 이런 평가를 받아야 하는 지는 알려주셔야 하는 것 아녜요?"

"그거라면 원하시는 내역을 드릴 수 있어요. 한번 같이 보실래요? 가장 큰 건 업무 성과에요. 올해 MC사업부에서 평가를 제일 낮게 받았어요. 왜 그런지는 잘 아시죠?"

"업무 성과요? 달성하지도 못할 높은 목표를 일부러 강요하고, 그걸 채우지 못했다고 이런 대우를 하는 거예요? 만약 그렇다면 작년 말에 높은 목표를 강요받을 때 받아들이지 말고 끝까지 저항하고 싸워야 했다는 건가요?"

"아. 그렇게 나오시겠다?"

전승완은 그러면서 몇 가지 서류를 김정수에게 꺼냈다.

"법인카드 무단 사용, 근무지 이탈 뭐 이런 건 애교라고 볼 수 있죠. 성희롱까지 있으니까."

"성희롱이라뇨?"

"당신이 회식 자리에서 직원들 모여놓고 성적인 농담과 신체 접촉을 했다는 증언이 여러 가지가 있어요."

그 순간 김정수는 최근 들어 부쩍 자신에게 부정적인 의견을 쏟아내던 후배들이 생각났다.

"증거 있어요?"

김정수가 묻자 전승완은 회의실에 설치된 모니터에서 영상을 재생한다. 거기에는 몇 명의 사원들이 얼굴에 모자이크 처리를 한 채 진술하고 있었다.

'술자리에서 자기 옆자리에 앉게 하고, 잔에 술을 따르게 했어요. 신체접촉도 여러 번 있었고요.'

'유독 저한테만 원하지 않는 업무를 강요했어요. 그리고 그걸 해결 못하면 팀원들 다 있는 곳에서 공개적으로 망신을 주기도 했고요. 직원들에게 폭언하는 경우도 많았어요.'

코에 걸면 코걸이식 진술이면서 날조된 말들이었다. 조직 책임자도 아닌 자신이 권한도 없이 그런 지시를 할 수 없기 때문이다.

"참 부지런들 하시네요. 이런 상황이 오래갈 거 같죠?"

김정수의 뜻밖의 소리에 전승완은 그를 흘겨봤다.

"내가 조 회장을 오래 봐왔는데, 근처에서 뭐라도 주워 먹으려 발버둥 치다 골로 가는 인간들 한두 명 본 게 아니거든. 특히 조 회장은 사람의 신뢰에 대한 유통기한이 길어야 1년이에요. 당신도 잘 알아두라고!"

"지금 내 걱정해주는 거야?"

전승완은 웃으며 말했다.

"당신에 대해 얘기 많이 들었지. 양아치 건달 출신에다가 돈만 밝히는 인간이라는 거. 그리고 내가 듣기로는 당신이야말로 성희롱의 전문가라고 들었는데 말이야. 그런 걸 보면 지금 집권하고 있는 세력들과 코드가 아주 잘 맞긴 해. 나까지 성희롱으로 묶었는데 나는 당신들과 어떻게 안 되나?"

김정수가 비아냥거리듯 말하자 전승완이 대답했다.

"여긴 이미 자리가 꽉 차서 말이야. 그리고 난 잘 살아갈 테니 당신 걱정이나 해."

"이제욱이 그러더라구. 당신 그 정도로 나쁜 사람은 아니라고. 차라리 당신보다 윤덕술이 더한 놈이라며… 글쎄. 내가 볼 땐 둘 다 우열을 가리기 힘든 악당들인 것 같은데 말이야. 두 가지만 알아 둬. 첫째, 회사나 조직이라는 거는 한 두 명 천재의 노력으로 돌아가는 게 아냐. 당신도 예전에 어쭙잖은 뭐라도 해봤으니 알 거 아냐? 두 번째, 윤덕술 너무 믿지 마. 그 인간 당신 앞에서는 형 동생 하면서 간이고 쓸개고 다 빼줄 것처럼 굴지? 그 인간의 그 현란한 혓바닥에 놀아나서 뒤통수 맞은 사람이 한두 명이 아니란 것만 알아두라고!"

전승완은 그런 말을 하는 김정수의 얼굴을 빤히 바라만 볼 뿐이었다.

김정수가 전승완과 그런 면담을 한 이후로 며칠이 지나가고 있었다. 전승완과 면담한 다른 직원들은 하나 같이 끌려가서 심한 고문을 당할 뿐 그 전과 달리 죽이지는 않았다. 다만 그 고문의 강도가 심해져서 스스로 목숨을 끊거나, 아직도 오염이 심한 외부로 스스로 걸어나가 죽음을 맞이하는 숫자가 늘어나고 있었다.

16. 파멸의 결말

저항세력은 점점 코너로 다급하게 몰리고 있었다. 전승완의 전방위적인 포섭과 회유로 사원연합에 가입해서 전향하는 임직원들이 늘어났고, 그렇게 포섭된 인물 중에 상징적인 인물들은 회사의 중요 부서에 자리를 마련해 주었다.

그중에는 이병욱 과장이 윤덕술에게 포섭되었다는 말을 들었다.

"이상하다 생각했는데, 딱 그 기대에서 한 발도 벗어나지 않네요."

이병욱은 전향으로 도매 영업팀장 자리로 발령이 났다 했다. 피 묻은 자리의 수장이 된 것이다.

"모르겠어요. 이병욱 과장도 현장에서 엄청나게 괴롭힘을 당했다고 하더라고. 달성하기 어려운 목표를 추가로 던져주고, 실적으로 계속 스트레스를 주었나 봐. 버티다 버티다 그렇게 된 거지.”

"누구는 스트레스 안 받나? 그런다고 다 그렇게 전향해? 그 새끼 나한테 눈을 켜고 달려드는 거 못 봤어요?”

"이번에 신사원연맹 회원 중에도 영업부서로 발령 난 사람이 많대요. 영업부서는 지원조직들의 지원이 없으면 성과를 내기도 힘들잖아. 특히 윤덕술이 시장을 안일하게 판단해서 성과 내고 있던 상당수 상품마저도 생산 중단 시켰으니, 현장에서 영업활동 하기가 더 어려워질 수밖에 없고. 또 이런 상황이 이어지니까 고객들이 마이푸드에 대해 불신하게 되고.”

김정수는 다시 말을 이어갔다.

"그리고 무엇보다 힘든 건 회사 전체의 조직적이며 암묵적인 따돌림이야. 이들이 업무를 진행하려 하면 회사 규정과 절차를 문제 삼으며 번번이 협력을 거부한대. 아주 합법적이면서도 영리한 괴롭힘인 거지.”

실권을 장악하고 있는 윤덕술 세력들은 그런 방식으로 모든 것을 트집 잡으며 영업활동의 손과 발을 묶었다. 프로모션도 회사 손익이 악화된다는 이유로 막았으며, 매출 규모가 미진하다는 이유로 갓 출시한 상품들조차 추가로 단종시켰다. 결국 영업부서는 숨만 쉬고 살아야 하는 상황이었다.

"결국 자기에 저항하는 세력들에 대해서는 회사 규정을 저런 식으로 담을 높게 쌓아서 실적을 달성하지 못하도록 해놓고, 매출이 부진하게 되면 하나씩 머리를 날려버릴 작정이네."

"그것보다 중요한 게 있어."

엘리베이터를 타고 같이 내려오던 김정수의 말에 이제욱이 주변을 살피며 다시 말을 이어갔다.

"우리가 알아보니 최근 사원연합측 인원이 급증한 이유가 있었어. 공교롭게도 이 새끼들이 지독하게도 사원식당 메뉴에 그 '리피트'라는 물질을 지속적으로 투입한 거야. 그것도 강남빌딩에 특히 말이야."

"왜 하필이면 강남빌딩에?"

엘리베이터를 내리자 사원 서너 명이 김정수와 이제욱이 대화하는 것을 노려보는 것처럼 쳐다보다 지나갔다. 그런 그 직원의 등 뒤를 보니 무엇인가 빛이 나고 있는 것처럼 보였다. 제욱은 그 모습을 보고 김정수에게 다시 말했다.

"저거 봤어?"

"뭐?"

김정수가 고개를 돌려 지나간 사람들을 보려 했으나, 제욱이 말렸다. 그리고 건물 밖으로 빠른 걸음으로 빠져나왔다. 제욱은 다시 말을 이어갔다.

"일단 강남빌딩은 임원이 없어서 사각지대라 판단하고 있어. 그리고 여러 차례 언급됐지만 신사원연맹 임직원이 상대적으로 많은 이유도 있고."

"그럼, 여기 본사는 어떤데?"

"우리가 찾아본 바로는 사원식당 메뉴에서 특이점은 발견하지 못했어. 다만 우리가 지난번 느낀 것처럼 직원들이 뭔가 남성화되어가고, 그 숫자가 늘어난다는 느낌이지. 하지만 그런 의심이 많아지니 요즘은 드러나거나 눈에 띄는 인원은 없더라구."

"현재 전체적인 조합원 숫자는 얼마나 돼? 내가 이 과장한테 요즘 근황을 묻게 되네."

"최근 들어 부쩍 증가율이 둔화되었어. 둔화된 이유가 아마도 사측이 지속적으로 협박한 이유인 것 같아. 강남빌딩 난동사태가 컸지. 모두 겁먹고 있으니 말이야. 그렇다고 신사원연맹이 규모가 커서 자신들을 보호해 줄 것 같지도 않고 말이야."

"드러내지는 않지만, 뒤에서 서서히 목을 조르고 있는 느낌이네."

"근데 이상한 게 있어. NR19와 같은 기초 소재의 중요성을 강조하면서 전승완의 회사까지 인수한 마당에 이를 이용하지 않는 게 참 이상하지 않아?"

"이제욱 과장이 지난번 말할 때는 전승완의 다른 관련사 제품이 제양공장으로 원료를 입고했다며? NR19 아니었어?"

"놀랍게도 NR19는 아냐. 그건 공장에 그냥 쌓여있대. 리피트라는 음료 제조에 필요한 원료만 철저한 보안 속에 들어가고 있다고 해. 그래서 그 음료 관련 상품 출하량이 최근 급격히 증가

한 것 같아. 사원식당으로 까지 말이야."

제욱은 그날 저녁 전승완에게 끌려갔던 식품공장이 생각났다. 여전히 과거에도 그곳에 수입 물량이 입고되는 것을 본 적이 있었다. 전승완의 수입 회사는 이미 마이푸드에 인수됐지만, 식품공장은 여전히 전승완이 맡아 운영하고 있다. 하지만 공장 앞에 가니 승용차 한 대만 덩그러니 서 있을 뿐 한산해 보였다.

공장 출입시설을 거쳐 공장 내부에 들어오니 예상대로 설비 곳곳에는 거미줄과 먼지가 잔뜩 쌓여있었다. 창고를 찾으러 두리번거리던 중에 누군가가 소리 질렀다.

"거기 누구야!"

익숙한 목소리에 고개를 돌려보니 박철민이었다. 오랜만에 본 박철민은 상당히 수척해 있었다. 하지만 그럼에도 늘 자신의 본바탕은 짐승이라는 것을 환기 시키려는 듯 제욱을 보자 다시 으르렁거렸다.

"여긴 뭐 하러 온 거야!"

"요즘엔 한가하게 이런 공장에 계시네요?"

"당신 얘기는 형님한테 들었어. 회사에서도 여전히 속 썩인다며? 내가 너 그런 놈일 줄 알았지."

"제 걱정은 고마워요. 근데 형님께서 대기업 임원 되시면 공장이 쉴 새 없이 돌아가야 하는 것 아닌가요?"

"그걸 당신이 왜 걱정해? 당신 모가지나 걱정하라고!"

"제가 여러 차례 말했는데, 윤덕술에게 이용만 당하다가 안 좋게 된 사람들이 많아서 그래요. 미운 정도 정이라고 이런 거 말해주는 거라고!"

"무슨 소리야! 우리 형님은 마이푸드 일 때문에 워낙 바쁘셔서 그렇다고… 그래서 어쩔 수 없이 내가 이것저것 챙기고 있는 거고. 그런데 무슨 꿍꿍이야? 연락도 없이?"

"아무리 그래도 우리가 뭐 따로 연락하고 올 사이인가요? 전승완 이사님이 같이 잘 해보자며 어깨동무도 했었는데, 제가 뭐 배신할 수 있나요. 사실 궁금한 게 있어서 왔어요."

궁금한 게 있다는 말에 박철민은 다시 경계하는 눈치다.

"혹시 요즘은 그 감미료 잘 나가고 있나요?"

"감미료? NR19 말하는 거야?"

제욱이 묻자 박철민은 제욱이 마침 NR19 담당자라는 사실이 생각나서, 그를 창고로 안내했다. 창고에 들어가자 높이 5미터 이상의 30평 정도 되는 창고가 3개가 있었고, 거기엔 감미료가 가득 쌓여 있었다.

"비축량이 이렇게 많아요? 만두 원료로는 중단된 걸로 알고 있는데? 우리 회사 다른 상품 원료로 납품이 되고 있거나, 납품 예정 일정이 있어요?"

이제욱이 놀라며 묻자 박철민은 만두 원료로 출하가 중단된 이후 재고가 쌓여 있다고 말했다. 처음에는 전승완의 무역회사인 엔젤트레이딩을 마이푸드가 인수하면서 이 물량까지 전부 인수하는 조건이었다고 했다. 하지만 초기 약속과 달리 아직까지 마이푸드측에서는 이렇다 할 말이 없다는 것이다. 그렇다고 마이푸드에서 언제 찾을지 몰라 처분할 수도 없고, 보관하고 있자니 양이 어마어마 해서 다른 상품을 보관 못하고 있다며 투덜거렸다.

제욱은 군이 전승완 회사를 인수해 놓고, 중요 원료는 정작 사용하고 있지 않은 윤덕술의 의도가 뭔지 궁금했다. 그가 그런 생각에 빠져 있을 때 박철민이 물었다.

"근데 당신 회사 대기업이니까 거기 납품하려면 제품에 대해 여러 가지 검사를 다 해보는 거지?"

"당연하죠. 왜요?"

"아, 아 별건 아니고. 혹시 마이푸드 만두에 이상한 물질이 들어간 건 아닌지 해서 말이야."

"그런 걱정하는 사람이 지난번 확인도 안 된 해외 공장에서 원료를 무식하게 끌어모으셨어요? 지금 와서 그게 잘못되었을지도 모른다는 우려가, 우리 회사나 이걸 먹는 사람들을 걱정해서가 아니고, 오로지 본인 건강 걱정해서 생각한 말이고요?"

원료를 수입해서 유통하는 당사자가 그렇게 말한 것이 제욱은 속으로 한심하다는 생각이 들었다. 그러자 박철민은 다시 우물쭈물하며 말했다.

"뭐 저거와 꼭 상관은 없을 수도 있는데 말이야…"

박철민의 말은 한동안 전승완의 지시로 만두 신제품을 주변에 판촉을 많이 했고, 자신도 자연스럽게 많이 먹게 되었다 했다. 그런 과정에 무기력증이 생겨나고 밤에 잠자리도 잘 안된다는 말을 했다. 아마도 NR19가 본격적으로 원료로 투입되던 시기 제품을 먹은 것으로 추정된다고 했다.

제욱은 그 말이 박철민다운 한심하고 저질스러운 거라 생각했다. 그 말을 듣자, 다시 자신이 왜 저런 수준 낮은 인간과 이 시간까지 말을 섞고 있는지 회의감이 밀려왔다. 제욱은 그 말을 듣자마자 그대로 공장을 나와 버렸다.

하지만 운전하며 생각해보니 신제품 도입 초기에 김정수 과장과 유성관 팀장이 했던 말들이 생각났다. 또한 그 당시에 이제욱 자신도 심각한 무기력증을 경험했었다. 놀라운 것은 그런 무기력증으로 인해 그가 그토록 그리던 정희연조차 몇 개월 동안잊고 지냈다는 것을 알게 되었다.

결국 그런 무기력증이 그가 연모하던 상대마저 잊게 만들었다는 사실은 다시 한번 생각해도 의아한 일이었다. 반대로 강남빌딩과 본사에는 남성화된 직원들이 상당수 있는 것과 비교해보면 상반된 얘기처럼 들렸다.

그런 생각에 골몰하고 있는 사이, 김정수로부터 전화가 왔다.

"나 이제 더 이상은 못 참겠어. 그 새끼 내 손으로 어떻게 해야 겠어……"

"무슨 말이야? 누구 말하는 건데?"

갑자기 떨리는 목소리로 전화를 한 김정수의 목소리가 심상 치 않다고 느꼈다.

"나도 참을 만큼 참았어. 고민하고 또 고민하고 수백 번을 고 민했어. 그래서 어떻게 해야 할지 결심했어. 이렇게 불안이 나의 일상이 되어 내 인생이 좀 먹도록 할 수는 없어……"

"무슨 말이냐고. 지금 어디에요? 야! 김정수!"

핸드폰에서 한동안 말이 없자, 제욱은 큰소리를 지르며 김정 수를 불렀다. 통화가 끊어진 줄 알고 놀라 핸드폰을 다시 보니, 여전히 통화 중인 상태였다.

"김 과장! 다 좋은데 너무 감정적으로 하는 건 안 좋아. 나와 방법을 생각해 보자고!"

"……제욱, 그동안 고마웠어. 우리 사실 나이도 같은 친구였는 데, 서로 편하게 깊은 말도 못 한 것 같아. 고마워. 당신 덕에 이 지옥 같은 곳을 그나마 지금까지 버틸 수 있었어…"

한동안의 침묵이 흐르고 난 후 마지막 말을 남긴 김정수는 이 내 전화를 끊었다.

"여보세요! 여보세요!"

뭔가 큰일이 날 것을 예감한 이제욱은 급하게 차를 세웠다. 그리고 어떻게 해야 할지 잠시 생각했다. 그러다가 신사원연맹 집행위원들을 비롯해서 여기저기 전화를 걸기 시작했다. 하지만 하나같이 그와 통화를 하거나, 봤다는 사람은 없었다. 초조해진 제욱은 다시 여러 군데 전화를 걸기 시작했다. 김정수가 속한 팀원들, 가족들, 또 그의 지인들까지 부탁해 그의 소재를 물어봤지만, 그 누구도 그의 행방을 아는 사람이 없었다.

초조한 그는 간이방독면을 쓰고 차 밖으로 걸어 나왔다. 가슴이 마구 쿵쾅거렸다. 김정수가 어디에 있다는 것을 안다면 지금이라도 달려갈 텐데 그러지 못한 것이 참을 수 없었다. 그마저 어떻게 된다면 자신은 아마 바닥에 나뒹굴고 말 것 같았다. 또 그 생각을 해보니 자신도 김정수에게 최근 많이 의지하게 되었다는 것을 새삼 알게 되었다.

제욱은 그런 절망감과 안타까움에 괴로워, 길바닥에 그대로 털썩 주저앉고 말았다. 지금 자신이 뭘 하고 있는 건지, 어디에 있는 건지 하는 막막함이 그를 엄습해 왔다. 제욱은 이대로는 안될 것 같아 심호흡을 하며 5분 정도를 멍하니 그대로 주저앉아 있었다.

그제서야 그의 시야에 밤거리가 들어왔다. 어둑해진 밤거리에는 급하게 걷는 사람들 일부를 제외하고는 인적이 드물었다. 또한 그렇게 뛰는 사람들은 대부분 방독면 필터와 같이 최소한의 보호 장치를 갖지 못한 취약계층일 가능성이 높다. 제욱은 그들을 애처로운 눈으로 바라봤다.

한편으로는 그들에 비하면 자신은 그나마 마이푸드라는 큰 울타리 안에 속해 있어서 다행일지도 모른다는 생각을 했다. 얼마 전 지인 장례식에 갔을 때도 자신이 마이푸드에 다니고 있다는 사실, 즉 대기업을 다니고 있어 스스로의 생명은 지킬 환경이 있다는 사실에 다들 부러워하고 있는 것을 느꼈다.

그런 생각을 하는 사이 갑자기 기침이 나왔다. 아마도 오래된 간이방독면 필터가 차 안에 오래 방치되어 고장 나서 그럴 거란 생각이 들었다. 누군가가 그럴 때 담배를 한 대 피우면 괜찮아진다는 말이 생각난 제욱은 도로변에 있는 편의점을 향했다. 담배가 도움을 준다는 말은 터무니없다는 생각이었지만, 지금 여러 일로 머리가 복잡한 자신의 머릿속을 그 무엇으로든 진정할 필요가 있었다.

그렇게 담배를 사서 불을 붙여 한 모금 깊게 빨아 들이마시자, 제욱은 정말 혼탁한 마음이 진정되는 것 같았다. 어둑해진 저녁 길을 바라보자 자신이 지금 어디에 서 있는지, 어디를 향해 걷고 있는지 새삼스럽게 느껴졌다.

그런 생각을 하고 있을 때였다.

제욱의 차 근처에 낯선 차량이 앞뒤로 정차했다. 그리고 차량에서 사람이 한 명 나와 주변을 두리번거리더니 뭔가 신호를 하는 것이 보였다. 그러자 이내 차에서 두 명이 더 나와 일사불란하게 움직이는 모습이 보였다. 깜짝 놀란 제욱이 고개를 숙이고 그들이 하는 모습을 숨죽이며 지켜보았다.

　제욱이 지켜본 바로는 그들이 제욱의 차량 문을 열기 위해 안간힘을 쓰고 있었다. 이윽고 차량 문이 열리자 트렁크를 열어 무엇인가 실어 나르기 시작했다. 그게 뭘까 생각한 사이, 그들이 실어 나르는 물건이 NR19라는 것을 알게 되었다. 이 시간에 굳이 제욱을 은밀히 따라와서 자신이 근처에 있을지도 모르는 상황에서 저렇게 대범하게 일을 벌이는 그들이 수상하다는 생각이 들었다. 그런 상황에서 아까 박철민이 했던 말이 떠올랐다.

　'형님, 아니 이사님 말씀으로는 이거 외부로 절대 유출하지 말라 했어. 그러니 조심해야 돼!'

　제욱이 담당 마케터이기 때문에 샘플 몇 포대를 주긴 했지만, 박철민은 영 찜찜해했다. 그 생각이 들자 저들을 그대로 보낼 수는 없다고 생각했다. 제욱은 건물 안에서 각목을 하나 집어 들고 조심스럽게 그들이 분주하게 움직이고 있는 곳에 다가갔다. 가까이에서 보니 아까 처음 나왔던 그 사내는 차량에 다시 올라타 있었고, 나머지 두 명이서 물건을 차량에 싣고 있었다. 제욱은 그중 한 명 뒤로 몰래 다가가 방독면을 벗겼다. 그러자 그 사내는 깜짝 놀라서 콜록거리며 바닥에 뒹굴었다. 그런 사이 재빨리 나머지 한 명의 방독면도 벗기려 했다.

　하지만 나머지 한 명은 방독면이 없었다. 대신 익숙한 모습이 드러났다. 맨얼굴이 보이는 것이 아닌, 붕대를 감은 얼굴이었기 때문이다. 지난 강남빌딩 난동 사건 때 봤던 그 괴한들의 모습이었다. 그는 방독면이 없는데도 아무렇지도 않게 행동했으며, 그 순간 제욱을 향해 곧바로 덤벼들었다.

어리둥절하던 제욱은 이내 정신을 가다듬고 사내의 손을 재빨리 피했다. 그리고 손에 잡고 있던 각목으로 그의 머리통을 세게 내리쳤다. 하지만 각목만 부러지고, 그 사내는 마치 쇳덩어리처럼 꿈쩍도 하지 않은 채 제욱에게 달려들었다.

당황한 제욱이 사내를 향해 무엇이라도 집어 던지려는 찰나, 제욱의 몸이 갑자기 떠올랐다. 그 사내가 엄청난 힘으로 제욱의 몸을 들어 올린 것이다. 제욱은 그대로 던져져 약 10여 미터를 날아가고 말았다. 제욱이 일찍이 느껴보지 못한 괴력이었다. 아니, 그건 인간의 힘이라고 생각할 수 없는 힘이었다.

힘으로는 상대가 되지 않는다고 판단한 제욱이 주변에 있는 큰 돌을 던지려 주변을 돌아보는 순간 그 사내가 엄청난 속도로 쓰러져 있는 자신에게 달려오는 것이 보였다. 깜짝 놀란 제욱이 가까스로 일어나려 하는 것도 잠시, 제욱은 다시 한번 그의 육중한 팔에 잡혀 꼼짝도 할 수 없었다. 그 사내의 손은 마치 날카로운 발톱이 있는 것처럼 제욱의 목덜미를 거칠게 움켜쥐고 아까 차량이 있던 곳까지 끌고 갔다. 마치 어린아이를 끌고 가는 것처럼 제욱은 저항조차 할 수 없었다. 제욱이 그 손아귀에서 벗어나려 발버둥 칠수록, 그의 강력하고 거친 손톱에 상처만 생길 뿐이었다.

그러다 주머니에 있던 칼이 생각났다. 제욱은 무슨 일이 생길지 몰라 전승완의 사무실에 갈 때마다 늘 칼을 갖고 가는 버릇이 있었다.

제욱은 주머니에서 칼을 천천히 꺼내 그 사내의 얼굴을 향해 힘껏 휘둘렀다. 하지만 이를 눈치챈 사내는 바로 얼굴을 피했고, 그런 과정에서 그의 얼굴에 감겨있던 붕대가 칼날에 스쳐 절단되면서 그 사이로 그의 피부 일부가 드러났다.

제욱은 그 사내의 기괴한 모습에 다시 한번 놀라고 말았다.

사내의 얼굴 피부는 습기가 가득했으며, 찐득한 털이 피부 전체를 징그럽게 뒤덮고 있었다. 그 모습은 마치 더 거칠게 자라기 위해 더러운 영양분을 가득 머금고 있는 것 같았다.

자신의 모습을 들킨 것에 놀라거나 분노한 것 같은 사내는, 놀라 어리둥절한 제욱을 들어 다시 바닥에 내리꽂았다. 제욱은 외마디 비명 소리를 내며 그대로 차가운 바닥에 내동댕이쳐지고 말았다. 정신이 아찔해졌다. 하지만 그럴 사이도 없이 다시 자신을 잡기 위해 사내가 다가오자 그의 허벅지에 칼을 힘껏 꽂아버렸다. 사내가 고통스러워하는 사이 제욱은 자신의 차로 올라가 그대로 시동을 켰다.

하지만 어느새 다가온 사내가 거친 엔진소리를 내고 있는 승용차 앞을 막아서자, 제욱의 차는 요란한 타이어 마찰음만 낼 뿐 전진하지 못했다. 그 사내의 엄청난 힘 때문이었다.

제욱이 차를 급하게 후진시켰지만, 얼마 가지 못해 뒤에 있는 자동차에 큰소리를 내며 부딪히고 말았다. 그 충격으로 트렁크가 열리며 범퍼가 부서지자 더 이상 뒤로 움직이지 못했다. 다시 앞을 보니 자신을 막아서던 붕대 괴한과의 사이가 벌어진 것을 눈치챈 제욱은 가속 패달을 힘껏 밟았다. 차량은 요란한 소리를 내며 그 괴한을 그대로 덮쳐버렸다. 갑작스러운 공격에 붕대 괴한은 그대로 뒤로 넘어 자빠졌고, 제욱은 그걸 놓치지 않았다. 사내를 밟고 그대로 지나가려 했다.

하지만 그것도 잠시였고, 소리만 커질 뿐 차량은 더 이상 전진하지 못했다. 당황한 제욱이 후진하려 했으나 그것도 역시 여의치 않았다.

그런 사이 갑자기 운전석 문이 활짝 열렸다.

괴한들과 같이 온 두목으로 보이는 사내였다. 그 사내는 그대로 운전석에 있던 제욱을 밖으로 끌어냈다. 그도 역시 마스크나 방독면을 쓰고 있지는 않았다.

사내는 여유 있는 표정으로 바닥에 쓰러진 제욱에게 진정하라는 제스처를 했다. 그러면서 제욱에게 서서히 다가오기 시작했다. 무방비 상태의 제욱이 주변을 살피자 조금 전 붕대 괴한에게 휘둘렀던 각목이 떨어져 있는 것이 보였다. 이를 잡으려 하자 그 사내도 달려와 제욱을 막아섰다. 그런 한참의 공방 끝에 사내는 제욱에게 각목을 빼앗고 말았다. 사내가 곧바로 제욱의 얼굴에 주먹을 날리자, 제욱은 피할 틈도 없이 얼굴에 정통으로 맞아 뒤로 벌러덩 쓰러져 버렸다.

제욱이 쓰러진 곳은 다름 아닌 NR19가 실려 있던 자동차 트렁크 안이었다. 트렁크 안에 떨어지면서 뒤통수에 큰 충격을 받았지만, 그 사내가 다시 그를 잡으려고 달려오는 것을 눈치챘다. 놀란 제욱은 트렁크 안에 있는 무엇이라도 잡으려다가 NR19의 포대를 그에게 힘껏 집어던졌다.

제욱이 던진 포대가 그 사내에게 정통으로 맞자, 포대가 터지면서 분말이 그대로 사내에게 쏟아졌다.

그때 놀라운 광경이 벌어졌다.

사내가 큰 비명을 지르면서 그대로 바닥에 쓰러지는 것이다. 그것뿐만이 아니라 온 몸을 비틀면서 계속 고통스러운 비명 소리를 내기 시작했다. 수세에 몰리던 제욱은 그 광경이 신기해 잠시 지켜봤다.

그때 제욱의 차량이 크게 움직였다. 아까 제욱의 차량에 깔려 있던 사내가 일어나려 한 것이다. 차량은 다시 한번 크게 흔들렸다. 놀란 제욱은 트렁크 안에 있는 포대 하나를 재빨리 꺼내 그 사내에게 집어던졌다. 그러자 그 괴한도 마찬가지로 거품을 물며, 비명을 지르고 괴로워하는 것이었다.

갑작스러운 공격에 당황하던 제욱은 빨리 이 자리를 벗어나야겠다는 생각뿐이었다. 자신의 차에 올라탄 제욱은 거친 엔진 소리를 내며 어둠 속으로 재빨리 사라져갔다.

제욱은 신사원연맹 박원봉 위원장에게 이 사실을 전했다. 그들도 처음에는 믿을 수 없다는 눈치였다.

"만약 그 말이 사실이라면 낭떠러지 끝에 매달린 우리에게 한 줄기 빛과 같은 소식이죠."

제욱을 의심하는 사람도 일부 있었지만, 박원봉 위원장은 전승완의 창고에 가서 NR19를 우선 확보하자는데 제욱과 의견을 같이했다.

늦은 시간이었지만 지체할 시간이 없었다. 그들은 4대의 차량에 나눠타고 현장으로 달렸다. 혹시 모를 상황에 대비해 제욱은 멀리서 내려 공장 근처를 망원경으로 살펴보았다. 하지만 특별한 상황은 보이지 않았다. 그들은 다시 차량을 출발해 공장으로 향했다.

만약에 대비해 차량은 공장 밖 담 밑에 준비시키고, 제욱과 신사원연맹 조합원 6명은 공장 안으로 들어가기로 했다. 박원봉 위원장을 비롯한 나머지 인원은 담 밑에서 물건을 받아 차량에 실기로 했다. 공장에 보안장치가 별도로 설치가 되어있는지 조심스럽게 확인한 제욱은 일행들과 담을 넘어 공장 안으로 들어갔다. 좌우 두 개조로 흩어져서 창고까지 이동했다. 하지만 조심한 것과 달리 다른 특이사항은 발견되지 않았다.

창고 안에 있는 카트를 통해 NR19를 가득 싣고 나오면, 밖에 기다리고 있던 인원 3명이 어깨에 짊어지고 나르는 방식이었다. 그렇게 첫 번째 카트를 무사히 밖에 있는 차량에 싣고 두 번째 카트 물량이 밖으로 나올 때였다.

공장 건물 앞의 불이 갑자기 환하게 켜지더니, 밖에서 트럭 2대가 연이어 순식간에 들이닥쳤다. 그리고 트럭 2대에서 약 스무 명 가까이 되는 인원들이 그들을 에워싸기 시작했다. 그들은 하나같이 무기를 들고 있었다. 무방비 상태의 신사원연맹은 저항할 틈도 없이 단숨에 그들의 포로 신세가 되고 말았다.

아무 소리도 없이 손짓만으로 그들은 우두머리로 보이는 사내 지시에 맞춰서 일사불란하게 움직였다. 아마도 정교하게 훈련받은 인원들로 보였다. 이 모든 상황에 어리둥절하던 신사원연맹 조합원들에게 그들의 지시에 따르지 않으면 어김없이 발길질과 개머리판이 날아왔다. 그리고 그런 그들의 폭력에 물리적으로 저항하던 회원 한 명에게 갑자기 총알이 날아와 그의 이마에 박히고 말았다.

그 광경에 주변은 순식간에 적막이 흘렀다.

모두 입도 뻥긋하지 못한 채 주변은 살벌한 공포감으로 얼어붙었다. 그렇게 한순간 분위기를 제압한 그들은 제욱 일행을 앞으로 엎드리게 한 후 손을 뒤로한 채 묶기 시작했다.

한편 밖에 있던 박원봉 위원장 일행도 이 상황을 어쩌지 못하고, 숨죽이며 지켜보고 있을 때였다. 그들 옆으로 역시 무장한 인원이 조용히 다가와 머리에 소총을 들이댔다. 이내 그들도 제압당하기 시작했다.

모두가 끝났다고 포기할 때였다.

갑자기 꽝음 소리를 내며 자동차 한 대가 공장 안으로 들이닥쳤다. 워낙 빠른 속도로 들어온 탓에, 급정거했음에도 건물 벽을 박고 튕겨 나서야 겨우 차가 멈췄다. 그 충격으로 차량 보닛에서는 연기가 나기 시작했다. 잠시 후 차량 문이 열리더니 낯익은 얼굴 하나가 등장했다.

김정수 과장이었다. 김정수 과장은 이런 상황을 예상이라도 한 것처럼 당황하는 기색 없이 주변을 둘러봤다. 그리고 차량 뒷문을 천천히 열었다.

그러자 모두 깜짝 놀라고 말았다.

뒤에서 내린 사람은 다름 아닌 윤덕술 사장이기 때문이었다. 윤덕술 사장을 보자 무장한 괴한들도 당황하는 기색이 역력했다. 그 순간 앞에서 무장 인력을 지휘하던 우두머리가 병력을 움직이려는 모습이 보였다. 윤덕술을 구하려는 움직임 같았다.

하지만 김정수는 그런 분위기를 예상한 듯 크게 개의치 않고 윤덕술 머리끄덩이를 움켜잡고 앞으로 확 밀어버렸다. 입에 재갈이 물린 채 손마저 뒤로 묶여있던 윤덕술은 저항조차 하지 못하고 그대로 앞으로 자빠졌다. 모두들 그 광경에 놀랄 뿐이었다. 김정수를 저지하려고 달려오던 무장 괴한도 우두머리의 제지에 어쩌지 못하고 주춤했다.

놀랍게도 윤덕술의 등에는 칼이 하나 꽂혀 있었고, 그들의 갑작스러운 도발에 경고라도 하듯 김정수는 그의 등에 꽂힌 칼자루를 발로 밟고 있었다. 그리고 이내 윤덕술을 일으켜 세워 무릎을 꿇게 만들었다. 무장 괴한의 조준사격을 의식한 듯 김정수는 윤덕술의 뒤에 몸을 숨기고 크게 소리를 질렀다.

"모두 무기 버린다! 실시!"

하지만 김정수의 외침에도 아무런 움직임이 없자, 그는 예상했다는 듯이 주머니에서 칼을 하나 더 꺼내 윤덕술의 등에 다시 내리꽂았다. 윤덕술의 막힌 입에서는 비명소리가 새어 나오며, 몸을 비틀며 괴로워했다.

그 모습을 지켜본 무장 괴한들은 긴장한 채 그대로 서 있을 뿐이었다. 그런 그들을 의식한 듯, 김정수는 재킷 주머니에서 권총을 갑자기 꺼내 들었다. 갑작스러운 권총의 등장으로 현장은 다시 팽팽한 긴장감이 흘렀다. 하지만 김정수는 일말의 흐트러짐도 없이 권총을 조준해 무장 괴한 하나를 그대로 쓰러뜨렸다. 갑작스러운 상황에 병력들이 동요하고 있었지만, 김정수는 개의치 않고 다시 총을 조준해 다른 한 명의 다리에 쏴서 쓰러뜨렸다.

그리고 윤덕술의 입에 있던 재갈을 벗기고, 그의 귀에 뭐라고 속삭였다. 그러자 겁에 질린 윤덕술이 울부짖듯 소리 질렀다.

"다들 총 버려! 다 내려놓으라고!"

하지만 무장 괴한들은 여전히 어쩌지 못하고 우왕좌왕할 뿐이었다. 그런 분위기를 파악한 김정수는 그의 귓가에 다시 무엇인가 말하며, 그의 머리를 권총으로 더 세게 내리쳤다. 마치 어린아이에게 꿀밤을 때리며 혼내는 모습을 연상케 했다. 아마도 그건 윤덕술을 뼛속까지 무시해서 그런 것일 수도 있다.

그 모습을 본 제욱은 김정수가 몇 시간 전 자신에게 전화했던 일이 떠올랐다. 결국 윤덕술을 찾아갔다가 이런 상황을 알게 돼서, 그를 끌고 온 것이라 짐작했다.

"전승완! 뭐 하는 거야! 지금 당장 무기 내려놓으라는 말 안 들려?"

전승완이라는 말에 제욱도 깜짝 놀란다. 이런 무장 병력의 우두머리가 전승완 이사라는 걸 알게 되었기 때문이다. 윤덕술의 고함 소리에 전승완은 조용히 지시를 내렸다. 그의 부하들도 천천히 무기를 내려놓았다. 그런 뜻밖의 분위기에 제욱과 신사원 연맹 인원들도 점차 묶였던 것을 풀고 자리에서 일어나기 시작했다.

제욱은 동료들과 함께 이들의 무기를 수거하고, 손을 머리 위에 올리도록 한 채 일렬로 무릎 꿇게 만들었다. 그리고 헬멧과

상의도 모두 벗게 만들었다. 이를 지켜본 사람들은 모두 의아해했지만 제욱의 고함 소리와 강압적인 분위기에 어쩌지 못한 채 조용히 따라 할 뿐이었다. 제욱은 다시 크게 소리쳤다.

"모두 그 상태로 뒤로 돈다, 실시!"

무슨 소리인지 못 알아들은 듯 괴한들이 우물쭈물하자, 제욱은 그들의 뒤에 가서 한 사내의 등을 발로 세게 차서 앞으로 그대로 고꾸라지게 만들었다. 그러자 바닥에 고꾸라진 그 사내의 하얀색 등 위로 기괴한 핏자국과 눈 모양의 생체기관이 그대로 드러났다.

머리에 손을 얹은 채 이 상황을 지켜보던 전승완 이사도 깜짝 놀라는 눈치였다. 아마 이들이 그런 신체적인 비밀이 있다는 것을 몰랐던 것 같았다.

"모두 대갈통 박살 나기 전에 앞으로 엎드려!"

제욱은 성난 야수처럼 이들을 거칠게 몰아세웠다. 행동이 굼뜨면 어김없이 제욱의 발길질이 날아와, 그들도 어쩌지 못하고 제욱의 말만 따를 뿐이었다.

그런 상황에서 제욱이 NR19 한 포대를 들어 올렸다. 그리고 포대에 구멍을 내어 맨 왼쪽에 엎드린 사내의 그 생체 기관에 뿌렸다. NR19 분말이 그 불상의 생체 기관에 닿자마자 사내는 엄청난 비명 소리와 함께 몸을 격렬하게 비틀기 시작했다.

"그 출처가 뻔한 리피트라는 물질을 임직원들에게 몰래 투여해 한 명씩 자신의 개로 만들어버렸지만, NR19라는 복병이 있다는 것은 나중에 알게 된 거죠."

"그럼 윤덕술이 그 리피트라는 물질을 통해 임직원을 통제하려 했다는 소문이 사실이군."

이제욱의 말을 조용히 듣던 박원봉 위원장이 말했다. 이제욱이 뿌린 분말이 닿은 그 불상의 생체기관은 마치 뜨거운 것에 녹아내리듯 거품과 연기를 내며 끓어올랐다. 그러자 제욱의 동료 한 명이 그 사내의 등을 잡아 움직이지 못하게 했다. 그리고 얼마가 지나자 거대한 눈동자처럼 보였던 그 기관은 불에 지져진 것처럼 끔찍한 흉터만 남았다.

그렇게 그 곁에 있는 사내에게도 NR19를 부으려는 찰나였다.

곁에 엎드려 있던 나머지 불상의 사내들이 약속이라도 한 듯이 모두 일어나 제욱을 향해 달려들었다. 깜짝 놀란 제욱이 뒷걸음질했지만 그들은 이미 제욱을 에워싼 후였다. 그러자 한발 물러서 있던 박원봉 위원장과 신사원연맹 회원들도 속속 제욱의 곁으로 모이기 시작했다.

다시 팽팽한 긴장감이 감돌았다. 이들이 엄청난 괴력을 갖고 있다는 사실을 모두 알고 있기 때문이다. 상황이 심각한 것을 눈치챈 김정수가 그들에게 합류한 사이, 윤덕술이 전승완에게 소리쳤다.

"전승완! 뭐 하는 거야! 당장 저 새끼들 다 잡아 조지라고!"

상황을 지켜보던 전승완은 윤덕술이 소리 지르자, 그제서야 그를 천천히 쳐다보며 말했다.

"사장님 이게 다 무슨 상황입니까?"

"자네, 눈으로 직접 보고도 모르는 거야? 저 새끼들 다 총으로 쏴서 죽이든, 잡아 족치든 어떻게 하란 말이야!"

"우리 같은 편 아니었어요? 제 눈으로 아무리 봐도 전 이게 다 무슨 상황인지 이해가 가질 않네요!"

"알았으니까 우선 이것 좀 풀어줘. 다 설명해 줄 테니까!"

신사원연맹과 전승완이 데리고 온 불상의 사내들이 몸싸움을 벌이고 있는 사이, 전승완은 윤덕술과 아무도 모르게 이런 긴박한 대화를 나누고 있었다.

"사장님도 저들과 같은 거예요?"

"아, 시발! 쫌! 이것 좀 풀어주고 얘기하라고!"

윤덕술이 그렇게 전승완에게 소리 질러도, 전승완은 꿈쩍도 하지 않고 노려볼 뿐이었다.

"결국 그래서 NR19도 사용 못하게 한 거네요?"

"뒷골목에서 굴러다니던 사기꾼, 건달, 성희롱이나 하는 새끼를 대기업 임원으로 앉혀 줬더니, 지금 뭔 소리를 지껄이고 있는 거야! 이거나 풀라고 시발 놈아! 안 들려?"

윤덕술은 그 상황에서도 자신이 여전히 회사 사장이라는 것을 전승완에게 인지시키려는 듯 큰 소리로 몰아세웠다. 하지만 전승완은 꿈쩍도 하지 않고 바닥에 뒹굴고 있는 NR19 한 포대를 갖고 윤덕술 앞에 내려놓았다. 그리고 윤덕술의 상의를 모조리 벗기기 시작했다.

그의 상의를 벗기던 전승완의 표정은 점점 놀란 표정으로 바뀌었다. 그러더니 윤덕술의 얼굴을 다시 바라보기 시작했다.

"당, 당신⋯⋯"

그러자 윤덕술은 전승완이 무슨 생각을 하고 있는지 다 알고 있다는 표정을 짓고는 말했다.

"왜? 등 뒤에 띠를 두른 토성이라도 뱅글뱅글 돌고 있을 줄 알았어? 넌 정말 단순해! 그게 너란 종자의 장점이자 단점이기도 하니까 말이야!"

그때 건물 앞에서 벌어지고 있던 살벌한 난투극은 어느덧 일방적인 모습으로 바뀌기 시작했다. 신사원연맹 인원들이 하나둘씩 바닥에 쓰러지고 있었기 때문이다. 여기저기서 비명 소리가 들리기 시작했다. 애당초 괴력을 가진 그들과는 싸움이 되지 않았다. 그런 상황을 바라보자 전승완의 표정도 흔들리기 시작했다.

"왜? 깡패 새끼가 이제 와서 뭐 영웅이라도 되어보려고? 웃기고 자빠질 일이네. 동네 날건달 새끼를 회사에 데리고 와서 머리 쓰다듬어 주고, 대우 좀 해줬더니 네가 뭐 독립군이라도 된 줄 알아? 정신 차려! 네가 어떤 놈인지 잘 생각하라고! 넌 뼛속까지 그렇게 살아온 놈이야. 네 주제를 알라고 병신아!"

그런 전승완의 표정은 뭔가 복잡한 삼정으로 민감이 교차하고 있는 것 같았다.

"내가 너 우리 회사 들여올 때 그렇게 말했던 것 생각 안 나? 생각하지 말고 내가 지시하는 것만 따르라고! 그러면 너 과거처럼 살지 않아도 된다고! 내가 너 사람 만들어 주려고 그 병신 같은 조 회장 찾아가서 얼마나 머리를 조아리고 네 칭찬했는지 알기나 해? 그래서 네가 이제야 인간답게 살기 시작한 것 아니냐고! 평생 술장사나 하고 깡패짓이나 하다가 뒈질 놈이 이런 상황 오니까 고민되는 거야?"

"아뇨! 전 그런 짓 다 그만두려고 마이푸드 들어온 거예요. 제가 대기업 임원 욕심 때문에 들어왔다고 생각하세요? 이영우 상무는 왜 죽였어요?"

전승완의 그 질문에 윤덕술은 어이가 없다는 듯이 말한다.

"왜, 돈만 알던 너도 이영우처럼 마지막에 멋있는 척 깝죽거리기라도 하려고? 내가 그래서 돈만 알고 이기적인 새끼들은 못 믿겠어. 결정적인 순간에는 그 본성을 못버리고 배신만 때리는 놈들이니까 말이야!"

윤덕술의 말을 들은 전승완은 그를 잡고 있던 손을 거칠게 내려놓았다. 그러자 윤덕술도 당황한 듯 그를 바라만 봤다. 그런 윤덕술을 한참 바라보던 전승완은 총을 들고 난투극 소용돌이 속으로 달려가기 시작했다.

"이거 풀라고 이 개새끼야!"

열세에 밀려있던 상황에서 전승완이 합류하자, 다시 신사원연맹은 활기를 찾았다. 그런 전승완을 제욱도 눈빛으로 환영해 주었다. 제욱은 동료들에게 NR19를 확보해 사내들에게 뿌리라고 말했다. 제욱의 말뜻을 이해한 듯 그들은 포대를 하나씩 집어 들어 내용물을 괴한들에게 뿌리기 시작했다. 그러자 미처 피하지 못하고 분말을 맞은 괴한들은 비명 소리를 내며 쓰러지기 시작했다. 그리고 하나같이 땅바닥에서 고통스러운 듯 몸을 비틀어 대기 시작했다.

그렇게 상황이 마무리되어 갈 것처럼 보였던 그때였다.

다시 차량 몇 대가 공장 안으로 들이닥쳤다. 놀란 전승완이 소리 지르며 바닥에 떨어진 총을 집어 들고, 공장 건물 안으로 모두 들어가라고 외쳤다. 모두 전승완의 지시대로 공장 안으로 황급히 몸을 숨겼다.

공장 건물 안에서 창밖을 지켜본 바로는 인원이 50명 이상은 되어 보였다. 그들은 마치 군대처럼 일사불란하게 움직이면서, 건물을 차근차근 에워싸고 있었다.

쓰러져 있던 윤덕술도 자리에서 몸을 털며 일어났다. 그리고 태연하게 지시를 내리기 시작했다. 그의 말이 끝나기 무섭게 몇 명이 기름통 같은 것을 갖고 와서 건물 주변에 뿌려대기 시작했다.

"큰일이에요. 여기를 다 불태우려나 봐요!"

제욱이 소리 지르자 전승완도 밖을 내다보기만 할 뿐이다.

"너무 걱정하지 마세요. 우리 다 군대 갔다 왔잖아요. 군대에서 배우신 대로 하면 모두 살 수 있습니다."

전승완은 겁에 질린 이들을 달랬다. 지금 남아있는 인원은 14명이었다.

"4명씩 3개 조를 짜서 모여봐요. 각각 좌측, 정면, 우측을 담당하는 겁니다. 남는 분은 좌, 우측에 각각 붙으시고요."

그들이 갖고 있는 총은 10정이었다. 아까 괴한들의 총을 빼앗아 모두 모았으나, 탄약을 미처 확보하지 못한 게 문제였다.

"이걸로는 얼마 못 버틸 거야."

김정수가 걱정이 돼서 제욱에게 말했다. 그가 갖고 있던 권총도 이제 3발밖에 남지 않은 상태였다. 제욱도 상황의 심각성을 인지했다. 이제 정말 윤덕술을 죽일 기회가 얼마 남지 않았다고 생각이 들었기 때문이다.

그러자 갑자기 이제욱이 소총을 하나 집어 들더니 밖을 향해 조준사격 준비를 했다. 그리고 이내 두 발의 총성이 연거푸 들려왔다.

총소리가 끝나자 이제욱은 상기된 표정으로 김정수에게 말했다.

"윤덕술이야. 저 새끼 이마에 관통했어!"

그러자 김정수가 황급히 밖을 내다보더니 그가 죽은 것 같다고 말했다. 그리고 거의 동시에 쉴 새 없는 총알이 쏟아져 들어왔다.

"모두 엎드려!"

숨 쉴 틈 없는 총소리는 거의 2분여 동안 쉬지 않고 계속되었다. 그 살벌한 총소리에 누구 하나 숨소리조차 낼 수 없었다. 하지만 박원봉 위원장은 그런 공포스러운 침묵을 의식한 듯 말했다.

"우리는 지금까지 자유를 위해, 인간답게 살기 위해, 승리하기 위해 그동안 끝없이 투쟁했습니다. 하지만 주변은 어두웠고, 우리의 힘은 약했으며, 우리가 가진 것이 없다는 것을 깨달아야 했습니다. 하지만 그럴수록 우리를 둘러싼 수많은 성원을 확인했고, 그 염원이 너무나 강력했으며, 그 무엇도 우리의 투지를 꺾을 수 없다는 것도 알게 되었습니다. 우리가 자유라는 목표를 향해 달려갔던 그 모든 순간은 무엇과도 바꿀 수 없는 값지고 소중한 것이었다고 생각됩니다. 그 가슴 벅찬 과정을 여기 계신 수많은 동지들과 함께 해서 너무나 큰 영광이라고 생각이 됩니다. 다시 한번 같이 한 동지 여러분께 감사의 말씀을 드리고, 직접 우리와 함께하지 못한 우리 임직원들의 피 끓는 성원을 바탕으로 마지막까지 부끄럽지 않게 끝까지 싸워봅시다!"

박원봉의 말에 저마다 결연한 표정을 지으며 박수를 보냈다. 결국 끝이 이런 거라는 생각이 제욱의 머릿속에도 스쳐 지나갔다. 그때 공장 안에서 상황을 숨죽이며 지켜봤던 박철민도 상기된 얼굴로 나와 그들과 재회했다.

그렇게 3개 조로 나뉜 그들은 결연한 표정으로 밖을 응시했다.

그때였다. 단발의 총알이 날아와 제욱의 옆에 있던 직원 머리에 꽂혀서 그대로 쓰러졌다. 그리고 연이어 서너 발의 총알이 한꺼번에 날아와 신사원연맹 회원들을 또다시 관통했다.

마치 누군가가 공장 안의 상황을 정확하게 알고 총을 쏜 것처럼, 그 총알들은 정확히 직원들의 몸을 관통했다.

갑작스러운 공격으로 바닥에 그대로 쓰러진 동료를 보자 모두 놀라며 긴장감을 감추지 못했다. 그들과 얼마 전까지 같이 했던 동료들의 두개골이 처참하게 깨져 참혹한 모습으로 바닥에 나뒹굴고 있었기 때문이다. 그 모습을 보자 모두 허망한 표정을 지으며 깊게 드리워지고 있는 어두운 그림자를 직감했다.

그때 그 심연 같은 절망감을 깨부수기라도 하는 것처럼, 전승완의 옆자리에서 죽은 회원을 지켜보던 한 명이 일어나 소리쳤다.

"이 개새끼들아!"

그는 그대로 총을 들고 건물 밖으로 뛰쳐나갔다. 깜짝 놀란 제욱이 그를 말리려 소리쳤지만 이미 소용없었다.

눈빛에 핏기가 돌아 이성을 잃은 그는 밖으로 자동소총을 난사하며 뛰쳐나갔다. 하지만 그것도 잠시였다.

이내 그를 향해 날아온 수십 발의 총알로 그는 피투성이가 된 채 바닥에 쓰러져 버렸다. 건물 안은 끈적이는 습기와 뒤섞인 공포로 인해 그들의 숨을 멎게 하기 직전이었다. 제욱도 그 직원의 허망한 죽음으로 큰 충격과 함께 피 끓는 분노를 느꼈다.

"저 시발 새끼들, 내가 다 죽여버린다!"

이제욱 마저 이성을 잃고 뛰쳐나가려 하자, 전승완이 가까스로 그의 목덜미를 잡아챘다.

"죽고 싶어서 그래? 그렇게 나가서 어쩌겠다고?"

"놔, 시발! 그럼 이렇게 다 죽고 말 거야?"

"야, 이 미친 놈아! 제발 정신 차려! 그렇게 혼자 용감한 척하지 마! 지금은 한 명이라도 살아나가야 한다고!"

그런 사이 다시 자동화 기기의 요란한 총알들이 얇은 철제문을 뚫고 우수수 쏟아지기 시작했다.

"모두 엎드려!"

전승완이 그렇게 소리쳤지만 이미 몇 명이 총알에 맞아 쓰러지고 말았다. 그렇게 2~3분 계속되는 자동화 기기의 끔찍하고 요란한 총소리가 끝나고 나자 잠시 적막이 흘렀다.

"위원장님! 위원장님!"

김정수가 총을 맞고 쓰러진 박원봉 위원장을 계속 불렀지만 이미 그는 피를 흘리며 쓰러져가고 있었다. 이제욱을 비롯한 다른 위원들도 애통한 눈으로 그의 주변으로 몰려들었다.

하지만 그때 밖에서 긴박한 발자국 소리가 요란하게 들리더니, 이내 뜨거운 열기와 연기가 느껴지기 시작했다. 건물이 불타오르고 있는 것이었다.

전승완은 그런 밖의 상황을 물끄러미 바라보다, 무엇인가 생각이 난 듯 박철민을 불렀다.

"철민, 네가 이분들 정주시에 있는 창고로 전부 모셔가. 여긴 내가 다 정리할게."

"네? 형님은 어쩌시려구요?"

"어쩌긴 인마! 난 여기 남아서 일을 좀 해야지. 저기 내 비싼 돈 들여서 수입한 감미료도 시발 뺏길 순 없잖아."

전승완은 그렇게 태연하게 말했지만, 박철민은 그의 말뜻을 대번에 알아챘다. 제욱도 그를 말리며 말했다.

"지금 혼자서 어쩌려고요? 한 명이라도 살아나가야 한다면서요? 이제 더 이상 물러설 곳도 없어요. 거기 가서 또 쥐새끼처럼 비굴하게 숨어지내라고요? 난 더 이상 이런 지옥에서 못 살겠어요! 지긋지긋해요! 당신이나 가요. 전 지옥 같은 마이푸드에서 사느니, 차라리 여기서 싸우다 죽을 거니까!"

이제욱은 아랑곳하지 않고 총을 잡고 밖을 겨누려고 하자, 전승완이 다시 이제욱의 목덜미를 움켜잡으며 소리쳤다.

"아, 시발 좀! 여긴 내가 지킨다고! 여긴 내 공장이라고! 이 과장 당신 아까 내 피 같은 돈으로 산 포대 맘대로 뜯어서 뿌리고 지랄 염병 떠는 거 다 봤어! 예전부터 남의 거라면 아까운 줄 모르고 맘대로 쓰는 당신을 어떻게 믿고 맡겨! 혼자서 뭐라도 된 척 까불지 말고 박철민 저 친구 믿고 따라가!"

하지만 전승완의 그 말에도 이제욱은 아까 죽은 직원들처럼 총을 들고 밖의 적들을 향해 뛰쳐나가려 했다. 그러자 전승완은 그런 이제욱의 머리를 개머리판으로 내리쳤다. 이제욱은 그대로 기절하고 말았다.

"박철민! 뭐 하고 있어 인마! 나 안 죽을 거니까, 다 데리고 나가라고! 여기서 20분 정도 시간을 벌 거야. 그사이에 다 빠져나갈 수 있어. 한꺼번에 나가면 눈치채니까 그런 거야!"

김정수는 전승완의 마음을 알아차리고, 모른 척 태연하게 그에게 말했다.

"결국 이사님, 아니 사장님은 이제욱 말대로 나쁜 사람은 아니었네요……"

그런 김정수의 마음을 아는지 전승완이 대답했다.

"후후, 나쁜 사람요? 그건 모르겠는데 저도 한가지 알게 된 건 있어요. 나도 그전까지는 회사라는 게 어떻게 돌아가는지 잘 몰랐죠. 대기업이면 뭐든 투명하고 합리적일 거라 막연하게 생각했던 거지. 근데 시발 웃긴 게 뭔지 알아? 대기업에서 일해보니까 이건 나 같은 깡패 세계보다 더 심한 거야! 회장이라는 인간은 뭐든 감정적으로만 판단하고, 그 곁에는 그 권력을 이용해 지 뱃속만 챙기려는 새끼들이 득실거리고 말이야! 그래, 차라리 우리 깡패 세계에는 의리라는 게 있는데, 여긴 시발 그런 것도 없어. 순전히 양아치만 넘쳐나고! 누가 더 잔인하고 나쁜 놈들인지 모를 정도네요!"

그렇게 말하며 전승완은 허탈한 웃음을 짓고, 잠시 생각에 잠겼다. 그러다 다시 소리 질렀다.

"어서 가요!"

할 말이 많아 보였지만, 그는 이런 상황에서 쓸데없는 감정 낭비하고 싶지 않은 것 같았다. 상황이 위급한 것을 알고, 서둘러 이들을 보내려 했다.

"기다리고 있을 테니 빨리 돌아오세요."

"걱정하지 말아요. 이 과장이 말 안 하던가요? 난 내꺼 지키기 위해 무슨 짓이든 하는 놈이라는 거요! 내가 이 공장을 지어서 속속들이 잘 알고 있으니, 무슨 일 없을 거예요! 빨리 움직여요!"

그렇게 말하며 전승완은 고개를 휙 돌리고 밖을 내다볼 뿐이다. 그런 그의 뒷모습을 보자, 그의 의지를 알게 된 나머지 일행들도 어쩌지 못했다. 하나둘씩 박철민의 안내를 받으며 기절한 이제욱을 부축해서 자리를 떠나기 시작했다. 뒤를 돌아보지 않은 전승완은 그들의 멀어져가는 발자국 소리를 아련하게 들으며 묵묵히 자리를 지키고 있을 뿐이었다.

17. 악마 또는 무지와의 인터뷰

박철민이 그들을 안내한 곳은 다름 아닌 정화 시설이었다. 공장이 오랫동안 가동을 하지 않아 정화 시설은 메말라 있었고, 그곳은 좁게나마 하수구로 연결이 되어 있었다. 박철민은 마지막으로 김정수를 하수구 구멍으로 들여보내고 자신도 이내 따라 들어갔다. 그러는 중에 요란한 사격 소리가 들려왔다.

그 소리를 듣자 박철민의 얼굴도 잿빛으로 변했다.

"빨리 서둘러야겠어요."

박철민은 재촉하며 앞장서서 이들과 냄새나는 하수구를 약 100여 미터 걸어 나갔다. 그러자 위에 맨홀 뚜껑이 나타났고, 밖으로 나가자 트럭 한 대와 승용차 한 대가 보였다.

"길은 알죠?"

갑작스러운 박철민의 말에 김정수가 놀라며 물었다.

"같이 안 가시게요?"

"저렇게 형님 혼자 싸우고 계시는데, 이렇게 그냥 갈 수는 없잖아요."

"아니, 그래도……"

박철민은 그렇게 말하며 뒤도 돌아보지 않고 다시 왔던 길로 돌아갔다. 제욱도 그때 정신을 차리고 일어났다. 일어나서 상황을 깨달은 그는 주머니에서 아까 담아두었던 NR19 가루가 손에 만져지는 것을 느꼈다. 무엇인가가 생각난 제욱은 김정수에게 트럭 운전을 맡기고, 자신은 옆에 있는 승용차에 올라타고 긴 한숨을 쉬었다.

트럭이 출발하며 김정수가 손짓으로 빨리 오라는 신호를 보냈다. 제욱의 행동이 수상하다고 생각했기 때문이다. 제욱도 승용차 문을 열어 그에게 알았다는 손짓을 보냈다. 그렇게 한참을 따라가던 제욱은 갑자기 차를 세워 돌리기 시작했다. 제욱의 행동을 계속 백미러로 주시했던 김정수는 놀라 차를 멈춰 세웠다. 그리고 목을 밖으로 빼고 소리 질렀다.

"뭐 하는 거야?"

하지만 그는 아랑곳하지 않고 어둠 속으로 차를 돌진하며 사라졌다. 김정수는 황당한 표정을 하며 그가 떠난 어두운 도로를 한동안 멍하니 바라봤다. 그 사이 제욱이 보낸 문자가 하나 도착했다.

"미안. 먼저 가. 난 할 일이 남아서…"

목적지 주소와 함께 제욱이 남긴 말이었다. 김정수는 그 메시지를 받자마자 전화를 했지만 받지 않았다.

"우리만 이렇게 가는 건 아닌 거 같아요. 우리도 돌아가서 싸워야 하지 않겠어요?"

"그래요. 우리도 뭔가 해야지, 이렇게 우리만 도망가면 어떡합니까?"

이제욱과 박철민의 행동에 차에 타고 있는 신사원연맹 인원들이 저마다 한마디씩 했지만, 김정수는 그들을 말렸다.

"지금 이대로 돌아가면 모두 무사하지 못할 거에요. 우리마저 무사하지 못하다면 저항세력도 이제 끝이라고 봐야 되고요."

"아무리 그래도 이렇게 우리만 떠날 수는 없는 거 아닙니까? 이제욱 과장도 저렇게 혼자 갔는데?"

그 말을 듣자 김정수는 목이 메어와서 감정이 격해진 듯 큰 목소리로 소리 질렀다.

"우리라도 살아남아서, 시간을 벌고, 때를 노려야 되지 않겠냐고요! 누군 시발 이게 좋아서 이러는 줄 알아? 그렇게 영웅 노릇하고 싶어?"

김정수는 격하고 복잡해진 감정을 뒤로 하고, 차를 거칠게 몰면서 목적지로 향했다.

제욱은 밤 12시가 넘은 시간에 홀로 본사 건물로 향했다.

본사는 예상대로 경비가 삼엄했다. 무장 괴한이 건물 입구에 추가로 배치되어 있었고, 건물은 봉쇄되어 있었다. 이대로 들어가는 것이 불가능하다고 생각한 제욱은 자동차 안에서 어찌할 바를 모르고 기다리다 보니 벌써 새벽 1시가 되어 가고 있었다.

시간이 흘러 초조해진 제욱의 눈앞에 '미친개' 한 마리가 나타났다. 그 미친개는 술에 취한 듯 비틀거리며 본사 건물을 향하고 있었다.

'저 새끼가 이 시간에 술 처먹고 왜 또 사무실에 들어가는 거지?'

그런 생각에 빠져 있을 때 주머니에 남아있던 NR19 가루가 떠올랐다. 제욱은 차를 조심스럽게 몰고 가 그의 곁에 멈춰섰다. 제욱이 멈춰서자 미친개도 흐리멍덩한 눈으로 제욱을 보려 눈을 비볐다.

"이 시간에도 사무실에 가서 일하시게요?"

"너, 이 새끼…너 어디 가는 거야?"

"욕하지 마세요. 같은 직원끼리 좀 존중하고 삽시다."

"뭐, 뭐야, 이 새끼야? 이 시간까지 뭐 하다가 사무실 근처에서 기웃거리는 거야?"

그 소리에 제욱은 차에서 내려 미친개 앞으로 다가갔다. 미친개는 제욱이 뭐 하다가 나타난 건지 알기라도 하듯, 거친 발톱이 나온 발을 뒤로 뺐다.

"제가 윤덕술 사장님과 좀 언쟁이 있었는데요. 이제 돌아보니 다 제가 잘못한 거 같아서요. 그래서 저도 이제 앞으로는 회사를 위해 잘 해보려고요."

"너 같은 새끼를 누가 믿는다고 이 시간에 그런 소리를 지껄여?"

"그건 모르겠는데, 조금 전에 사장님이 무슨 음료를 주셨는데 그걸 마시니까 세상이 다르게 보이더라구요."

그 얘기를 듣자 미친개도 긴장이 풀리는지, 제욱의 말을 듣기 위해 털이 무성하게 덮인 그 큰 귀를 쫑긋했다. 그리고 조심스럽게 그 큰 코를 킁킁거리며 제욱의 여기저기를 냄새 맡는다. 그러다 제욱의 점퍼 주머니 부근 냄새를 맡으려 다가오자, 제욱은 그 길고 축축한 털북숭이 코를 '탁' 치고서는 말했다.

"근데 사장님이 저를 예쁘게 보신 건지, 같은 편이 돼서 기쁘셨는지, 저만 먹기엔 너무 많은 양을 주셨어요. 아무리 그래도 저만 욕심내면 안 되잖아요. 우리 이제 같은 식구인데 이런 것도 같이 나눠야죠."

제욱은 그때를 기다리고 있던 것처럼 주머니에서 분말을 꺼내 미친개의 입에 쑤셔 넣었다. 제욱의 갑작스러운 분말 공격에 미친개는 깨갱 소리를 내며 바닥에 쓰러져 울기 시작했다. 골목길에서 몽둥이로 세게 얻어맞은 동네 개가 내는 소리처럼, 미친개는 고통스러운 듯 바닥을 뒹굴며 연신 깨갱 소리를 쉴 새 없이 냈다. 제욱은 다시 이를 놓치지 않고 미친개의 이곳저곳에도 지체없이 분말을 뿌려대기 시작했다.

그러자 이상한 광경이 시작되었다. 미친개를 뒤덮었던 까칠한 털들은 모두 눈 녹듯 사라지고, 굽었던 등도 점점 펴지더니 하얀색 여자의 몸이 드러나기 시작했다. 갑작스러운 광경에 제욱도 깜짝 놀랐다. 미친개가 인간으로 변할 거라고는 상상도 못 했기 때문이다. 또한 그 미친개가 여자였다는 것도 이제야 알고 더욱 놀라게 되었다.

그 광경을 보자 제욱은 갑자기 미친개가 처량하다는 생각이 들었다. 물론 그게 미친 생각이라는 것은 알고 있었다. 하지만 그녀를 그대로 두어서는 안 될 것 같은 감정이 불현듯 떠올랐다. 하얀 몸을 드러내며 고통스러워하는 미친개를 보자 갑자기 동정심 같은 어색한 감정이 떠오른 것이다. 제욱은 고통에 몸부림치고 있는 그녀를 우선 차량에 태웠다. 하지만 미친개는 온몸에 식은땀 범벅이었고, 의식은 돌아오지 않고 있었다. 오히려 아까보다는 작아진 신음 소리가 더 애처롭게 보이고 있었다. 제욱은 이대로 두면 미친개가 죽을 것 같다는 생각이 들었다.

그러다가 무슨 생각이 났는지, 그녀를 등에 업고 본사 건물을 향해 뛰었다. 입구에는 예상대로 무장 괴한이 제욱을 제지했다.

"야, 시발! 비켜봐! 사람이 죽어 나간단 말이야!"

제욱이 거칠게 소리치자 그들도 어찌할 바를 모르는 것 같았다.

"이분 상태를 보라고! 모르겠어?"

그러자 그중 한 명이 킁킁거리며 개처럼 미친개의 냄새를 맡으며 확인하기 시작했다. 이내 그의 표정에서 심각성이 드러났다. 그러더니 제욱에게 말했다.

"4층으로 빨리 올라가십시오."

4층이라면 조 회장이 있는 층인데, 더 이상 물을 수도 없었다. 그대로 그녀를 업고 엘리베이터를 향해 뛰어 들어갔다. 조 회장 사무실 앞에는 출입 태그기가 있었다. 자신의 출입 카드를 대려던 제욱은 뒤에서 끙끙거리고 있는 미친개의 카드를 갖다 대었다. 그러자 문이 스르르 열렸다.

그러자 거기에는 놀랍게도 조 회장이 정문을 보며 침대에 누워있었다. 그리고 그 곁에는 마치 고대 로마에서나 있을 법한 건장한 사내 두 명이 긴 창을 각각 들고 조 회장의 좌우로 무표정한 얼굴로 서 있었다.

그는 갑작스러운 제욱의 등장에 깜짝 놀란 표정이었다. 놀란 그가 제욱을 노려보며 뭔가 말하려는 순간, 제욱은 뒤에 업혀 있는 미친개를 보여줬다.

그러자 조 회장은 외마디 비명 소리를 지르며 자리에서 일어나 울부짖었다. 조 회장이 일어나자 그의 몸에서 흐르던 검붉은 진액이 바닥에 뚝뚝 떨어지기 시작했다. 그의 침대는 몸에서 나온 진액으로 이미 진흙 구덩이처럼 출렁이고 있었다.

그는 연약한 여인의 모습으로 변한 미친개를 오래전부터 잘 알고 있는 것 같았다. 그는 제욱에게서 미친개를 이내 빼앗았다. 그리고 그녀를 바닥에 눕히고 자신의 몸에서 흘러나오는 액을 먹이며 울먹였다. 그 모습은 기괴했지만, 다른 한편으로는 마치 서로 사랑하는 연인이 마지막 순간 격정적인 정사를 나누려는 것처럼 보이기도 했다.

그런 그의 행동에 미친개의 새하얀 몸 곳곳이 점차 그의 몸에서 나온 진액으로 검게 물들기 시작했다. 그러자 반짝이던 대리석 바닥도 이내 진액 뒤범벅이가 되어버렸다. 하지만 그런 그의 노력에도 불구하고, 그녀는 고통을 이기지 못하고 여전히 신음 소리만 내고 있었다. 그런 그녀의 고통을 알기라도 하듯 조 회장은 눈물을 쏟아내며 그녀의 얼굴을 계속해서 어루만졌다.

조 회장의 그런 노력은 너무나 처절하고 애절해 보였다.

오랫동안 찾아 헤매던 연인을 마침내 발견했지만, 그런 그녀가 곧 숨이 멎어 버릴 것 같은 두려움에 짐승처럼 울부짖고 괴로워했다. 그렇게 식어가는 미친개를 필사적으로 살리려는 노력은 마치 서로 하나가 되려는 몸부림처럼 처연해 보였다.

"연지 씨! 연지 씨!"

조 회장은 미친개의 이름을 몇 번씩 부르며 그녀를 깨우려 끊임없이 몸부림쳤다. 조 회장의 눈에서도 검붉은 진액이 넘쳐나

듯 흐르고 있었다. 조 회장은 절망감에 절규하며 식어가는 여인의 몸을 미친 듯이 흔들어 깨웠다.

"눈을 떠 보세요. 연지 씨, 이게 다 무슨 일이에요?"

"회장님, 그만하면 됐습니다!"

그 광경을 지켜보던 제욱은 조용히 조 회장에게 말했다. 늘 분노에 휩싸여 있던 조 회장은 제욱의 그런 소리를 듣지 못한 채, 자신이 사랑하던 여인을 온몸으로 감싸 안으며 흔들어 깨우고 있었다.

"이제 그만 진정하시라고요!"

제욱이 점액투성이인 조 회장의 몸을 잡고 흔들자, 그제서야 그도 정신이 돌아온 듯 제욱에게 고개를 돌리며 말했다. 그 순간 그 목소리는 남자가 아닌 중성적인 목소리로 들려왔다.

"이게, 이게 다 어떻게 된 거야? 누가 연지 씨를 이렇게 만든 거야?"

그러자 제욱은 그런 조 회장이 어이없다는 듯이 말했다.

"모르셨어요?"

"무슨 소리야, 누가 그런 거야! 누가 연지 씨를 이렇게 만들었냐고!"

조 회장은 제욱과 이연지를 바라보며 울부짖으며 말했다.

"주변을 한번 돌아보세요! 회장님 주변은 이미 다 이렇게 변해 있어요!"

"누구야! 누가 우리 연지 씨를 이렇게 만들었냐고!"

조 회장은 마치 미친 사람처럼 제욱의 말은 듣지 못하고 똑같은 말만 반복하고 있었다. 그의 말에는 슬픔과 분노가 뒤섞여 있었다.

"우리 회사에 이런 일들은 오래전부터, 끝도 없이 벌어지고 있습니다. 전 회장님이 다 알고 계신 줄 알았습니다. 일부러 그러신 줄 알았으니까요. 언제부터인가 이런 괴물들이 수도 없이 생겨났으니 말이죠. 그리고 그렇게 모여진 괴물들이 회사에서 상상할 수 없는 끔찍한 일들을 벌였는데도 모르셨다고요?"

제욱의 말을 알아듣는 건지 그 순간 검은 진액으로 흐르던 조 회장의 눈물은 점차 그 색이 묽어지기 시작했다.

"전 회장님이 회사를, 우리 직원들을 어떻게 보고 계신지 너무나 궁금했습니다. 우리를 체스판의 체스 기물 정도로 여기신 것 같았으니까요."

"건방진 놈! 내가 없는 동안 회사를 이렇게 망가뜨려 놓고 그런 말이 나와? 썩은 냄새가 진동하는데 아무도 나서서 바꿔볼 생각은 없고, 다들 지독한 냄새만 풍기며 자리만 보전하고 있었잖아! 난 그래서 무슨 수를 써서라도 남아 있는 썩은 물을 모두 퍼내려 했어! 난 아버님이 일구신 이 회사만 걱정하고 살았는데, 그런 소리를 하는 너는 그동안 대체 뭘 하고 있던 거냐?"

조 회장의 목소리는 워낙 크게 울려 제욱의 귀를 얼얼하게 만들 정도였다. 하지만 제욱도 개의치 않고 말을 이어갔다. 제욱도 이렇게 된 이상 더 이상 물러설 데가 없었기 때문이다.

"만약 회장님이 그런 생각으로 누군가를 데려오시려 했다면, 윤덕술은 절대 그런 인물이 아닙니다. 윤덕술이란 인간은 단지 회장님 입맛에 맞는 말과 행동만 하면서 자신의 이익이나 차지하려는 인간이에요. 만약 회장님 말씀대로 임직원들에게 내려진 이 형벌 같은 고통이 회사를 위한 것이라면 모두가 자신의 살을 도려내서라도 견뎌야 하겠죠. 하지만 윤덕술이 손을 대면 댈수록 인재들은 하나같이 망가지고, 회사는 앞으로 단 한 걸음도 내딛지 못했습니다."

제욱의 그 말에 분노한 조 회장은 어깨에서 뾰족한 무엇인가가 날카롭게 솟아나면서 검정색 날개가 펴지려고 했다.

그때 김정수가 건 전화가 계속해서 울리고 있었다. 하지만 제욱이 받지 않자 얼마 후 다급한 메시지가 도착했다.

'윤덕술이 거기로 가고 있어! 그 새끼 아직도 살아있단 말이야. 빨리 나와! 당신 거기 있으면 무사하지 못할 거야!'

제욱은 윤덕술이 온다는 메시지를 믿을 수 없었지만, 침착하게 자신의 말을 이어갔다.

"윤덕술, 그 작자는 여러 곳을 떠돌다가 조건이 맞는 대상이 나타나면 어김없이 그곳에 정착해 모든 것을 소진하고 파괴해 버리죠. 그가 전에 있던 회사들 모두 철저히 망가져 버려, 지금은 흔적조차 찾을 수 없다는 것이 그 반증입니다. 이게 그의 실제 모습이기도 하고요."

그런 대화가 몇 분간 지속되면서 윤덕술이 들이닥칠 시간이 가까워졌지만, 제욱은 조 회장과는 대화가 통하지 않는다는 것을 실감할 뿐이었다. 그런 시간에도 조 회장은 제욱의 말과 상관없이 이연지를 흔들며 그녀가 다시 돌아오기만을 바라는 것처럼 보였다.

그 모습을 보자 이제욱은 모든 게 이미 돌이킬 수 없다는 것을 알았다. 그렇게 깨닫고 돌아가려는 순간이었다.

건물 현관 쪽에서 요란한 총소리가 계속해서 들려왔다.

소리를 들어보니 외부에서 마이푸드 내부로 들어오려는 자들과 이들을 막아서는 세력 간에 벌어지는 치열한 총격전으로 보였다. 그렇게 한참 지난 후에 그들 앞에 낯익은 얼굴들이 나타났다.

그들은 다름 아닌 김상환 사업부장과 김정수 과장, 그리고 신사원연맹 사람들이었다. 그리고 그들 곁에는 이제욱이 총으로 쏴서 쓰러뜨렸던 윤덕술이 다시 묶인 채 끌려왔다.

제욱은 보고도 믿을 수가 없었다.

"이 새끼 정말 끈질긴 새끼야. 어제 분명 죽은 줄 알았는데, 다음날 사무실에 나가보면 보란 듯이 숨을 쉬며 활보하던 새끼였으니까 말이야. 죽을 때까지 죽은 게 아닌 놈이야!"

윤덕술이 살아 돌아온 모습에 놀란 이제욱을 향해 김정수가 말했다. 그리고 그들이 내부에 진입할 수 있었던 건 둘째 형의 병력 지원 덕택이라고 말했다. 그 총격전은 여전히 계속되고 있었다.

김상환 사업부장도 휠체어를 탄 모습으로 나타났다. 최근 몇 개월 사이에 신사원연맹은 물론 퇴사한 사람들과도 자주 연대하려 노력하고 있다는 소식을 들은 적이 있다. 회사에서 그에게 어떠한 직무조차 부여하지 않았고, 임직원들마저 그를 피하고 있었다. 그런 상황이 그를 더 적극적으로 투쟁하게 만들었다는 생각이 들었다.

조 회장의 모습에 본능적으로 긴장했던 김상환은 이내 평정심을 찾고, 조심스럽게 말하기 시작했다.

"늦은 밤이지만 회장님께 제가 보고드릴 사항이 있습니다. 워낙 급하고 중요한 사항이라 사전에 보고 스케줄 잡지 못하고 말씀드리는 점 양해 부탁드립니다. 그리고 보고서 양식에 맞게 작성하려다 시간이 부족하기도 하고, 직접 보시는 게 나을 것 같아서 준비했습니다."

김상환 상무가 손짓하자, 같이 온 일행들이 빔프로젝터를 설치한 후 동영상을 하나 재생했다. 동영상은 윤덕술과 이영우 상무가 대화 나누는 장면이었다. 이는 윤덕술 맞은 편에 앉아있던 이영우 상무가 마이크로카메라로 몰래 녹화한 것처럼 보였다.

'……당신이 갖고 있다는 조 회장 추문에 대한 자료만 나한테

넘겨주면 된다고. 그럼 내가 당신이 원하는 것 전부 들어줄 수 있다니까.'

'내가 계속 말했잖아요. 난 돈 때문에 그런 게 아니라고요. 지금 당신이 벌이는 일 도대체 누구를 위한 겁니까? 여기서 당신 자리나 보전하려고 이 회사와 수많은 사람들을 다 사지로 내몰고 있는 거예요? 이제는 그것도 모자라 추문에 대한 동영상을 빌미로 조 회장에게 협박까지 하려고요? 내가 그걸 모를 거 같아요?'

'그럼 당신이 원하는 게 뭔데? 당신도 그런 걸 원한 거잖아!'

'모든 사해행위를 멈추고 신사원연맹이 제시한 협상안을 먼저 받아들이십시오. 이것이 제가 가장 중요하게 생각하는 협상안입니다.'

'당신이 그런 걸 뭣 하러 챙기고 있어? 어차피 여기 마이푸드 직원들은 조 회장이 알아서 다 정리할 거야. 조 회장 하는 것 봤지? 이 회사 얼마 못 간다고! 조 회장은 회사가 잘 운영되도록 경영할 능력이 되지 않아! 자기가 하나부터 열까지 신경 쓰지 않으면 모든 게 망가질 거라 착각하는 한심한 인간이라고! 당신도 알지? 윗사람이 보고서 글자 포인트까지 지적하면 아무 일도 할 수 없다는 거 말이야! 조 회장은 그런 덜떨어진 인간이라고! 실적, 성장? 그걸 그 등신이 알 거 같아?'

'웃기네요. 난 당신이 조 회장한테 만큼은 충성하고 있는 줄

알았는데 말이에요.'

'그게 그래서 뭐? 그거 보면 알겠지만, 난 조 회장한테 그런 척만 했던 거야. 그리고 사실 조 회장이 나한테 바라는 것도 그런 거고! 당신 그거 알아? 무기력증에 빠지게 하는 NR19 조차도 나한테는 통하지 않는다고! 조 회장에게서 비롯된 '리피트'마저도 무력화시키는 강력한 물질인데도 말이야!'

김상환 상무는 동영상 재생을 멈추고, 두 번째 영상을 틀도록 지시했다. 그 영상에는 윤덕술이 임직원들을 한 명씩 불러내서 기절시킨 후 그들의 몸에 무엇인가 주사하는 장면이 나왔다.

그런 가운데 윤덕술 사장이 말하는 목소리가 들렸다.

'당신들이 해야 하는 건 조 회장이 한번 물어뜯은 직원들 우선 처리하는 거야. 조 회장이 말하는 혁신? 그 무식한 인간이 그걸 알겠어? 조 회장 맘에 안 드는 직원들에 대해, 우리가 옆에서 시야가 좁다거나, 의지가 약하다고 대충 거들어주면 조 회장이 미쳐 날뛰며 거의 반 시체로 만들어 놓을 거야. 우리는 그다음에 천천히 가서 마무리하면 되고. 그런 벌레만도 못한 인간들이 나가야 자리가 다시 생기고, 밖에서 우리 편을 불러 메꿀 수 있는 거니까.'

'그런 인간들 우리가 먼저 나서서 해고할 필요도 없어. 스스로 두 손 두 발 들고 나가게 만들라고! 회사가 뭐 하러 그런 인간들 해고시키면서 비용을 쓰냐고! 조 회장도 좋아하잖아!'

그러자 모습이 변한 그 대상들은 눈빛이 변하며, 이빨을 드러내고 야비한 웃음을 지었다. 그리고 이내 사무실 문을 박차고 나갔다. 그 모습은 마치 주인이 던진 고깃덩어리를 물어오기 위해 서로 경쟁하듯 뛰어가는 개떼들처럼 보였다.

"등 뒤에 저런 생체기관까지 만들어 자신의 방식으로만 세상을 보게 했으니, 그나마 남아있는 임직원들조차 가진 눈은 퇴화할 수밖에 없었습니다. 심지어 그 눈은 정면이 아닌 등에 붙어 있었으니까요. 회사가 앞으로 나아가야 할 때, 미래는 보지 못하고 뒤만 바라보면서 임직원들이 했던 과거의 일만 들춰내서 문제 삼았던 거죠. 그런 회사에 무슨 발전이 있겠습니까?"

김상환은 계속해서 말을 이어갔지만, 조 회장이 그의 말을 듣고 있는지는 확실치 않았다. 그는 여전히 이연지만 안은 채 슬퍼하고 있었기 때문이다.

"또 더 야비한 건 임직원들을 집요하게 괴롭혀서 스스로 목숨을 끊게 만드는 방식이죠. 디자인팀 오 대리 건과 같은 사건이 다른 사업부에서도 일어나고 있는 것 아세요?"

그러자 김정수가 김상환의 말을 받아서 이어갔다. 그들은 전공과 상관없이 업무 능력이 떨어지는 사람들에게 사업부 실적 분석 업무와 같은 전문적인 업무도 같이 시켰다고 했다. 표면상으로는 관리 인원 축소로 인한 업무 공백을 메우기 위한 것이라 했다. 하지만 대부분 그런 업무들은 부서별 업무 능력이 떨어진,

이른바 '찍힌' 사원들에게 돌아갔다. 업무적으로 괴롭히기 위한 것이었다. 디자인팀 오 대리도 그런 맥락에서 업무가 부여된 것은 말할 것도 없다.

오 대리는 그 업무를 수행하기 위해 수많은 노력을 했지만, 해당 팀장은 분석 데이터가 여전히 형편없다는 이유로 모두가 모인 회의 시간 내내 오 대리만 질책하고 일부러 망신을 주기도 했다. 그런 망신 주기 회의가 세 시간 이상 계속된 적도 있었다.

물론 그 당시 사업부장이 김상환이었지만 조 회장과 윤덕술의 총애를 받고 있던 해당 팀장은 김상환 사업부장에게도 안하무인으로 행동했고, 조 회장과 윤덕술에게만 모든 사항을 직보고했다.

"저 동영상이 그동안의 모든 걸 말해주고 있습니다. 의심과 증오라는 요소들이 회사 전체에 가득하고, 유능했던 인재들은 약속이라도 한 것처럼 흔적도 없이 사라졌습니다. 이연지도 그런 인물 가운데 한 명이고요."

이연지이라는 말에 이성을 잃고 슬퍼하던 조 회장도 김상환의 말에 반응해 바라봤다.

"분노와 공포, 책임 따위만 만연한데 창의력과 자발적인 참여가 있을까요? 그 유능하던 인재들 모두가 약속이라도 한 것처럼 저렇게 비참한 모습으로 변하기만 했는데요?"

김상환의 말이 끝나자 김정수가 크게 소리 지르며 말했다.

"이영우 상무를 죽인 것도 윤덕술 저 개새끼야!"

그 말에 모두들 그럴 줄 알았다는 표정이었다.

"이 상무가 마지막에 양심은 있었는지, 그래도 신사원연맹 측이 제시한 요구안에 대해 윤덕술과 끝까지 협상하려 했다는군. 우리조차도 이 상무는 이기적이고 기회주의적인 인간이라 여겼는데, 지금 회사가 이런 상황까지 온 게 어이가 없는지, 마지막 양심의 보루였는지 마지막엔 그렇게 변했다고 하더군."

그 사이 신사원연맹 사원 한 명이 소리쳤다.

"지금 침투하려던 우리 쪽 병력들이 위험합니다. 언제 이들이 들이닥칠지 몰라요. 피하셔야 합니다."

그러자 이제욱이 윤덕술에 다가가 그의 입을 강제로 벌렸다. 그리고 NR19를 우격다짐으로 집어넣기 시작했다.

"이 인간은 NR19 뒤집어써도 안 돼지고, 총 맞아도 안 돼지는 놈이야. 죽었다고 안심하면 안 되는 인간이라고. 꺼진 불도 다시 보는 심정으로 계속 죽었는지 살펴봐야 해! 안되면 이거 배터지도록 처먹어 보라고 해보죠. 이렇게 하면 먹다가 배가 터지기라도 하겠죠. 김 과장, 이 새끼 대가리 좀 잡아봐!"

이제욱이 막무가내로 윤덕술 입에 NR19를 털어 넣자 윤덕술은 숨이 막히는지 얼굴이 빨개지며 연신 콜록거린다.

"이 개새끼, 뭐가 그리 힘들다고 지랄이야! 아직 1퍼센트도 안 먹었어! 이거 다 처먹어야 집에 돌아갈 수 있다고!"

이제욱은 윤덕술이 삼키지 못하고 입에서 가루가 쏟아져 나오자, 누군가에게 물을 떠 오라 해서 그대로 입에 부어 넣었다. 하지만 그런 상황에도 조 회장은 오직 이연지만 붙잡고 눈물을 흘리고 있었다. 그런 조 회장을 바라보며 김정수가 말했다.

"조 회장의 광기도 결국 초조함, 자만감, 무지가 만든 것 같아. 앞서가는 경쟁자들에 대한 초조함. 모든 것을 다 알고 있다는 자만감, 모른다는 것을 인지하지 못하는 무지. 모른다는 사실을 모르는 것만큼 무서운 게 없는데, 그런 사실조차 모르는 거지. 그런 심리가 스스로를 악마로 만들어, 윤덕술 같은 저질스러운 인물들을 끝도 없이 불러 모았고, 자신이 사랑하는 사람조차 지키지 못하고 저렇게 망가진 거지……"

"그런 생각도 들어요. 만약 저들이 우리가 저항하지 못하는 방법으로 우리를 내몰았으면 어땠을까. 우리가 저항할 논리나 정당성마저 없다면 말이죠. 어쩌면 우리가 여기까지 오게 된 건 순진하게도 저들의 작은 빈틈을 우리가 발견했고, 우리가 그걸 놓치지 않아서 여기까지 오게 된 걸 수도 있어요. 그런 작은 저항마저 없으면 우린 지금보다 더 끔찍한 상황에 처해 고통에 쓰러져 갔을 수도 있었겠죠."

김정수의 말에 이제욱이 대답하자, 얼마 후 조 회장의 방으로 약 스무 명 정도 되는 병력이 들이닥쳤다. 그곳은 다시 일촉즉발의 상황에 놓였다. 조 회장과 윤덕술이 있어 총을 쏠 수 없었던 그들은 신사원연맹에게 무차별적으로 달려들어 치열한 육탄전이 시작됐다.

그렇게 뒤엉켜 싸움이 벌어지자 그곳 바닥은 차츰 사람들이 쓰러지고 피가 흘러 바닥이 붉게 물들기 시작했다. 그때 김정수가 공격을 받아 외마디 비명을 지르며 쓰러졌다. 놀란 제욱이 그에게 달려가 상처를 보자, 왼쪽 갈비뼈 아래에 예리한 무기로 찔려 피가 흥건히 흘러내리고 있었다. 놀란 제욱은 주변을 둘러보며 무엇인가로 지혈하려 했지만, 김정수가 그를 막아섰다.

"가…가지 마……. 여기 있어."

김정수의 갑작스러운 말에 이제욱도 당황해 그를 바라봤다.

"그, 그래. 여기 있을게. 괜찮을 거야."

피를 쏟아내며 정신이 희미해져 가는 김정수는 이제욱을 바라보며 말했다.

"당신이 이거 갖고 가."

김정수는 그렇게 말하며 아까 재생했던 USB를 넘겨줬다.

"그, 그거 갖고 가서 이 작자들이 어떤 인간들인지 꼭 세상에 알,알려야 해……"

김정수는 자신 건네준 USB를 잡은 이제욱의 손을 꼭 움켜쥐며 말했다. 그런 그의 얼굴에는 비장한 모습이 보였다. 그런 김정수의 모습을 보자 제욱의 눈가에도 눈물이 흘러 내려왔다.

"그…그래도 당…당신이 있어서 힘든 길을 걸을 수 있었어…

지…금 생각하면 예쁘고 좋은 길을 같이 걸었더라면 얼마나 좋…았을까 하는 후회가 되지만…웃…웃기지 않아? 우…우린 더 나은 길을 걷기 위해 평…평범한 길을 마다하고 유리 조각이 깔려있는 길을 걸었는데, 결국 그 유리 조각 위에서 죽게 됐네… 미…안해…”

김정수는 제욱이 말리는데도 불구하고 필사적으로 말을 이어갔다. 제욱도 그의 말에 가슴이 저려 왔다. 이상적인 신념을 위해 달려왔지만, 돌아보면 자신들에게 남은 거라고는 온몸의 핏자국과 멍뿐이었기 때문이다.

“무슨 소리야. 네가 왜 미안해! 아냐, 그래도 그 과정은 분명 의미가 있었어. 나도 어리석었던 과거를 벗어나 진실과 모두를 위한 것이 뭔지 생각하게 된 시간이었으니까. 당신이 있어서 난 비틀거리지 않고 진짜 어른이 될 수 있었던 거야.”

제욱의 그 말에 김정수의 표정에 옅은 미소가 흘렀다. 그리고 다시 마지막 힘을 내서 말을 이어갔다.

“거…거기엔 조…조 회장 일…가의 추문도 전…부 들어있어. 아…아니 사실 선대 회장님은 워낙 훌륭하신 분이었는데, 자…자식들이 회장님의 명성을 전부 더럽힌 거지. 이…이게 모두 이 상무가 남긴 유물 같은 거야… 빨…리 가. 여…기서 너라도 살아나가야 이런 상황을 세상에 알릴 수 있어……”

마지막 말 이후로 제욱의 손을 잡고 있던 손의 힘이 풀리고 말았다.

그의 말을 듣고 상황을 보니 얼마 남지 않은 신사원연맹 임직원들은 필사적으로 저항했지만 역부족이었다. 그것을 본 제욱이 일어나 그 치열한 전투의 중심으로 뛰어 들어가려 하자, 어느새 정신을 차린 김정수가 그의 옷소매를 잡아당겼다.

"여기서 아무도 살아나가지 못하면 우리 죽음은 아무런 의미가 없는 거야……"

김정수의 그 말에 다시 목이 메어왔다. 김정수는 그 눈물의 의미를 알고 다시 한번 제욱의 손을 힘껏 잡았다. 그리고 그대로 온몸의 힘이 빠져나가 손을 놓쳐 버리고 쓰러졌다. 그의 뜻을 알게 된 제욱은 그대로 자리에서 일어났다. 김정수의 말대로 이대로 모든 게 끝날 수는 없었기 때문이다.

그때 누군가가 이제욱의 옆구리에 칼을 꽂았다. 제욱은 놀라 필사적으로 그의 옆구리에 꽂힌 칼을 빼내려 했지만, 그 사내의 힘을 당할 수가 없었다. 점차 힘이 풀리면서 그 사내에게 제압당하고 말았다.

이제 모든 게 이렇게 끝난다고 생각하자 정신이 점차 몽롱해졌다.

제욱은 자신이 보고 속해 있던 세계가 이렇게 허무하게 끝난다는 것을 점차 느끼게 되었다. 놀라운 것은 평소에는 인지할 수조차 없는 아주 짧은 시간의 영역이었지만, 마치 시간이 정지되어 버린 것처럼 수많은 상념이 이미지처럼 스쳐 지나갔다.

자신이 사랑했던 사람들과 자신을 사랑해줬던 사람들, 그리고 자신이 속해 있던 공간과 그 감촉들까지 찰나와 같은 순간에 끊임없이 나타났다 사라져 갔다. 하지만 그럼에도 말로 표현할 수 없는 뚜렷하고 선명한 이미지를 그의 가슴에 남기며, 고통만이 가득했던 세계와 멀어지게 되는 것을 아주 천천히 바라보게 되었다.

바로 그때였다. 어디선가 쿵 하는 소리가 들렸다.

누군가가 그 사내의 머리에 쇠 파이프를 휘둘러 쓰러뜨린 것이었다. 그는 다름이 아닌 김정수 과장이었고, 마지막 힘을 다해 제욱을 구하고 다시 그대로 쓰러졌다. 제욱이 김정수를 다시 흔들어 깨웠지만, 그는 빨리 벗어나라는 말만 남긴 채 그대로 숨을 거두었다.

"김정수! 김정수!"

이성을 잃은 제욱이 힘을 다해 그를 불렀지만, 제욱을 구하기 위해 남은 힘을 소진해 버린 김정수는 더 이상 이 세상에 남아있지 않았다. 그의 죽음에 제욱은 통곡을 하며 정신을 잃어버릴 것 같았다.

그런 그의 죽음 앞에 제욱의 마음도 이미 죽어버렸고, 김정수가 떠난 세상에서 흉측한 몰골만 드러낸 괴물이 되었다는 생각이 들었다.

그 생각을 한순간 모두를 미치게 만들고 있는 조 회장과 윤덕술을 그냥 놔둬서는 안 된다는 생각이 들었다. 그 악마 같은 두 인간이 다름이 아닌 바로 눈앞에 있었기 때문이다. 주변을 둘러보던 제욱의 눈에 소총 한 자루가 눈에 들어왔다.

제욱은 소총을 집어 들고 그대로 조 회장과 윤덕술이 있는 곳으로 달려갔다. 그러다 길게 널브러져 있는 김정수의 발에 걸려 넘어지고 말았다. 쿵 소리를 내며 바닥에 머리를 부딪힌 제욱은 한동안 넘어져 일어나지 못했다.

그렇게 알 수 없는 시간이 지나가고 있었다.

정신을 차리고 일어나자 눈을 감고 쓰러져 있는 김정수의 얼굴이 제욱의 눈에 다시 들어왔다. 그런 김정수의 모습이 제욱에게 모든 것을 말해주고 있는 것처럼 느껴졌다.

그는 마지막까지 제욱을 그렇게 설득하려 했고 몸으로 그를 막아선 것일지도 모른다. 제욱은 다시 그의 얼굴을 가만히 바라봤다.

김정수의 표정은 더 멀고 높은 곳에 있는 무엇인가를 발견한 것 같았다. 이 세상의 가장 처절한 곳에서 쓰러지고 짓밟혀 아무렇게나 나뒹굴던 그의 육신이, 역설적으로 그런 시궁창 같은 곳에서 마지막으로 진정한 가치를 발견한 것일 수도 있었다.

하지만 조 회장과 윤덕술이 계속 제욱의 맘에 걸렸다.

제욱은 소총을 부여잡고 윤덕술과 조 회장을 찾았지만, 이상하게도 그들을 찾을 수 없었다. 갑자기 장님이 되어버린 것 같았다.

필사적으로 눈을 뜨려 했지만 다 똑같은 얼굴들로 보였다. 머릿속으로는 조 회장과 윤덕술을 찾아내어 소총을 난사해 죽이고 싶었지만, 그들의 얼굴을 가려낼 수가 없다는 사실에 절망했다.

망설이던 제욱은 피가 흐르는 옆구리를 손으로 막고 그 혼란스러운 곳을 조용히 빠져나왔다. 건물 입구에서는 여전히 치열한 총격전이 벌어지고 있었다. 다시 돌아보니 둘째가 경영권을 다시 찾으려 벌이는 저 총질이 과연 정당한 것인가 하는 생각이 들었다. 물론 자신들도 조 회장에 맞서기 위해 둘째와 손을 잡은 셈이 됐지만, 결과적으로 자본가인 둘째에게 이용당한 걸 수도 있다는 생각이 들었다.

혼란스러웠다.

누가 잘못된 자이고, 누가 올바른 자인지 파악하기조차 어려워졌다.

시체가 나뒹구는 마이푸드 현관을 빠져나오자, 시간은 이미 새벽이 되어 찬 기운이 가득 차 있었다. 온몸이 성한 곳이 없었고, 여전히 피가 흘러 그의 상의를 흠뻑 적시고 있었다. 살아남아야 한다는 필사적인 의지만으로 제욱은 전승완이 말했던 정주시 창고로 차를 몰고 달렸다.

약 2시간을 운전한 끝에 제욱은 그곳에 가까스로 도착했고, 이내 쓰러져 정신을 잃고 말았다.

3부

'나는 모든 것을 기억하지 못한다. 나는 대부분의 시간 동안 정신이 나가 있었다. 내가 기억하는 유일하게 위대한 순간은 모두가 약속이나 한 것처럼 오랫동안 방치했던 옛 기도를 다같이 부르는 그 시간뿐이었다.'

– 아놀드 쇤베르크(Arnold Schoenberg)의 칸타타

[바르샤바의 생존자(A Survivor from Warsaw)] 중

18. 안락한 요람 속에서부터

바닥에 쓰러져 누워있는 제욱의 얼굴로 햇살이 비치고 있었다. 그리고 얼마 후 멀리서 새소리가 들려 오고 있었다. 그러자 의식을 잃고 감겨있던 그의 눈꺼풀도 조금씩 움직이기 시작했다.

신음 소리를 내며 괴로워하던 제욱은 목이 타는 것 같은 갈증에 긴 잠에서 정신을 차리게 되었다. 그가 일어나 주변을 살펴보니 익숙한 공간이 눈에 들어왔다. 지난번 갇혀있던 오래된 낚시터였다. 낚시터의 물이 눈에 들어오자 제욱은 오로지 목마름을 해결해야 한다는 생각에 달려가 정신없이 물을 마셨다. 그제서야 정신이 돌아오는 것 같았다.

가만히 주변을 둘러보니 지난번 이곳을 뛰어다니던 동물들은 보이지 않았다. 그리고 왠지 모르게 내부 공기도 지난번 보다는 신선하게 느껴졌다. 시간이 얼마나 지났는지 짐작조차 되지 않았다.

제욱은 천천히 지난 일을 돌이켜 보았다. 그리고 자신이 왜 또 여기에 온 것인지 한동안 생각하다가 갑자기 자리에서 벌떡 일어났다. 여기서 빨리 나가야 한다는 생각이 제욱을 초조하게 만들었다. 그의 마지막 기억 속에 남은 사건들과 사람들이 그의 심장을 미친 듯이 뒤흔들었기 때문이다.

제욱은 서둘러 몸을 일으켜 밖으로 걸어 나갔다. 그의 눈앞에는 낯익은 광경이 펼쳐져 있었다. 그는 익숙한 듯 방독면을 착용하려고 했으나, 공기가 달라져 있는 것을 알 수 있었다. 제욱은 방독면을 쓰려다 말고 천천히 밖으로 나갔다.

한 사람만 간신히 걸을 수 있을 정도의 좁은 길이었다. 지난번 건물을 덮었던 나무와 덩굴은 어느덧 따뜻한 햇살을 받아 푸르게 무성해져 있었다. 갑자기 모든 게 활기 넘쳐 보였다.

더 걸어 나가자 정문이 위치한 언덕이 나타났고, 높은 곳에 위치한 그곳에 주변 풍경이 한눈에 들어왔다. 차들은 분주히 오가고 있었고 논밭에는 작물들이 가지런히 자라고 있었다.

그렇게 5분을 길 따라 걸어가자 왼쪽에 카페가 있던 건물이 나타났다. 하지만 그 건물 문은 닫혀 있었고 내부는 불이 꺼져 보이지 않았다. 제욱은 자신이 지난번 겪었던 일이 아득하게 느껴졌다.

제욱은 그곳을 벗어나 서둘러 서울로 향했다.

19. 망각 속의 그녀

그날은 제욱이 정희연을 약 7년 만에 보게 되는 날이었다.

그런 오랜 시간이 지난 후 그녀와의 만남 시간이 가까워졌지만, 제욱은 그 긴 시간과 연결된 의미를 이해하기가 어려웠다.

'그래. 네가 진정 그럴 마음이 생기면 그때 서울로 올라와. 네가 날 만나러 굳이 멀리서 온다는 건 그만큼의 상당한 회의감과 숙고의 절차를 거쳤을 테고, 그 과정을 겪고 서울에 올라왔다는 건 너의 마음이 그만큼 그런 감정을 다 정리하고 온 걸 테니까……'

제욱이 그녀에게 오래전부터 했던 말이다.

그 말에 대한 긴 기다림 끝의 대답일지는 모르지만, 그녀는 스스로 제욱을 만나러 온다는 연락을 했다. 뜻밖의 소식이었고, 이미 제욱의 머릿속에서 그녀는 흐릿해진 존재였다. 제욱은 길을 나서며, 그녀가 오는 이유에 대해 곰곰이 생각해 보았다.

예전에는 그녀가 찾아올지도 모른다는 생각에 설레였던 적이 있었다. 보고 싶었던 만큼 집착이 강했지만, 그럴수록 실현되지 못한 실망감이 그녀에 대한 감정만 악화시켰다. 하지만 지금은 그런 감정들이 젊은 시절 가졌던 거칠고 촌스러운 것들이라 느껴지기도 했다. 어쩌면 그건 오랜 시간 자신을 기다리게 만든 그녀에 대한 서운함 같은 게 반영되서가 아닐까 하는 생각도 들었다.

그러자 그녀에 대해 가졌던 감정들을 가만히 들여다보게 되었다. 설레임, 그리움, 소유욕, 집착, 질투…… 그녀를 사랑하면서 부수적으로 따라왔던 감정들이다. 그 감정들의 본질을 떠올리다 보니 예전에도 비슷한 의문을 가졌던 때가 생각났다.

그건 일종의 회의감이기도 하다. 그녀와 함께하는 것만으로도 행복했던 시절, 그때는 그 행복이 모든 것이라 생각했었다.

'지금보다 더 행복할 수 있을까?'

그녀와 함께했던 행복이 커질수록 그 순간이 정점이라 느껴졌고, 그다음에 이어질 하강이 겁쟁이처럼 두려웠다. 하강이 아니라 더 큰 추락일지도 모른다며 지레 겁을 먹고 걱정했다. 다시 생각해보면 그런 모든 감정은 다름 아니라 제욱 자신이 가진 쓸데없는 비관론으로 비롯된 것일 수도 있다. 원래 제욱은 그렇게 타고난 인간일 수도 있으니 말이다. 작곡가 말러(Gustav Mahler) 조차도 스스로 가장 행복한 시기에 가장 비극적인 교향곡을 완성한 것처럼 그런 사람들은 행복한 순간마저도 세상을 그렇게 바라볼 수도 있다.

시간이 한참 지난 지금 다시 그런 회의감이 밀려왔다.

그것도 그녀를 만나기 직전에 말이다. 회의감이라는 시각으로 보면 설렘과 그리움은 정돈되지 못한 상념에 불과하다. 세련되지 못한 채 길바닥에 아무렇게나 굴러다니는 거칠고 투박한 것이다. 그런 것들은 시간이 흐르면 쉽게 잊히기 마련이고, 쉽게 놀림 받기 십상이다. 가슴 아플 필요도 없다. 그 순간에 느꼈던 그런 감정들은 시간이 모두 치유해 주고, 먼 미래의 어느 순간에 그걸 바라보고 있는 자신에게 다시 냉혹한 평가마저 받을 수도 있기 때문이다. 그건 자신에게 다시 상처가 될 수도 있으리라.

그런 생각으로 머리가 복잡해져 걷다 보니 어느덧 낯익은 카페 앞에 도착했다.

아담하고 고즈넉한 그 카페는 오래전 정희연을 만났던 장소이기도 했다. 야외에는 작고 소박한 정원을 갖고 있었고, 아기자기한 소품들이 곳곳에 비치되어 있었다. 정원에 피어있는 낯익은 꽃들의 이름을 정확히는 모르지만, 그 사치스러운 자태와 향기가 혼란스러운 제욱의 마음을 다시 차분히 진정시키는 것 같았다.

이제 계절이 10월의 절정으로 다가가고 있었다.

어느새 제욱에게 불쑥 다가온 호사스러운 계절이 그동안의 치열함을 한순간 잊게 만들었다. 그동안은 그런 여유조차도 없었다. 갑자기 주변을 둘러보니 모든 것이 뒤바뀌어 있는 것 같았지만, 또한 그대로의 모습이었다. 자신의 주변에 이런 존재들이 있었는지조차 의심스러웠다. 오랫동안 자신이 열병처럼 무엇인가에 함몰되어 자신의 영혼조차 지키지 못했던 것이 아닌가 하는 생각도 들었다. 그렇더라도 지금 자신의 손에 잡혀있는 것은 아무것도 없었다.

그 작은 정원과 소품들 사이를 이리저리 가벼운 발걸음으로 총총 뛰어다니는 것 같은 음악이 제욱의 귀에도 그제서야 들어왔다. 익숙한 그 곡의 이름이 한동안 떠오르지 않았지만, 이내 그 곡이 Mozart의 바이올린 소나타 26번이라는 것을 알게 되었다.

'저는 참 운이 좋았어요. 항상 낭떠러지 끝에 힘겹게 매달려 있었죠. 하지만 거기서 떨어지지 않으려 끈질기게 잡고 버텼어요. 그래서 간신히 살아남을 수 있었어요.'

자신의 장애를 극복하고 위대한 연주자로 클래식 음악계에 이름을 남긴 클라라 하스킬(Clara Haskil)이 했던 말이다. 화려한 삶을 산 그녀였지만, 그녀는 내면에 커다란 공포를 평생 짊어지고 살았다. 그녀를 언제든 나락으로 떨어뜨릴 것 같은 장애라는 공포감이 늘 그녀를 몰아세웠지만, 역설적으로 그런 공포감이 그녀를 지탱한 동력일 지도 모른다.

그런 생각에 빠져 있을 때 정희연이 도착했다.

그녀는 밝은 표정으로 제욱의 앞에 앉았다.

"잘 지냈어? 오랜만이네?"

그녀는 활짝 웃으며 그렇게 말을 했다.

"응. 오랜만이네."

"그래. 오랜만이지. 결국 내가 올라와야 얼굴 보는 거네?"

"그렇게 됐네."

"어디 아팠다면서……이제 괜찮아?"

"아, 그거……? 괜찮아. 이젠 다 나았어."

제욱의 반응에 정희연은 알 수 없는 표정을 짓는다. 그러면서도 그의 눈치를 살피는 것 같았다. 어쩌면 자신을 더 기쁘게 반겨줄 거라고 생각했기 때문일 수도 있다.

그녀는 제욱의 말대로 숱한 물음표를 하나씩 지워가며 서울까지 올라왔다. 다른 목적은 없었다. 그렇게 그녀도 심적으로 큰 변화의 과정을 거치고 나서 제욱을 만나러 온 것이었다. 하지만 그녀 앞에 앉아있는 제욱의 표정은 반가운 표정보다는 다른 감정이 드러나 있는 것 같았다. 한참을 망설이던 정희연이 말을 꺼냈다.

"일은 잘돼?"

"새롭게 시작한 일이니까 아무래도 신경 쓰이네. 평생 해온 것이라고는 회사일 뿐이었으니 새로운 경험이지. 열심히 하고 있어."

제욱의 간단한 대답이었다.

"그래. 넌 늘 열심히 하니까 잘할 거야."

그렇게 말하고 나자 어색한 침묵이 흘렀다.

"내가 너무 늦게 올라왔나 봐?"

제욱의 반응을 살피던 그녀가 말했다.

"아냐. 팬데믹 이후로 모두 정신 없었잖아. 우리뿐만 아니라 모든 사람들이 다 그랬으니까."

"회사는 어떻게 됐어?"

"회사? 글, 글쎄…"

정희연이 회사를 묻자 제욱은 적잖이 당황하는 것처럼 보였다. 그러다 다시 생각이 난 듯 말을 이어갔다.

"아, 회사. 망했어. 망하지 않는 게 이상하지. 요즘은 나도 사람들 잘 안 만나서 정확한 건 몰라."

그녀의 물음에 그렇게 대답했지만, 희연이 보기에 그런 그의 태도는 무엇인가를 감추거나 말하기 싫어하는 것처럼도 보였다. 다시 침묵이 흐르자 그런 분위기를 느낀 제욱이 다시 말했다.

"아…나도 사실 궁금했어. 네가 갑자기 올라온다 해서…"

화제를 바꾼 제욱의 뜻밖의 질문이다. 그녀를 그토록 원했다는 그가 이제 와서 궁금했다니. 그 말에 그녀는 눈동자만 잠시 흔들릴 뿐 아무 말도 하지 않았다. 그 먼 거리 만큼 생각이 많았을 그녀의 여정에 대해 제욱은 모르는 척 말하는 것 같아서다. 일부러 그렇게 질문 했을 수도 있다. 하지만 제욱의 그 말은 너무 가혹한 말이기도 하다.

그녀도 상관없는 다른 말을 제욱에게 던졌다.

"여자 친구는 안 만나?"

그녀의 질문에 제욱도 그제서야 이미 오래전의 시간에 갇혀 버린 것 같은 진선희가 떠올랐다.

"응. 헤어졌어."

그녀의 질문에 간단히 답한 제욱은 그녀에게 다시 말했다.

"우리 저녁이나 먹으러 갈래?"

그렇게 둘은 저녁을 먹으며 술을 한잔하자 어색한 분위기를 어느 정도 걷어낼 수 있었다. 그렇게 그들은 한동안 못다 한 이야기를 나누었다. 그러자 그녀를 만났던 예전 느낌이 떠올라 제욱도 기분이 좋아졌다. 술이 한두 잔씩 들어갈수록 그녀의 눈빛도 깊어지는 것 같았다.

그녀는 자고 가겠다고 말을 했다.

그 말에 제욱도 어떻게 대답을 해야 할지 몰랐다. 그러다 자기 집에서 자고 가는 것이 좋겠다고 말했다. 먼 길을 온 그녀를 호텔에 혼자 자게 하는 것도 이상했고, 그렇다고 자신의 집이 있는데 둘이 호텔에 가는 것도 어색하다고 생각했기 때문이다.

제욱은 작은 원룸을 얻어 혼자 살고 있었다. 제욱의 방에 들어서자 벽면을 가득 채우고 있는 음반들과 오디오, 그리고 책꽂이에 빼곡히 꽂힌 책들이 눈에 들어왔다.

"취미는 여전하네?"

그런 그녀의 말에 제욱도 음반을 뒤적거리다가 그중 하나를 CD플레이어에 걸었다.

제욱이 고른 곡은 베토벤 피아노 삼중주인 '대공' 트리오였다. 베토벤 특유의 엄격함과 기품이 묻어 있지만, 여유와 경쾌함이 느껴지는 곡이다. 제욱은 이상하게도 그 곡이 슬픔을 머금고 있다고 생각하곤 했었다. 물론 그건 제욱만의 느낌일 수 있다.

"이 곡 생각나?"

"글쎄, 클래식 음악은 내가 듣기에 다 똑같은데?"

그녀는 웃으며 대답했다. 예전에 제욱이 음악을 들려주면 주의 깊게 듣고 느낌을 말했던 그녀의 반응이 변한 것을 새삼 느꼈다. 제욱은 이것도 예전의 그녀가 아니라는 반증이라 생각이 들었다.

"나 먼저 샤워할게."

그녀가 샤워한다는 말에 제욱도 뭔가 놓친 게 있다고 그제서야 느꼈다.

"아…그래. 먼저 샤워해."

그렇게 그녀가 샤워하러 간 사이 잠시 생각에 잠겼던 제욱은 잠자리를 알아보기 시작했다. 그렇게 얼마 지나지 않아 정희연이 나체의 몸으로 제욱의 앞에 나타났다.

그러자 제욱도 깜짝 놀랐다.

그도 예상치 못한 상황이었다. 그녀의 모습에 제욱은 불쾌함이 밀려오면서 갑자기 구토가 느껴졌다. 제욱은 헛구역질하다 화장실에 들어가 몇 번을 토하고 또 토했다. 그렇게 정신없이 구토를 하자 정신이 아득하게 느껴졌다. 제욱은 정신을 차리고 세면대에 물을 틀어 차가운 물에 얼굴을 적셨다. 그렇게 몇 번을 반복하자 간신히 진정되는 것 같았다.

그리고 거울에 비친 자신의 모습을 바라봤다. 그 모습이 너무나 낯설게 느껴졌다. 항상 보는 얼굴이지만 어느 순간 모든 것이 낯설어져 보일 때가 있다. 거울에 비친 모습이 자신의 모습인지 잠시 혼란스러웠다.

그런 생각에 빠져 있을 때 밖에서 정희연이 문을 두드리며 말하는 것이 들려왔다.

"자기야, 괜찮아?"

"응. 괜찮아."

'자기야'라는 말이 낯설게 느껴졌지만, 또한 익숙한 말이기도 하다. 제욱은 잠시 마음을 가다듬고 밖으로 나갔다. 속옷만 입고 있던 그녀가 걱정스러운 얼굴로 제욱을 바라보고 있었다.

"정말 괜찮은 거야?"

"응. 괜찮아."

"그래. 다행이네. 걱정했는데……술 많이 마셔서 그런 거지?"

"응. 오늘 많이 마신 것 같아. 나도 씻고 올게. 너도 피곤하면 침대에서 자고 있어. 난 소파에서 잘게."

제욱은 구토를 술 탓이라 말하긴 했지만, 그녀가 어떤 식으로 받아들이고 있을지는 짐작하기 어려웠다. 그렇게 씻고 나오자 음반은 이미 재생이 끝난 상태였고, 거실 불도 꺼져 있었다. 제욱은 천천히 옷을 입고 소파에 누웠다. 불 꺼진 천장을 바라보자 여러 가지 생각들이 밀려왔다. 그렇게 한참 동안 오늘 일어난 일을 생각해 보게 되었다.

그렇게 얼마의 시간이 지나지 않아 정희연이 제욱의 품속으로 들어왔다. 그리고 제욱에게 진한 키스를 하며 그의 몸을 더듬는 것이었다. 제욱은 다시 깜짝 놀라며 정색을 하고 일어났다. 그녀도 깜짝 놀라는 눈치였다.

"미안. 내가 좀……"

"혹시 너……"

제욱의 반응에 그녀도 뭔가를 아는 것처럼 묻는다.

"아…응. 맞아."

"그렇다고 굳이 수술까지 할 필요가 있어?"

"여자라서 어떻게 생각할지 모르지만, 그냥 두면 사실 귀찮은 일이 많이 생기거든."

"그래도 너 예전에는 많이 좋아했잖아. 또 그런 게 자연스러운 것이기도 하고."

"글쎄, 더 이상 헛된 욕망에 날 구속시키고 싶지 않아서."

"욕망이 뭐가 잘못된 거라고?"

"자기 말이 맞긴 해. 하지만 그 욕망이 고통을 주기도 하니까. 그걸로 사람들이 괴물로 변하는 걸 수도 없이 봤어. 욕망 앞에 스스로를 통제할 수 있는 사람은 아무도 없어. 그리고 그건 결국 자신을 넘어 상대방에게 뭔가를 강요하고, 그걸로 고통을 받게 하는 악순환이야."

"그래서 굳이 절개하는 수술을 했다고?"

"정확히 말하면 사실 그 약물이 계기가 된 거 같아. 나와 내 주변에 대한 모든 걸 변화시킨 약물이니까. 그 약물 있잖아. NR19."

제욱은 NR19를 말하면서 자신도 모르게 말을 더듬었다. 하지만 희연은 그런 제욱이 애처롭게 느껴졌는지 그의 얼굴을 두 손으로 감싸며 안아주었다. 그러자 그녀의 몸을 두르고 있던 이불이 밑으로 내려가면서 나체의 몸이 그대로 드러났다. 하지만 제욱은 그 모습이 불편했는지 이불을 다시 들어 그녀의 몸을 덮어주었다.

"지난번 나한테는 그 약물이 너희 회사에서 시작되었다고 했잖아. 그거 다 사실이야?"

갑작스러운 그녀의 질문이 마치 취조하는 것처럼 느껴지기도 했다. 그러자 제욱도 그런 과거의 일들이 정말로 일어난 일인가 하는 의심이 밀려왔다.

"응…마, 맞아. 그렇게 시작되었는데 이렇게 급속도로 번지게 될 줄은 나도 몰랐지."

그렇게 얼버무리고 나자, 갑자기 정희연이 여기 올라온 이유가 궁금해졌다.

"혹시 너도 그 남자와 헤어지게 된 거야?"

그 말에 그녀는 조용히 고개를 끄덕였다.

그날은 서로 그렇게 대화를 나누다가 잠이 들었다. 물론 같이 자는 것을 불편하게 여긴 그들은 잠자리는 따로 했다. 다음날에도 오랜 친구처럼 대화를 나누던 둘은 그렇게 서서히 이별을 준비해 갔다. 다시 보자는 말을 했지만, 다시 본다는 말이 그들 사이의 미래에 무슨 뜻인지 파악하기 어려웠다.

어쩌면 애정이라는 욕망에서 멀어진다면 둘 사이는 더 오랜 사이로 자유롭게 남을 수도 있다. 집착이라는 단편성에서 벗어나 더 많은 가능성이 열리기 때문이다.

'네 말대로 사실 욕망은 우리 삶을 지탱하는 동력일지도 몰라. 사람들이 벌이는 수많은 일들이 사실은 생존하기 위한 결과물이니까. 하지만 우리도 모르는 사이에 그런 것들이 우리를 맹목적으로 만들고 있어. 그 욕망을 분해해보고, 그걸 내려놓고 세상을

바라보면 사실 더 다채롭고 다양한 모습을 갖고 있는데도 말이지.'

'너무 극단적인 거 같아. 그렇게 된다면 우린 다 죽을 수도 있어. 그게 우리를 노예로 만드는 게 아니고 우리를 모든 순간 살아있게 만들고, 우리를 동물과 구별해 인간다운 삶을 살게 만드는 거야.'

'인간다운 게 뭔데? 거대한 도시와 초고층 빌딩을 짓는 것? 살아남기 위해 무엇이든 닥치는 대로 하며 벌이는 것들? 그게 바로 우리가 사는 세상을 지옥으로 만드는 거야.'

그 말에 제욱은 민감하게 반응했다. 하지만 희연은 그건 세상을 너무 비관적으로만 보는 거라고 말했다.

다시 생각해봤다. 제욱 스스로도 희연을 그동안 욕망의 대상으로만 본 것이 아니었나? 그런 시각이 완전히 사라진 후 희연을 다시 보게 되었을 때 그녀는 자신에게 무엇인가?

'우리 친구로 지내면 되지.'

희연이 마지막으로 제욱의 손을 잡으며 한 말이었다. 제욱은 그녀의 손을 어색하게 잡았지만, 그녀의 체온과 눈빛은 다시 예전 제욱을 사랑하고 있던 눈빛이라는 것을 그는 잘 알고 있었다. 그리고 공교롭게 서로 사이가 멀어질 때 그녀가 한 그 말의 의미를 비로소 다시 알게 되었다.

친구.

그 친구라는 말도 제욱을 다시 생각하게 만들었다. 최근 들어 자신의 곁에는 사소한 일상 조차 공유할 대상이 없었다.

그녀의 본심이 무엇이든 간에, 그 말이 뜻하는 자유로운 의미를 제욱도 조금 알 것 같았다. 하지만 회의감도 들었다. 욕망에 휩싸여서 벌였던 자신의 경험이 그대로 떠올랐기 때문이다.

멀어져 가는 그녀의 모습은 점차 수많은 군중 속으로 희미해져 가기 시작한다.

20. 굴곡진 어항 속의 물고기들

그렇게 돌아온 정희연에게 수사관이 묻기 시작했다.

"그래서 수상한 점을 발견했나요?"

"예전과는 확실히 달라졌네요."

"달라졌다면 어떤 점이죠?"

"예전 같으면 저에 대해 관심과 호감을 표현했을 텐데, 지금은 전혀 그렇지 않아요."

"그건 저희도 알고 있어요. 구체적으로 예전과 비교해봤을 때 이성으로서의 느낌 같은 것을 말씀해 주셔야죠."

"연기하는 것 같냐는 거죠? 아녜요. 아니 모르겠어요. 근데 만약 그걸 그 정도로 연기하기로 작정했으면 철저한 준비와 정교한 계산이 있어야 할 것 같은데 그게 가능할까요? 제가 알던 이제욱은 그런 스타일이 아니거든요. 그게 아니라면……"

"그게 아니라면?"

"실제로 큰 충격을 받았을 수도 있죠. 큰 충격 앞에 사람들이 변할 수도 있으니까요. 하지만 모르겠어요. 사람이 늘 일관적일 수가 있나요? 그런 판단은 저 자신도 쉽지 않네요. 저도 스스로 일관적이라 생각 못해요. 그냥 그때그때 상황에 맞게 살아오고 반응해온 것뿐이죠. 일관적이지 못하다는 것이 스스로 공포감을 갖게 할 수는 없는 거 아닌가요? 물론 그런 말 비겁한 소리 같지만, 많은 사람들이 그렇게 살고 있는 것 아녜요? 수사관님은 스스로 일관된 방향을 갖고 일상을 살고 있어요? 그런 정형적인 질문들 모르겠어요. 너무 숨막히고 저 자신에게도 솔직한 대답은 할 수 없을 거 같아요. 뭐든 쉽게 정의를 내릴 수 있다면 좋은데 그건 너무 편리한 생각에서 비롯된 거죠. 뭐든 그렇게 단순한 게 있나요?"

"혹시 살인사건에 대해서는 말하던가요?"

"전혀요. 저도 그것 때문에 사실 걱정하고 무섭기도 했는데, 뭔가 이성의 감정을 떠나서 보면 내가 과거에 알던 이제욱의 그 모습인 것 같았어요."

"이성이라는 감정을 통해서 봐 달라고 부탁을 드렸는데, 그렇게 말씀하시면 어떡합니까?"

마치 인내력에 한계가 왔다는 것처럼 냉정함을 유지하던 그 수사관은 정희연의 그 말에 심기가 불편해 있었다. 하지만 정희연도 그런 수사관의 태도가 영 거슬렸다.

"제 말은 이성이라는 감정을 떠나 내가 알던 인격체로서의 이제욱을 말한 거예요. 사람의 감정이라는 것은 늘 흔들리고 격동적이기 마련이에요. 제가 이제욱을 향해 가졌던 마음도 마찬가지이고요. 하지만 전 그런 감정이 아니고 인간 이제욱을 말하는 거예요. 그 사람은 늘 뭔가에 대해 자신의 소신을 정확하게 말하는 사람이었으니까요."

"우린 그의 말과 행동에서 뭔가 무의식적인 방화벽 같은 것을 찾으려고 부단히 노력해왔어요. 그가 진술한 내용들은 자신의 범죄 행위에 대해서 너무나 일관돼서 우리가 허점을 찾기가 어려웠거든요. 그래서 그가 심리적으로 뭔가를 높이 쌓아가고 있다는 느낌을 받았어요. 그래서 그런 철옹성 같이 쌓은 벽을 우회할 수 있는 다른 사다리 같은 걸 찾고 있던 거죠. 바로 정희연 씨를 통해서 말이죠."

"전 지극히 평범한 사람이지, 심리학자는 아니에요. 그런 효과적인 질문이 있다면 저에게 먼저 알려 주셨어야죠. 당신들도 만들지 못한 그런 질문을 제가 어떻게 만들어서 하라는 거죠?"

"당신은 이제욱이 누구를 죽였는지 몰라서 그런 소리를 하는 겁니까? 이제욱은 그가 다니던 회사 고위층만을 대상으로 정확한 의도를 갖고 끔찍하게 살해한 범죄자입니다. 그런 새끼가 미쳤다고 생각하세요? 미친 새끼가 저렇게 정교하게 범행을 계획해서 실행한다고요?"

그러자 정희연은 그런 수사관의 얼굴을 빤히 쳐다본다. 그런 도발에도 정희연은 흥분하지 않고 차분히 자신의 생각을 말했다.

"제정신을 가진 사람이 자신의 성기를 잘라버립니까? 그런 사람이 정상이라면 대한민국 모든 남자의 바지를 벗겨 보고 싶네요."

그러자 그 수사관도 아무 말도 못 한다.

"당신들, 혹시 피해자가 돈 없고 빽 없는 사람이라도 이렇게 무리하게 몰아가실 건가요? 이런 식으로 수사하는 게 스스로 아마추어라고 생각하지 않으세요?"

"뭐야?"

그녀의 말을 듣자 발끈한 수사관은 소리를 버럭 내며 일어났다.

"다른 건 몰라도 이제욱이 힘들다는 소리를 여러 번 했어요. 그의 친한 회사 동료들이 아무런 이유 없이 부당하게 해고당했다는 사실에 너무나 힘들고 괴로워했고요. 그것뿐만이 아니죠. 집단 괴롭힘과 따돌림은 말할 것도 없죠. 그의 친한 후배조차 그런 상황을 견디지 못해 자살까지 했어요! 아니, 자살한 임직원이 그전에 또 한 명 있었다죠. 그런 사고들이 아무 일 없는 듯 묻히며 광기가 용납되는, 그런 회사가 과연 정상인가요? 실적과 상관없이 단지 자신의 마음에 들지 않는다며 회사에서 수많은 사람에게 희생을 강요한 오너인지 뭔지 하는 작자가 과연 정상인가요? 말해보세요! 당신 같으면 그런 분위기에서 미치지 않고 살 수 있을 거 같아요?"

그녀의 갑작스러운 말에 수사관은 다시 주춤했다.

"전 다른 건 몰라도 이제욱의 그런 고통만큼은 이해할 수 있어요. 그는 평소에도 부끄러운 걸 참지 못하는 성격이었으니까요. 전 그런 일련의 사건들이 이제욱을 미치게 만들었다고 생각해요. 아니, 사실 미치지 않았다는 것은 어쩌면 부끄러운 일인지도 모르죠."

그녀는 말을 많이 해서 목이 마른지 물을 마시며 말을 이어간다.

"그리고 그가 봤다는 모든 것들, 그게 사실인지도 모르죠. 오히려 우리가 보고 있는 세상의 모습이 잘못된 걸 수도 있죠. 당신들 눈에는 이 세상, 우리나라가 어떻게 보여요? 말쑥한 옷을 차려입고 고결한 행동을 하는 사람들이 우리 사회를 끌고 가고 있는 것으로 보이세요? 아니면 털이 수북하고 뾰족한 이빨을 가진 괴물들이 사람들을 겁박하고 눈을 멀게 하며, 자신의 이익만을 충족하기 위해 세상을 이끌고 있다고 생각하세요? 어쩌면 그들이 악마의 모습을 하고 있었다면 사람들이 훨씬 그들을 판단하기 쉬웠겠죠. 하지만 지금은 수많은 거짓과 위장으로 모습을 속이며 우리를 괴롭히고 있어요. 만약 미친개가 뛰어다니는 그런 광기를 어리석어 알아차리지 못했다는 건, 그건 결코 핑계가 될 수 없어요. 그들과 마찬가지로 어리석은 범죄자이거나, 암묵적 부역자인 거죠. 자신의 목이 물어뜯기는 데도 저항하지 않고 비겁하게 순응한 거니까요. 그게 더 미친 거 아닌가요?"

그녀는 그렇게 말하고 그대로 자리에서 일어나서 사무실 문을 향해 걸어 나갔다. 그러다 무슨 생각이 났는지 뒤를 돌아보고 다시 말했다.

"변화 같은 거라고 하셨죠? 그래요. 생각났네요. 내가 알던 과거의 이제욱은 오늘 본 이제욱처럼 비관적이지는 않았어요. 전 평범한 회사원을 누가 그렇게 만들었는지가 더 궁금하네요. 이상하지 않아요? 만약 수사관님 말씀처럼, 정말 이제욱이 제정신으로 살인을 저질렀다면 말이죠. 회사를 통해 자신의 꿈을 펼치고 열심히 일하는 사람들이 미쳐버려 살인까지 하게 된 그 과정이 너무 슬프지 않나요? 전 이런 사회적 광기를 방관하고, 세상을 권력자의 시선으로만 보려고 하는 이 사회가 너무 혐오스럽네요."

그녀는 그 말을 끝으로 사무실 문을 거칠게 닫고 나가 버렸다.

사무실에는 차가운 냉기가 흐를 뿐이다.

작가의 말

'입사, 이직, 워라밸, 칼퇴, 야근, 특근, 근속년수, 퇴사, 회식, 연봉, 진급, 회의, 스펙…'

회사 생활과 관련된 키워드만큼 익숙하지만 낯설고, 긍정적인 것 같으면서 또 부정적인 면을 함께 갖고 있는 것이 있을까요? 단어들 하나가 많은 생각과 이야기를 간직하고 있는 것처럼 사람들에게 다양한 모습으로 다가오는 게 회사 생활이라 생각합니다. 실제로 어떤 사람은 이를 통해 높은 이상을 실현하기도 하지만, 절망감에 극단적인 선택을 하는 경우도 있으니까요.

저도 평범한 직장인의 한 사람으로서 오래전부터 직장, 회사라는 조직에 대해 돌아보고 이야기를 만들어보고자 하는 생각을 하고 있었습니다.

실제로 우리나라 인구 세 명 중 한 명 이상은 임금 근로자이고, 이들은 대부분의 시간을 일터에서 동료들과 보내고 있습니다.

하지만 직장이라는 공간도 사람들이 모여들면서 여러 일들이 벌어지곤 합니다. 대부분 긍정적인 일들이셨시만, 미디어나 뉴스에 등장하는 것처럼 폭언, 복종, 갑질 등의 부정적인 이슈로 헤드라인을 장식하는 경우도 있습니다. 때론 보다 극단적인 사례로 많은 사람들을 안타깝게 만들기도 합니다.

특히 폐쇄적인 조직의 특성상 부정적인 요인들이 권력과 결합하게 되었을 때, 외부에서는 상상조차 할 수 없는 일들이 벌어질 수 있습니다. 특히 의사결정 구조가 상위에 집중된 조직일수록 일반 사람들의 상식과 벗어난 문제가 발생하는 경우도 많이 있습니다.

여러 가지 일들이 일어나고 있는 회사라는 조직에서, 부정적인 요인들이 압도해 나갈 때 대다수의 구성원들은 어떤 상황에 처해질까? 이 소설은 그런 질문을 통해 기획이 되었고, 그곳에서 벌어지는 아주 사소한 사건들로부터 출발해 보았습니다. 그런데 회사에서 벌어지는 일들을 가만히 들여다보면 흥미로운 점이 하나 있습니다. 결국 모든 이슈의 중심이 리더십에서 비롯된다는 것이죠. 수직적인 조직문화를 갖고 있는 우리나라 기업에서는 어쩌면 더욱 부각되는 이슈이기도 합니다. 그리고 그런 리더십의 문제는 단지 회사뿐만이 아니라, 우리 사회 전체를 여전히 뜨겁게 달구고 있는 이슈라 생각됩니다.

또 한 가지는 우리의 한정된 감각을 통해 세상을 정확하게 파악하기에는 분명한 한계가 있다는 점입니다. 1부 이후 판타지 형태로 구성을 변화시킨 것도 그런 판단에서였고, 세상을 실제의 모습과 가깝게 바라볼 수 있는 다양한 시각을 담아보려 노력했습니다.

그런 극적인 방식을 통해 독자들의 흥미를 끌고 주제 의식을 효과적으로 전달하려 노력했는데, 독자 여러분들의 의견은 어떠신지 궁금하기도 합니다.

실체의 본질에 대해 한가지로 정의하기 어렵다는 점은 우리가 사는 세상이 복잡한 것처럼 보이지만, 숨조차 쉬기 어려운 상황에서도 아주 작은 희망을 갖게 만든다고 생각합니다. 다양성은 그래서 여러 사람이 모여 사는 우리 사회에서 중요한 가치라고 생각이 됩니다.

그런 만큼 다양한 개성을 가진 사람들이 서로 손을 잡고 함께 걸어가는 과정은 특별하다는 생각이 듭니다. 하나의 일방적 의견이 아닌 다양하고 자유로운 의견이 넘치는 세상을 꿈꿔봅니다. 이를 통해 우리가 사는 세상의 불확실성과 어려움을 극복하고, 더 쉽게 앞으로 걸어 나갈 수 있다고 생각되기 때문입니다. 그런 과정으로 우리가 살고 있는 사회가 올바른 상식을 가지며, 더 풍성하고 윤택해질 거라는 믿음을 가져봅니다.

끝까지 긴 여정을 같이 해주신 독자 여러분께 대단히 감사드리고, 이 책을 통해 많은 분들이 자신이 속한 직장 생활에서 올바른 가치를 돌아보고 찾으실 수 있는 계기가 된다면 저자로서 큰 영광이라고 생각이 듭니다.

마지막으로 이 책이 나오는데 많은 도움을 주신 델피노의 이경재 대표님께 깊은 감사의 말씀을 드립니다.